U0607941

"原来这世上真有时空旅行"

高卧北

著

江苏凤凰文艺出版社
JIANGSU PHOENIX LITERATURE AND
ART PUBLISHING

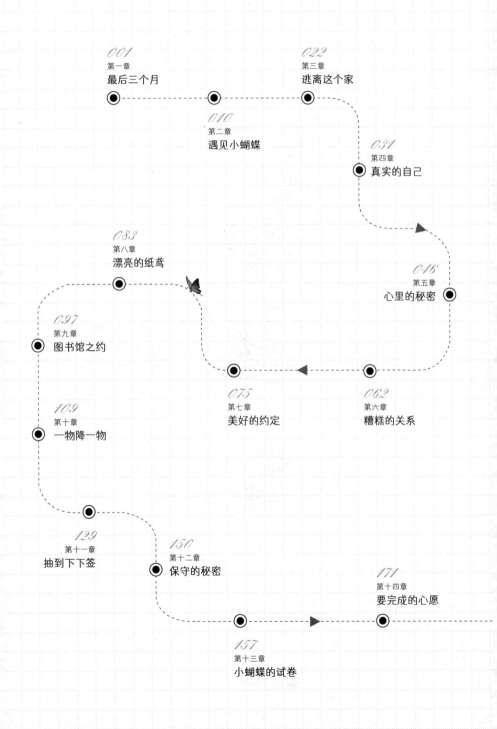

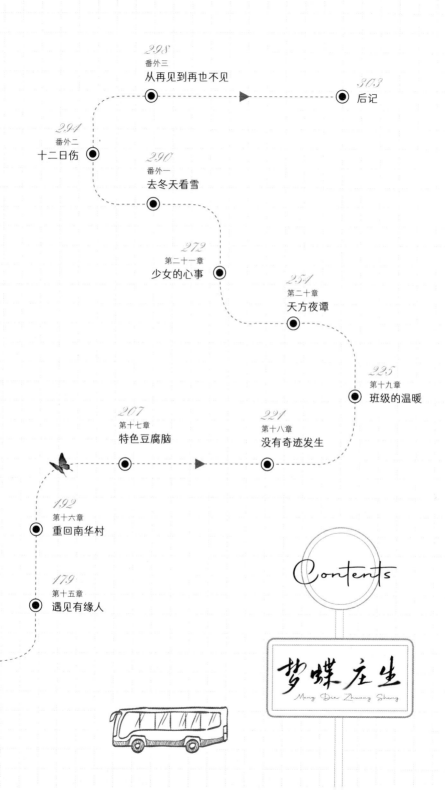

Contents

梦蝶庄生
Meng Die Zhuang Sheng

第一章

最后三个月

"陈医生，我的病需不需要忌口？"

"火锅、烧烤、奶茶、可乐，这些我都可以戒掉。"

"我也可以早睡早起，不再熬夜。"

庄子昂盯着主治医生陈德修，一脸诚恳，因为他隐约感到自己的身体状况似乎有些不妙。

陈医生看起来五十岁左右，留着"地中海"发型，戴着厚厚的金丝眼镜，身后的墙壁上挂满了锦旗，向众人展示着他精湛的医术。

"不，你想吃什么就吃什么吧！"轻飘飘的一句话，却犹如晴天霹雳。

陈医生递过来诊断书，上面打印着密密麻麻的医学术语，"癌"字在其中，格外扎眼。

"陈医生，我还剩多少时间？"庄子昂嗓音颤抖，内心充满对死亡的恐惧。

"最多三个月……看开一点儿，人都逃不开这一天。"陈医生无奈叹息道。

作为医生，他见惯生死，本以为早已心如止水，但看到青葱少年将不久于人世，依然感到痛惜，在病魔面前，生命显得格外脆弱。

庄子昂拿着诊断书，大脑一片空白。他不知道自己是怎样离开医院的，就这样浑浑噩噩地走在马路上，撞倒了好几辆共享单车。

十八岁的年纪，在这桃花盛开的季节，生命却已经开始倒计时。

三个月，九十天，两千一百六十个小时……

医生说三个月，实际上可能没那么多。

他显然还没做好心理准备，眼泪顺着眼角无声地滑落，胸腔被悲伤填满，找不到宣泄的出口。

医院附近有家批发市场，庄子昂走进一家服装店，店里挂满了花花绿绿的衣服，门口的大喇叭不知疲倦地喊着亏本大甩卖，清仓大处理。

庄子昂的衣服上残留着消毒水的味道，他现在只想赶紧将这衣服脱下来扔掉。

好像这样，就能与医院划清界限，让死神的脚步缓慢一点。

他所做的这一切，不过是自欺欺人罢了。

"老板，这件衣服多少钱？"庄子昂指着一件花衬衫询问道。

在医院里，举目处处是病态的苍白，他现在极度渴望生活中能多一些别的色彩。

"三十块钱。"老板有些委婉地提醒眼前的少年，"不过这个风格不太适合你。"

庄子昂掏出钱递给老板，笑道："没关系，我很喜欢。"

花衬衫与他斯文的气质十分违和，穿上花衬衫的他，像极了偷穿大人衣服的小孩。

接下来，庄子昂在奶茶店买了杯奶茶，然后去了趟书店，买了一个套装书，整整五本书，提在手里沉甸甸的。

回到学校，庄子昂被保安拦在校门口。

虽然学校不强制学生穿校服，但奇装异服还是被禁止的。

庄子昂身上这件花衬衫，实在过于扎眼，连保安都怀疑他学生身份的真实性。

尽管他出示了学生证和班主任签字的请假条，保安还是打了电话确认，才放他进去。

"唉，现在的学生，穿成这样像什么样嘛！"

庄子昂踏入校门后，听着身后保安的叹息，觉得有些好笑。

保安不知道，这个穿着奇装异服的学生是学校连续两年的年级第一、市里评选的三好学生、优秀学生干部，但这些荣誉对现在的庄子昂来说，都是虚名，三个月后，关于他的一切都将飘散如烟。

正值下课，操场上闹哄哄的，九班教室外面，几个学生在追逐打闹。

穿着奇装异服的庄子昂走进教室，立即吸引了全班同学的目光。

"我的天，他是什么情况，居然穿成这样来学校。"

"被教导主任抓到，三千字检讨起步。"

"庄子昂昨天请了病假，这么一看，他是病得不轻呀！"

……

庄子昂没有理会同学们惊奇的眼神，一屁股坐到自己的座位上，深吸一口气后，将买的奶茶递给前桌的女生。

"慕诗，对不起，昨天放了你的鸽子，我给你买了奶茶赔罪。"

林慕诗，学校偶像级别的人物，她有一双好看的丹凤眼，但身上总是带着傲气，像个公主。这样的女生，身边从来不缺崇拜者。

可她对其他男生视若无睹，唯独对庄子昂，总是展露出柔情的一面。

两人前后桌坐着，朝夕相处，结下了深厚的友谊。

昨天有部电影上映，林慕诗一早就和他约好一起去看，但因为庄子昂在医院体检失约没出现，让她有些生气。

"你怎么不回我信息？"林慕诗质问道。

庄子昂掏出手机，这才发现里边有很多条未读短信，其中有三条来自林慕诗：

庄子昂，我听李黄轩说你请假去医院了。

你有没有事？电影可以下次再去看。

你要是再不回信息，我就不理你了。

明明是关心，但从字里行间，又能感受到对方的傲娇感。

庄子昂鼻子一酸，差点儿掉下泪来。

他努力克制悲伤："慕诗，我没什么事，喝下这杯奶茶，就别生我气了好吗？"

林慕诗瞪着丹凤眼，犹豫了片刻，端起奶茶轻抿了一口，奶茶口感细腻，香甜爽滑。

"本小姐只是口渴了，才没有原谅你。"

庄子昂无奈地笑了笑。

"庄子昂，你穿的是什么玩意儿？不怕老张找你麻烦？"李黄轩是庄子昂的同桌，也是他最好的兄弟。他一进教室，就看到庄子昂身上的衬衫，还以为眼花了。要知道，庄子昂可是老师口中的乖学生，安分守己，循规蹈矩，从来不做出格的事。

"我去了趟医院，想换个心情。"庄子昂故作轻松地解释。

"不错，有品位，脖子上再加个大金链子，就更有味道了。"李黄轩大笑着调侃。

"送给你。"庄子昂将套装书放在李黄轩的课桌上。

李黄轩是个武侠迷,看到这份礼物开心不已。

他一把搂住庄子昂的肩膀:"兄弟,你可真懂我,突然这么大方,该不是中彩票了?"

庄子昂编了个很不走心的借口:"还有八个月就是你的生日,就当提前送你的生日礼物了。"

一旁的林慕诗听了,相当欣慰。

庄子昂望着身边的两位挚友,内心无比惆怅,我好舍不得你们!

确诊了不治之症,庄子昂一时不知道该把这个消息告诉谁。

一般人肯定会想到父母,可他的处境有点儿特殊。

这个世上,绝大多数职业都需要培训和考试才能上岗,可为人父母却不用考试,一时兴起,一次意外,就能将一个生命带到这个世界。

自庄子昂记事起,庄文昭和徐慧每天都在无休止地争吵,家里的桌椅经常东倒西歪,地板上到处是摔碎的玻璃碴儿和瓷片。直到庄子昂五岁,他们彻底一拍两散。

离婚的时候,庄文昭和徐慧都不想要庄子昂,因为带着一个"拖油瓶",会影响他们组建新的家庭。最后还是在爷爷奶奶的强压下,以传宗接代为理由,才说服庄文昭留下庄子昂。

一年以后,庄文昭带回来一个浓妆艳抹的女人;两年后他们有了自己的儿子。

在童话故事里,有后妈的孩子都过得凄惨,虽然现实没有那么夸张,但也少不了看人脸色行事。

明明是自己的家,庄子昂却时常生出寄人篱下之感。

母亲徐慧没有再婚,身为列车员的她常年在火车上奔波,经常十天半个月才回来一次。

为了儿子，她在学校附近租了间小房子，庄子昂不想回家时，常会到她那住几天。

久而久之，他也就成为了家里的边缘人物。

父母这会儿都在上班，庄子昂不想打扰他们，去到走廊，他犹豫了很久，拨通一个座机号码。

铃声响了很久，才有人接起电话。

一个苍老的声音传来："喂，找谁呀？"

庄子昂眼泪夺眶而出："爷爷，我是子昂，我想你了。"

庄建国立刻欢喜道："子昂啊，爷爷也想你。"随后，他大声呼唤老伴，让她一起来听孙子的电话。

庄子昂平日里感受不到亲情，只有寒暑假去乡下的爷爷奶奶家，才能找到一丝的心灵慰藉。

"爷爷奶奶，我周末就回来看你们。"庄子昂努力让自己的语调听起来自然。

"不用，你现在学习任务重，别老惦记着我们，放暑假再回来。"庄建国笑呵呵地说。

"那……那好吧，爷爷奶奶你们保重身体，我要上课了。"庄子昂匆忙找了个借口，将电话挂掉，因为他害怕自己哭出声来。

他实在没有勇气，向两位最亲的老人，说出这个惊天噩耗。

如果真到了那一天，他们会悲痛成什么样子呢？

上课铃声在此刻响起。

庄子昂擦掉眼泪，装作平静的样子，回到座位，试图让自己忘记悲伤，沉浸在知识的海洋中。

黑板最右侧写着课程表，接下来是两节连续的数学课。

数学老师吴秋芳夹着课本，走上讲台。

数学课上，面对晦涩难懂的内容，大家感觉像听天书一般，才过去五分钟，一大半同学已经昏昏欲睡。

庄子昂作为乖学生，虽然没有懈怠，可与以往不同，这次他也只能看见讲台上吴老师嘴型的变化，一个字也听不进去。

好像生命的温度，正在从身体里一点点抽离。

打瞌睡的李黄轩，忽然感觉到迎面而来的一股杀气，一抬头正对上了吴秋芳凌厉的眼神。

"李黄轩，到黑板上来解一下这道题。"

老师站在讲台上，往往能将学生们的小动作，看得一清二楚。

吴秋芳教学风格向来严厉，眼里揉不得一点沙子。

李黄轩磨蹭着走上讲台，手里拿着粉笔，对着黑板上的天书，像石化了一般，一动不动。

这么难的题，除了那些没有感情的"学习机器"，谁解得出来？

吴秋芳铁青着脸："就你这数学成绩，还有脸在课上睡觉，你跟庄子昂坐在一起，就不知道多向人家学习学习？"

李黄轩嘟囔一声："那还不如指望我家祖坟冒青烟。"

"你给我去后面站着听课。"吴秋芳斥责道。

接着她换上和蔼的口气看向庄子昂："庄子昂，你来解这道题，给同学们做个正面示范。"

庄子昂作为班长，数学考试次次都将近满分，解这种难度的题，那还不是信手拈来？

可听见老师叫自己，庄子昂却明显愣了一下，像是灵魂游荡到某个地方，被突然拽回来。

他来到黑板前，驻足良久，没有下笔。

此刻他满脑子都是那张绝症诊断书，看着黑板上这些曾经最亲切的数字和符号，竟觉得无比陌生。

"庄子昂，你怎么了？"吴秋芳诧异。

"吴老师，我不会。"庄子昂哽咽着回答。

"怎么可能？"吴秋芳了解庄子昂，这种级别的数学题绝对难不住他。

庄子昂双肩微微颤动起来，手中的粉笔坠落在地，不争气的眼泪，再次涌了出来。

整个人都被巨大的悲伤包裹，像个孤独的小孩。

吴秋芳看了心疼，忍不住想要抱抱他。

同学们看得莫名其妙，交头接耳地议论起来。

"这种题能难住庄子昂，开什么玩笑？"

"班长就是班长，做不出来数学题，居然能急哭。"

"慕诗，你和他是好朋友，知道他到底怎么了吗？"

……

林慕诗看着庄子昂的背影，也感到十分迷茫。做了这么久的朋友，她从没见庄子昂这么伤心，他一定有什么秘密瞒着我们。

"庄子昂，别哭了，回去吧！"吴秋芳轻声安慰。

"吴老师，我想去洗手间。"庄子昂不停地抽噎着。

吴秋芳轻轻叹息一声，默然点头，老师对好学生，总是会宽容一些。

走出教室，来到走廊上，庄子昂彻底控制不住自己，哭得撕心裂肺。

每一位老师，每一位同学，都让他深深眷恋。

可三个月后，他就与他们阴阳两隔，再也无法相见了。

阳光照耀着树叶和青草，空气中夹杂着泥土的芬芳。

此刻世界越美好，庄子昂的心境就越悲凉。

害怕自己的狼狈被别人撞见，他快步离开走廊，下楼向操场跑去。

第二章

遇见小蝴蝶

篮球场西北角，树木生得茂密，几株高大的银杏树，在阳光下绿意盎然，呈现出一派勃勃生机。

在这个僻静的角落里，庄子昂尽情宣泄着悲伤。

他不明白，自己从来没干过坏事，为什么老天要这样对他。

原本以为，死亡是非常遥远的事，没想到它骤然降临时，也能瞬间摧垮人的意志。

哭着哭着，庄子昂的耳畔传来一段音乐，若有似无，如丝如缕。

一开始，他以为自己产生了幻听，逐渐地，那曲子才清晰起来，旋律非常特别，一波三折，百转千回。

来唆唆西哆西拉，唆拉西西西西拉西拉唆……

庄子昂确定，之前从来没听过。

缥缈的音乐，像一阵溪流，淌过他的心间，深入骨髓的悲伤，被渐渐抚平，他睁着朦胧的泪眼，看着这亦真亦幻的世界。

"喂，你一个大男生一直哭鼻子，不害羞吗？"一个清脆的声音在他的头顶响起。

庄子昂被吓了一跳，他抬头一看，才发现银杏树的枝丫上坐着一个女生。

他的脸颊顿时涨得通红，自己刚才的狼狈模样，一定被对方尽收眼底。

那女生长得很好看，鹅蛋脸，杏仁眼，一条不对称的麻花辫搭在左肩。

她穿着一件纯白的衬衫，搭配湛蓝色的百褶裙，裙摆到小腿的位置，一只脚上穿着白色的帆布鞋。最引人注目的，是她鬓边插着一枝盛开的桃花。

庄子昂原来以为林慕诗已经够好看的了，但跟眼前的女生相比，林慕诗逊色太多。

"你好，我叫庄子昂，九班的。"庄子昂低声作自我介绍。

"苏雨蝶，二十三班，你可以叫我小蝴蝶。"女生回答。

庄子昂知道，整个校区只有他们一个年级，而且只有二十二个班。对方说二十三班，多半是对他心怀警惕，不肯暴露真实的班级，

苏雨蝶晃动着脚丫："庄子昂，你帮我把鞋子捡起来。"

庄子昂循着她的目光看去，才发现她的另一只帆布鞋在树下，多半是她顽皮爬树时，不小心蹬掉的。

"你一个女孩子，怎么爬那么高？"庄子昂捡起鞋子，踮起脚尖递过去。

苏雨蝶没有回答，她横坐在树杈上，努力调整着姿势穿鞋，却都失败了。

庄子昂在树下看着她的危险动作，心里有些紧张，生怕她失去平衡摔下来。

"你帮我把鞋穿上。"

苏雨蝶几番折腾无果后，突然将脚垂下来，将那只雪白的帆布鞋扔到了庄子昂的怀里。

两人才第一次见面，苏雨蝶这个要求确实有点越界，但考虑到对方现在的窘迫处境，庄子昂也没法跟她计较。

庄子昂犹豫片刻，决定还是做一回活雷锋。

庄子昂从来没帮女生穿过鞋，他握着她的脚踝，费了好大力气才将帆布鞋套了上去，然后系了个有点儿丑的蝴蝶结。

"笨手笨脚。"苏雨蝶一脸嫌弃。

"你才笨呢，没事爬那么高，要不是我，你今天就要在树上过夜了。"庄子昂不服气地反驳道。

穿好鞋子，苏雨蝶望了望地面说："好高啊，我有点害怕，你能帮帮我吗？"

庄子昂点点头，伸出双臂示意女孩跳下来。

苏雨蝶酝酿了半天，终于鼓起勇气，一跃而下，庄子昂一个公主抱将她稳稳接住。

这一幕，像极了偶像剧的桥段。

苏雨蝶仰头望着庄子昂的眼睛，有些不好意思："可以了，快放我下来。"

"哦！"庄子昂连忙扶她站稳。

目光对视，两人同时露出一抹微笑。

苏雨蝶干净清澈的笑容就像温暖的阳光，将庄子昂心底的阴霾彻底驱散。

这个"从天而降"的少女，似乎带着一股神奇的魔力。

"好端端的，你躲在这里哭什么？"苏雨蝶好奇地问。

"我遇到了一些难过的事，想要发泄一下。"庄子昂尽量让语气显得风轻云淡。

"羞羞羞，我也遇到了一些难过的事，都没有哭鼻子呢！"苏雨蝶噘着小嘴安抚他。

庄子昂摇头苦笑，没有辩驳。

看苏雨蝶的年纪，应该跟自己差不多大，可她却一副乐天派的模样，怎么会懂自己的难过？

她就像那初升的朝阳，刚刚展露光芒，与她相比，庄子昂觉得自己更像那黄昏的夕阳，即将被夜色吞没掉最后一丝光辉。

世界变得漆黑冰冷，他不知道自己的灵魂，会流浪到何方。

悦耳的下课铃回荡在空旷的操场，死气沉沉的教学楼瞬间恢复生机。

他们迎来了愉快的午饭时间，各个楼层的学生蜂拥而出，只为早点儿吃上食堂美味可口的饭菜。

苏雨蝶眨了眨眼睛："你别再哭鼻子了，我带你出去找美食。"

听着苏雨蝶的提议，庄子昂竟鬼使神差般点头答应了。

哪怕生命只剩最后三个月，余下的每一天，也值得认真对待。

生命没有了长度，还可以活出宽度来。

眼前的女孩，像是一位善良的天使，专门来为他指引方向，拯救他的灵魂。

庄子昂和刚刚认识的苏雨蝶，并肩穿行在人来人往的长街。这条街上有很多卖小吃的店铺，空气中都是食物的香味。

每到中午学校放学，这里就变得热闹起来。

庄子昂的心情也平复了许多，他问苏雨蝶："你为什么一个人待在树上？"

苏雨蝶一脸单纯地说："去摘银杏叶啊。"

"那你呢？什么事情让你这么难过？"苏雨蝶问。

庄子昂已经藏得很好，本以为不会有人发现。

谁能想到，躲在树上的女孩，竟把自己的悲伤一览无余。

见庄子昂没有回答，苏雨蝶也没再追问，心血来潮般道："那我带你去吃好吃的，这样心情就会变好了。"

苏雨蝶口中的好吃的，就是炸土豆。

土豆这种食材，真是大自然对人类的慷慨馈赠，它既可以当主食，也可以当蔬菜，千变万化的烹饪方式，却能呈现出不同的美味。

摆摊的是一个中年阿姨，她将土豆切成小块，放进油锅里炸成漂亮的金黄色，然后撒上椒盐粉、孜然粉、辣椒粉、葱花和白芝麻，便可以成为一道美食。

自诩美食家的苏雨蝶，一再要求阿姨多放点辣椒，强调这样的土豆才够味。

"庄子昂，你在这里等我一下，我去买可乐，你要可口可乐还是百事可乐？"

"可口可乐。"众所周知，可口可乐的气比较持久，百事可乐则比较甜，庄子昂现在想多来点儿"气"。

几分钟后，初相识的两人坐在大理石台阶上，吃着炸土豆。卖炸土豆的阿姨很实诚，放了许多辣椒。庄子昂的舌头都快辣得麻木了，苏雨蝶也没好到哪里去，辣得小脸蛋红扑扑的，大口喝着冰镇的可乐。

"把你的伤心事说出来，让我开心一下吧！"女孩忽然眨着水灵灵的大眼睛说。

"你是想在我的伤口上撒盐吗？"庄子昂没好气地说。

"不会呀，把伤心事说出来，或许就没那么伤心了。"苏雨蝶咬着吸管回答。

庄子昂转过头，看着她优美的侧脸轮廓，人畜无害的单纯模样，很容易取得别人的信任。

他犹豫了一下，缓缓开口道："我十二岁那年小学毕业，放暑假的那天晚上，我爸说要带全家人一起去海边旅行，我从来没看过大海，兴奋得整晚睡不着觉，连夜收拾好行李……"

"哇，你爸爸真好，我也没看过大海。"苏雨蝶一脸向往。

"可当我第二天醒来，却发现他们三个人已经走了，原来我爸口中的全家，并不包括我。"庄子昂的眼睛刹那间黯淡了。

气氛变得有些尴尬，苏雨蝶想要安慰庄子昂，却不知如何开口。

她用竹签叉起一块土豆，递到庄子昂嘴边，说："你要不要尝尝我的？"

"不都一样吗？"庄子昂一脸错愕。

"总会有些不一样的地方。"苏雨蝶的眼睛澄澈得如春雨洗过的湖面。

庄子昂咬了一口她的土豆，味道果然是一样的火辣，却又有一丝丝甜意从心头泛起。

"我十四岁时，考了全年级第一，学校召开家长会，老师想让我的父母上台分享一下育儿的经验，可我父母却找借口互相推诿，最后他们谁都没去。"

庄子昂回忆往事，眼眶不知不觉红了。

那是他人生中，最失落的一个下午，课桌上摆放的满分答卷居然无人问津。

一身的光环却找不到一个可以分享喜悦的家人，他像是被上天遗弃的小孩，从满怀期待渐渐变得绝望，哪怕现在身患绝症，都不知道该告诉爸爸还是妈妈。

这种悲伤，是扎进庄子昂心头的一根刺，却从来没跟任何人说过。

奇怪的是，眼前的女孩，却让他有种莫名的信任感。

"庄子昂，你流鼻血了，对不起，一定是这土豆太辣了。"苏雨蝶慌忙掏出纸巾，用手轻轻按住庄子昂的后脑勺，小心翼翼地帮他擦掉温热的鲜血。

庄子昂感受到丝丝暖流，从她的指尖沁入肌肤，郁结于心的苦闷，渐渐消散。

止住血后，庄子昂感激道："谢谢你，我最近半年经常流鼻血，不是土豆的原因。"

苏雨蝶从兜里掏出一沓钞票，数了一下，总共五十三块。她软糯糯地说："我留四块钱坐公交车，剩下的四十九块都可以请你吃东西，反正我难过的时候，就会疯狂吃好吃的，也就不那么难过了。"

庄子昂笑道："人世间唯有爱与美食不可辜负，不过我请你吧！"

"不，今天我请你。下次我难过的时候，你再请我。"苏雨蝶倔强地噘起小嘴。

"那好吧，我这人脸皮厚，一向不跟人客气。"庄子昂爽快地答应了。

两人吃完炸土豆，喝完可乐，再度踏上征服美食之旅。

苏雨蝶走路蹦蹦跳跳，裙裾飞扬，好像真的是一只小蝴蝶在翩翩起舞，但她一看到好吃的，又挪不开脚步，馋得直流口水，是妥妥的小吃货。

两人一路逛一路吃，从羊肉串到手抓饼，从关东煮到麻辣烫。

苏雨蝶的四十九块钱花光后，庄子昂又花钱给她买了草莓奶茶。他自己撑得不行了，就没再要饮料。

"哇，庄子昂，这个好好喝呀！"苏雨蝶发出夸张的赞美。

"你小点儿声，别一副没见过世面的样子。"庄子昂故作嫌弃。

"真的很好喝，你要不要尝尝？"苏雨蝶把杯子递过来。

"我怎么尝？"庄子昂看见插在杯子上面的吸管，满是牙印。就算吸管不被她咬成这样，两人也不能共用一根吧？

苏雨蝶像变魔术一样，从身后拿出一根吸管："刚才我买可乐的时候，多要了一根。"她将吸管插进杯子里，"来，你喝一口。"

庄子昂盯着女孩清澈的双眼，犹豫了一阵，终究是没忍住，低头吸了一口奶茶。

奶茶的醇香在舌尖绽开，回味悠长，明明就是很普通的草莓奶茶，却好像比他以往喝的好喝很多。

"小蝴蝶，我们应该算是朋友了吧？"

"当然啊，你是我来这里，交的第一个朋友。"

苏雨蝶说得很认真，庄子昂却没听懂。

什么叫第一个朋友？

晴空万里，白云悠悠。

庄子昂和苏雨蝶吃了一肚子小吃，坐在商场的长椅上，沐浴着午后的阳光。

苏雨蝶湛蓝色的百褶裙被微风吹动，露出两截雪藕般的小腿，两只脚一上一下地晃动，显得很不安分。

两人在回校途中，看到学校里空无一人，校门也被上了锁，庄子昂前去周围打听才得知，刚刚学校电力系统出现了故障，部分教学器材受损，下午的课无法上了，最终学校决定放假半天，让学生们回家自习。

"那我们下午去哪？"苏雨蝶看向庄子昂，等着他拿决定。

庄子昂想了想，然后问："你喜欢钓鱼吗？"

苏雨蝶皱着眉连连摇头："不会，我从来没钓过鱼。"

"那我带你去河边钓鱼吧，这方面，我可是高手。"庄子昂自吹自擂。

其实他并不是高手，这辈子钓起来的鱼屈指可数，好在每年放暑假，都会跟着爷爷去钓鱼，这钓鱼的技巧，还是多少会一点。

"那好吧，那你得钓一条胖头鱼给我啊。"苏雨蝶嘴角上扬，一脸期待。

于是，庄子昂领着苏雨蝶斥巨资买到了一根鱼竿，如果是以前，他或许会舍不得买，但现在他只觉得开心最重要。

路过一个便利店，苏雨蝶拉住庄子昂的衣角，说："咱们买点零食在河边吃吧。"

"你不是刚吃完吗？"庄子昂被她的提议震惊。

苏雨蝶望着便利店的玻璃橱窗，说："就买一点小零食，好不好嘛？"

庄子昂投降："好好好，都听你的。"

"好耶，快去买。"苏雨蝶开心得像个孩子。

庄子昂走进零食店，在架上随便拿了些坚果、牛肉干、曲奇饼干什么的，毕竟初相识，他也不清楚这女孩喜欢吃什么。

便利店旁边有家小书店，庄子昂出来时，发现苏雨蝶正捧着一本冷笑话大全，笑得前俯后仰。

"哇，你看的东西好有深度。"庄子昂调侃一句。

苏雨蝶当然能听出他说的是反话，不以为然道："人开开心心的就好，干吗要那么有深度？"

"有道理，懂的知识越多，未必就会越开心。"庄子昂赞同道。

"就是嘛，无论是科学家、思想家，还是哲学家，最后都是要死的。"苏雨蝶随口道。

作为年轻人，她对"死"没什么忌讳。

庄子昂先是一愣，接着自言自语地说："嗯，我也是要死的人。"

学校依山而建，山下就是一条穿城而过的河流。

绿水悠悠，碧波荡漾，午后的阳光洒下来，河面反射出点点金光。

庄子昂挂好鱼饵潇洒地挥竿，然后盘腿坐在河边的鹅卵石上，就像渭水垂钓的姜太公，气定神闲。

忽然，耳畔传来一阵银铃般的笑声，让他破了功。

"你小点声，别吓跑了我的鱼儿。"

"对不起，这个笑话太好笑了，你快看看。"苏雨蝶将笑话书递到庄子昂面前。

"我这么有深度的人，跟你看这种幼稚笑话？"庄子昂嫌弃道。

"看一看嘛！"苏雨蝶撒娇般哀求。

庄子昂应付一般瞄了两眼，就这两眼，让他走上了一条"不归路"。

"哈哈哈……"

不知不觉，两颗脑袋凑在一起，看起了非常幼稚的笑话书，笑声此起彼伏。

苏雨蝶的笑点很低，明明是很一般的笑话，她也能捧腹大笑。庄子昂平日里是笑点比较高的人，但看到身边女孩的笑脸也会绷不住，又怕笑得太大声，惊扰了水底的鱼儿，他忍得很辛苦。

"庄子昂，把你买的零食拿出来，我想吃。"苏雨蝶请求道。

庄子昂用手在零食袋里翻了翻，问："有坚果、饼干、牛肉干，你要吃什么？"

"你帮我挑吧，我都喜欢。"

吃货都是不挑食的。

庄子昂随手一掏，拿出一包曲奇饼干，递了过去。

苏雨蝶拆开包装，迫不及待咬了一口："好脆，你也吃一块。"

"我肚子好撑，吃不下了。"庄子昂拉长音调。

苏雨蝶直接拿起一块，塞进他的嘴里，嫌弃道："婆婆妈妈的。"

饼干又脆又甜，但是再甜，也甜不过女孩的笑容。

庄子昂把钓鱼高手的身份忘得一干二净，愣是陪苏雨蝶一起看笑话书，直到脖子歪得实在受不了了，他才抬起头活动一下。

想起自己的正事，他慌忙举起鱼竿，才发现鱼饵早已被鱼儿吃得精光。

时光的流逝，像花瓣一片片凋零，地面上的日影，越来越斜。

以前上课的时候，庄子昂觉得下午的时光特别难熬，但今天从中午到日落，却像弹指一挥间。

天边一轮夕阳，为他们脸庞镀上了金边。

苏雨蝶问道："几点了？"

庄子昂掏出手机一看，说："五点半。"

"我要去坐六点十分的公交车回家。"苏雨蝶站起来伸了个懒腰。

"我都还没钓到鱼。"庄子昂嘟囔一声。

"我看你就像一只胖头鱼，傻乎乎的。"苏雨蝶嘲笑道。

两人离开河边，沿着长长的石阶回到小吃街，路过甜品店时苏雨蝶又停下了脚步，她望着橱窗里精美的蛋糕发呆。

"不是吧，你又饿了？"庄子昂一脸惊讶。

"没有没有，你说你跟家人关系不好，要不要买个蛋糕缓和一下？"苏雨蝶目光真诚地说。

如果是别人提出这样的建议，庄子昂肯定会一口回绝，十多年亲情的疏离，不是一个小蛋糕能弥补的，但迎上苏雨蝶的目光，拒绝的话到嘴边却不忍说出口。

这女孩是出于真心，想要帮他修补跟家人的关系。

最终在苏雨蝶的建议下，庄子昂买了一个草莓蛋糕，价格有点儿贵，付款的时候他还挺心疼的。

走到学校门口的公交站，十九路公交车刚好开过来。

"庄子昂，再见。"苏雨蝶挥挥手，然后跳上公交车。

"再见，我的朋友。"庄子昂也挥了挥手，但他说话的声音只有自己能听见。

真是有趣的女孩。糟糕，忘了留她的电话号码。

公交车渐行渐远，最终消失在车流中。

第三章

逃离这个家

夜幕降临,华灯初上。

城市的霓虹灯照亮了漆黑的夜空。

庄子昂提着草莓蛋糕走到徐慧所在的小区,他抬头仰望着万家灯火,心中却感受不到一丝暖意,这里没有一盏灯是为自己而亮。

刚走到楼梯口,他便遇上了拖着行李箱匆忙下楼的母亲。

徐慧四十出头的年纪,却因为昼夜颠倒地工作,显得格外憔悴。

"子昂,我有事要忙,你自己弄点晚饭吃,或者回家去吧!"

徐慧口中的"家",是指庄文昭那里,从名义上讲,庄子昂的抚养权归父亲。

"妈,你赶时间吗?能不能陪我吃个蛋糕?"庄子昂眼睛里流露出期待的眼神。

"来不及了,下次陪你吃。"徐慧看了一眼手表,拒绝道。

"就几分钟也不行吗?"庄子昂再度挽留。

"不行,你都十八岁了,是大人了,要懂点事。"徐慧丢下这句话毅然转身离开。

望着母亲离开的背影，庄子昂的眼中藏着无尽的落寞。

把那件事情告诉她，又能改变什么呢？只会让她提前悲伤难过罢了。

等料理完自己的后事，她依然风里来雨里去。

徐慧工作中有个男同事，也是离异状态，一直在追求她。

庄子昂心想，如果没有自己，母亲或许就没了后顾之忧，可以重新寻找幸福，她的晚年也能有人照顾。

我十八岁了，是大人了，够懂事了吗？

经过一番思想斗争，庄子昂还是决定回家一趟。

他稚嫩的肩膀，扛不住这么大的事，都说父爱如山，关键时刻总能依靠一下。

庄子昂提着那个精致的草莓蛋糕，穿越小半个城市抵达了那个家。

夜风微冷，吹得他一阵惊寒。

从电梯出来，庄子昂发现家门半掩着，客厅里透出暖黄的灯光。

"祝你生日快乐，祝你生日快乐……"

欢快的生日歌，在房间里回荡。

庄子昂这才猛然想起，今天是弟弟庄宇航的生日。

庄子昂和庄宇航年龄相差较大，手足之情十分淡薄。他俩的关系有点儿像古代的庶子和嫡子。

往年庄宇航过生日，庄子昂赶上了就蹭顿饭，没赶上也就算了，谁让他在这个家，像个编外人员呢。

庄宇航的声音传来："爸爸妈妈，希望我们一家三口幸福快乐，你们每年都要陪我过生日。"

果然，在他们眼中，这个家只有三口人。

秦淑兰问道："老公，要不要打个电话，问子昂回不回来？"

庄文昭满不在乎："用不着，他多半去他妈那了，要回来早回来了。"

随后，一家三口愉快地分享着生日蛋糕。

欢声笑语，像一把把刀子刺向庄子昂的心脏。

这一刻，他觉得自己真的好多余。

父亲现在正沉浸在阖家欢乐的喜悦中，自己真的要那么不懂事，把绝症诊断书摆在他面前吗？

如果这世界没了自己，他们就是完整的一家三口了。

庄子昂情绪有些低落，刚打算转身离开，客厅门却被后妈秦淑兰推开，使他站在原地手足无措。

"子昂，你回来了，怎么不进屋？"

庄子昂愣在原地，像是偷窥别人幸福的贼，被人当场抓住。

他低着头进屋，怯生生地叫了声爸。

庄文昭不咸不淡地应一声。

每次跨过这扇门，他都战战兢兢，如履薄冰。

餐桌上，摆着一个造型精美的大蛋糕，上面堆满了五彩缤纷的水果和巧克力，与之相比，自己手里的小蛋糕显得非常廉价，实在拿不出手。

庄文昭沉声道："今天是宇航的生日，洗了手一起吃蛋糕吧！"

庄子昂感觉空气仿佛凝固了一般，压抑得令人窒息。

本来其乐融融的氛围，因为自己的出现，遭到了严重破坏。

他支支吾吾道："你们先吃吧，我回屋拿点东西。"说完他逃回自己的房间，将门重重关上，才终于能够喘口气。

为了圆谎，庄子昂从抽屉深处找出了一根竹笛，这是他小时候参加音乐比赛获得的奖品，很多年没吹过，早已生疏。

没过多久，庄宇航过来敲门："爸妈让我给你送蛋糕。"

庄子昂深吸一口气，拉开房门，语调生涩："宇航，谢谢你，生日快乐。"

庄宇航挤进屋，目光落在草莓蛋糕上，目光里都是嫌弃。

从小娇生惯养，又不是同一个母亲，他对哥哥没什么感情，唯一的印象，无非就是一个成绩很好的书呆子。

"其实你不用回来的，你不喜欢回来，我也不喜欢你回来。"庄宇航带着敌意，不满庄子昂搅乱了他们一家三口的幸福。

"我这就走。"庄子昂拿着蛋糕和竹笛，仓皇地离开卧室。

秦淑兰见状，故作关心："子昂，这么晚了你去哪儿？"

庄子昂停下脚步，回头看了眼庄文昭："爸，我现在学习任务重，住我妈那方便一点，三个月后，你来接我回家好吗？"

庄文昭有些错愕，觉得庄子昂今天说话的语气很奇怪，好像他能在三个月后毕业一样。

"不来接我，也没有关系。"庄子昂失望地补充一句，快步走了出去。

电梯门一关上，泪水便在眼眶打转，他真的好羡慕庄宇航。

他像个没有家的野草，即使被厄运砸中，也找不到可以倾诉的对象。

或许是情绪波动过大，刚出小区门，一股热意便从庄子昂的鼻腔流出，滴落在灰色的地砖上。

殷红的血跟竹笛尾端的穗子，是同一个颜色。

三个月后，自己应该就不在这个世界了，庄文昭来不来接自己回家，已经不重要了。

他的人生这么苦，应该没有下辈子吧？庄子昂拿着竹笛，漫无目的地行走在街头。鼻血还在流，用了不少纸巾，还是没能止住。他忽然想起中午跟苏雨蝶在一起时，她帮自己止血的画面。

庄子昂一想起苏雨蝶的笑脸，孤寂冷漠的心好像有了一丝温暖。

不要问我从哪里来。

我的故乡在远方。

为什么流浪？

流浪远方。

流浪！

……

街头的一家甜品店里，播放着四十多年前的老歌《橄榄树》，歌词让庄子昂有些触动，现在自己也成了无家可归的流浪汉。

不管是父亲那里还是母亲那里，顶多算个住所，并不能称为家。

他不想再回母亲的一室一厅，一个人面对孤寂的夜。好在还有朋友可以依靠。

"黄轩，我无家可归了，你能收留我一晚上吗？"庄子昂拿出手机，给自己的好朋友打电话。

"当然，我下来接你。"李黄轩十分爽快。

庄子昂挂断了电话。这个兄弟真是没白交，如果自己不在这个世界上了，他应该会是最难过的人了！

"你这是怎么搞的？"小区楼下，李黄轩看着失魂落魄的庄子昂一脸关切道。

"被人从家里赶出来了。"庄子昂淡淡地回答。

"你爸可真没良心，有你这么好的儿子却不知道珍惜。"李黄轩对庄子昂的家庭情况有所了解，很为他愤愤不平。

李黄轩的家，庄子昂之前来过很多次，每次都很羡慕。他的父母恩爱，家庭温馨，随时洋溢着欢声笑语，不像自己的家……

"妈，庄子昂今晚跟我睡，他还没吃晚饭。"李黄轩一进门就喊老妈范玲。

"这么晚了还没吃饭？我给你煮碗面。"范玲穿着睡衣出来。

"谢谢阿姨。"庄子昂一看到范玲温暖的笑容，鼻子便有些发酸。

如果自己也有这么温柔的妈妈，那该有多好啊！

可惜徐慧终日为了生计奔波，压根没精力来经营他们的母子之情。

李黄轩的老爸李天云跟出来，看到庄子昂口鼻附近的血迹，连忙让儿子取来冰块，招呼庄子昂："过来，我给你冰敷一下，免得再流血。"

"谢谢叔叔。"庄子昂鞠了一躬。

李天云用冰块敷着庄子昂的前额和后颈，又耐心地用湿毛巾，帮他清理血迹，心疼得连连叹息："你们在学校一定要照顾好自己，身体不舒服要告诉老师和家长，千万不要自己扛着。"

这一句话，让庄子昂瞬间破防。

他出了这么大的事，好像只能自己扛着，找不到一个依靠。

刚才在家里，面对冷漠的父亲，庄子昂还能强忍。

此时此刻，看到李黄轩和蔼的父母，他再也忍不住，眼泪哗哗地掉下来，身子不停地抽搐。

李天云一脸怜惜，抱住他说："好孩子，别哭了。"

庄子昂趴在李天云温暖的怀里，努力克制情绪，一遍又一遍地在心里念叨：男儿有泪不轻弹，我不能哭，我不能哭……

"小庄，过来吃面吧！"范玲柔声道。

热气腾腾的面条上，盖着两个荷包蛋。

为了不触碰庄子昂的伤心事，他们都非常自觉地岔开话题。

"咱们家黄轩能跟你做朋友，真是他的福气。"

"对呀，你怎么那么厉害，每次都能考第一？"

"你要是我们的儿子，那我们可真是开心死了。"

……

庄子昂抬起头说："阿姨，您说的是真的吗？你们希望有我这样的儿子吗？"

"那当然，有你这样的儿子，是父母的骄傲。"范玲不假思索地回答。

"喀喀……"李天云假咳两声，给老婆递了一个眼色。

范玲这才自知失言，不再说话。

这么优秀的儿子，却像皮球一般被他的亲生父母踢来踢去。

吃完面条，李黄轩便带庄子昂回了卧室，刚才见面时，他就瞄上了那个精致的草莓蛋糕。

"来就来嘛，你还带东西，我就不客气了。"李黄轩热情地将小蛋糕一分为二，递给庄子昂一块。

庄子昂心怀愧疚，刚想解释这个蛋糕的由来，脸颊就感到了一丝凉意。

原来是李黄轩在他脸上抹了奶油，还大声地嘲笑："你小子发什么呆？"

"你敢偷袭我！"庄子昂也不甘示弱，拿起手中的蛋糕就往李黄轩脸上扣去。

李黄轩连连躲闪，发出爽朗的笑声。

二人在房间内你追我赶，像两个顽皮的小学生。

庄子昂内心的压力瞬间得到释放，只有和李黄轩在一起，才没人提醒他长大了，应该懂事了。

玩闹得累了，两人横躺在床上。

李黄轩喘着大气问："你下午跑哪去了？我压根都找不到你的影子。"

"和一个朋友去河边钓鱼了。"庄子昂如实回答。

"什么？你背着我交新朋友了？"李黄轩难以置信。

"嗯，但纯属意外。"庄子昂意味深长地说，"我今天在操场的银杏树下遇到了一个女生，长得比林慕诗还漂亮，我们玩了一整天。"

"白日做梦，我们学校哪有女生比林慕诗还漂亮？"李黄轩一脸不信。

庄子昂听到李黄轩这样说，顿时愣住了。对呀，林慕诗都是校花了，如果真有一个叫苏雨蝶的女生比林慕诗还漂亮，自己不可能没听过这个名字啊。难道她连名字也是编的？还是说她不是我们学校的？

李黄轩见庄子昂不说话，又问："那个女生是哪个班的？"

庄子昂支支吾吾道："她说她是二十三班的。"

"真能胡说八道。"李黄轩摇摇头，掏出手机看了下时间，说，"时间还早，你要不要玩一把游戏？"

庄子昂皱眉道："你不怕我拖累你？"

"你玩辅助就行，看我抵挡伤害带你赢。"李黄轩很自信。

"我只有一个辅助英雄。"虽然这样说，但庄子昂还是拿出手机，打开游戏。

作为三好学生，庄子昂平日里很少玩游戏，李黄轩也是半斤八两，两人倒是勉强可以一起玩。

"喂，你这个游戏角色怎么带个净化功能？"

"为了解除对方的控制，不可以吗？"

"哎……放大招，这个游戏角色跳的时候你倒是放大招呀！"

"对不起，我这个角色自己可以解除控制，忘了你们。"

第一局，惜败。

第二局，憾负。

第三局，完败。

……

直到游戏等级下降到无法再一起玩，他们才意犹未尽地停下来。

"这游戏你玩得很好，下次别玩了。"李黄轩把手机一扔。

"哦！"庄子昂以为李黄轩是在夸他。

时间不早了，睡觉吧！

现实世界太苦，还是做梦好，梦里什么都有。

美妙的长眠，值得高歌一曲。

第四章

真实的自己

"北冥有鱼，其名为鲲。鲲之大，不知其几千里也……"

早读课上，李黄轩大声地朗读课文，坐在他旁边的庄子昂则展开纸，默默地写起了检讨书。他玩是玩痛快了，但做错了事就应该接受惩罚。

果然，还没下课，班主任张志远就来教室了。

"庄子昂，跟我去办公室。"

早上，教师办公室非常安静，只有两三个老师伏案备课。

张志远拧开保温杯，喝了一口枸杞茶，没等他开口，庄子昂就主动递上了检讨书。

"庄子昂，你什么情况？吴老师向我反映，说你昨天在数学课上开小差，答不出题还崩溃大哭？"张志远放下保温杯，开口说道。

"对不起，张老师，我知道错了。吴老师那里，我会去认错的。"庄子昂态度诚恳。

"你是全年级最优秀的学生，居然不以身作则，身为你的班主任，我感到非常痛心，别以为写份检讨就能糊弄事，我看你根本没有认识到自己的严重错误……"

张志远唾沫横飞，一通数落。

爱之深，责之切，他可不希望自己班上最好的学生误入歧途。

庄子昂虽然在挨骂，但心里却很痛快，他能清楚地感受到张老师对自己的关心和爱护，可惜这份师恩自己可能无法偿还了。

终于，张志远说累了，喝茶润喉。

这个时候，其他几位老师也离开了。

办公室里，仅剩张老师和庄子昂师生二人。

"张老师，我前天请了病假，您还记得吗？"庄子昂趁着空隙说话了。

张志远一愣，说："你的身体没事吧？"

"张老师，您是我最尊敬的师长，我不想隐瞒您，但我希望您能帮我保密。"庄子昂听着老师关心的话语，眼眶一红。

"你……你什么意思？"张志远意识到了不对劲。

庄子昂定了定神，从兜里掏出了诊断书，展开铺平，放在了张志远面前。张志远扫了一眼结果，神情剧变。诊断结果犹如晴天霹雳，震得这位老师迟迟说不出话来。

"不可能，这一定是误诊。庄子昂，你别担心，老师带你去复查，一定是医院搞错了，一定是搞错了……"张志远有些语无伦次。

庄子昂摇摇头，说："张老师，不是误诊，我从半年前就开始流鼻血了。"

"怎么会这样？你才十八岁呀！"张志远难以接受这个现实。虽然说死亡是必然的，但对眼前这个青葱少年来说，那应该是很遥远的事情才对，他还有绚烂的人生没有去经历。

"张老师，我不想被人同情和可怜，只想随心所欲地过完最后的时间。"庄子昂恳求道。

"你父母怎么说？"张志远语调悲切。

"我不想让他们知道。剩下的时间我想和老师同学在一起。"

比起父母，庄子昂觉得师生们更加亲切。

作为班主任，张志远知道庄子昂的家庭情况有些复杂。他甚至弄不明白，那样一个糟糕的家庭，怎么能培养出这么优秀的孩子。

庄子昂深鞠一躬，说："张老师，昨天的事我知错了，以后再也不会那样了。"

张志远的鼻子有些发酸："没事，老师不怪你，你要是不想上课，可以来找我请假。"他可以体会，庄子昂在那样的环境下长大，心里一定压抑了太多负面情绪。

张志远甚至有些埋怨自己对学生不够关心，要是他早点儿发现庄子昂的病情，早点让他接受治疗，会不会还有转机？

"张老师，我不想当班长了，你重新挑选一位同学吧！"

"好，你要放松心情，不要有任何压力，配合医生治疗，不到最后一刻，千万不能放弃。"

张志远说着安慰庄子昂的话，可这种话，连他自己也不相信。

庄子昂拿起诊断书，重新折叠好收进兜里，他的动作很慢，就像在完成某种仪式。

"庄子昂，你这段时间先正常上课，一旦身体出现任何不适，要及时告诉我。"张志远的心情非常复杂。

他能够理解庄子昂，作为全年级最优秀的学生，想要完成学业，让自己的青春不留遗憾，但教师的职责，又让他陷入深深的自责与担忧。

"谢谢张老师，我可能要辜负你的栽培了。"庄子昂眼含热泪，再次鞠躬。

"不会，你一直都是最让我骄傲的学生。"张志远看着眼前这个男生，哽咽地说道。

庄子昂这么优秀的学生，一直在为班级争光，为学校争光，将来进入社会，也一定是非常优秀的人才，会有一番了不起的成就。可惜呀，天妒英才。

收起悲伤，庄子昂想起一件事，向张志远确认道："张老师，我们年级只有二十二个班，对吗？"

张志远疑惑道："当然，你问这个干什么？"

"我昨天遇到一个女生，她说她在二十三班。"

"不要胡思乱想，回去上课吧！"张志远只当庄子昂遭受重大打击，才会问这种奇怪的问题。

正如庄子昂本人要求的那样，不要同情和可怜他，才是对他最大的尊重。

庄子昂向张志远深深鞠了一躬，然后迈着沉重的步伐离开了办公室。

待庄子昂走出办公室，张志远积压了许久的情绪才彻底爆发。保温杯被他狠狠地砸在办公桌上，四十多岁的大老爷们儿，哭得双眼通红。

庄子昂出来后，没有回班里，而是沿着楼梯拾级而上，一直上到五楼，亲眼确认，整个年级只有二十二个班，没有二十三班。

小蝴蝶，你到底是谁？从哪里来？

上午第二节课后有二十分钟的课间操时间，不过，学校考虑到学生们的压力太大，取消了课间操，让学生可以自由利用这段时间好好放松一下。

前排的林慕诗转过身来，关切地问："庄子昂，昨天数学课你怎么哭了？"

庄子昂含糊其辞地回答："心情不好，想哭就哭咯。"

"你是班长，还是年级第一，应该为同学们树立好榜样，这么任性不合适吧。"林慕诗气鼓鼓道。

她搞不明白，从医院回来他怎么跟变了个人一样？

以前的庄子昂绝对不会这样做，哪怕心情不好，最多刷下试卷虐一下自己的脑细胞罢了。

林慕诗作为他的好朋友，看到他如今的样子，实在有些担心。

李黄轩觉得庄子昂多半是为家事伤心，怕林慕诗误会，在一旁插嘴道："慕诗，你就别担心了，这小子昨天还跟新朋友去垂钓了呢。"

林慕诗朝李黄轩翻了个白眼："他就是被你带坏的。"

李黄轩不服气地反驳："关我什么事？他自己说的，昨天遇到了比你还漂亮的女生，他们玩了一整天。"

庄子昂连忙去捂李黄轩的嘴巴却为时已晚。

这个大嘴巴，怎么什么实话都敢往外说？

"庄子昂，你居然背着我们交新朋友？"林慕诗瞪大双眼质问起来。

"我跟她认识纯属意外，绝对没有故意瞒着你们。"庄子昂连连否认。

林慕诗平日里被大家夸习惯了，现在听说有女生比自己还漂亮，心里多少有点儿不是滋味。

李黄轩平日里最看不惯林慕诗那傲娇样，总是故意惹她生气，于是，两人当着庄子昂的面开始斗嘴。

"李黄轩，就你这死脑筋，以后肯定要打一辈子光棍。"

"别以为你长得漂亮就能胡说八道，我打光棍也不找你。"

"谁稀罕！"

林慕诗猛然伸出手，在李黄轩胳膊上狠狠掐了一把，疼得他龇牙咧嘴。

女生真是蛮不讲理的动物，说不过就动手。

庄子昂看着玩闹的两人，心底升起无尽的悲凉。

这些可爱的小伙伴们，三个月后就再也见不到了。

最珍贵的友谊，永远停留在十八岁了。

等两人消停下来，庄子昂才开口："李黄轩，你是男生，大方一点，以后多让着点慕诗。"

李黄轩伸手在他额头上摸了一下，有点震惊道："你吃错药了？我天天和她吵闹，你以前也没说什么，怎么突然这么伤感了。"

"慕诗，我代他向你道歉，你知道这家伙一向口无遮拦。"庄子昂眼底浮现一抹哀伤的底色。

"庄子昂，我也觉得你好奇怪，怎么突然这么客气？"林慕诗露出狐疑的眼神。

刚才李黄轩的话，还让她耿耿于怀，她只好找庄子昂证实："你真认识比我还好看的女孩吗？"

"这事太主观了，我也说不好。"庄子昂含糊其辞。

"我兄弟人长得帅，成绩又好，交的新朋友自然是最漂亮的。"李黄轩又添一把火，故意刺激林慕诗。

"我才不信。"林慕诗闻言轻蔑一笑，作为校花，她对自己的颜值很有信心，李黄轩说出这种话，不过是想激起她的胜负心，多么幼稚的把戏。

"慕诗，我劝你还是低调一些，人外有人哦！"庄子昂对小蝴蝶的颜值很有信心。

"庄子昂，你脑子坏掉了？慕诗是校花，哪里还有女生比她更漂亮？"

人群里突然传来一声讥笑，庄子昂抬眼看去，说话的人是谢文勇。

谢文勇是九班的副班长，平日里一直被庄子昂这个班长压一头，心里很不服气。同时，他也是林慕诗众多崇拜者之一，本就跟庄子昂不对付。现在他看到庄子昂对林慕诗"出言不逊"，自然要站出来拱火。

以往为了班级团结，庄子昂总是处处忍让，但现在他不想忍了，故意反驳回去。

"副班长，有何指教？"

谢文勇不服气道："你能当上班长，不就是仗着成绩好，一个书呆子罢了，论综合能力，你比得上我吗？"

"这么说，你想当班长？"庄子昂盯着他的眼睛。

"要不是你会巴结老师，我早就是班长了。"谢文勇愤然道。

"你要是想当班长，那就去向张老师申请，我不当了。"庄子昂淡然道。

"你舍得吗？"谢文勇根本不信，他以为庄子昂在逗他。

庄子昂意味深长："你听过'惠子相梁'的故事吗？"

谢文勇心心念念的班长宝座，在庄子昂眼中跟一只死老鼠无异。

"你可真虚伪。"谢文勇哂笑一声。

这时，一个同学从外面进来，朝庄子昂喊道："子昂，外面有个女生找你。"

庄子昂闻声往窗外一望，呼吸不由得一窒。

窗外的女生穿着纯白的衬衫，乌黑的头发柔顺地披在肩上，鬓边插着一朵盛开的桃花，脸上满是盈盈笑意，人比花娇。

小蝴蝶！

庄子昂霍然起身，挤开围在教室门口的同学，冲了出去。

教室里瞬间炸了锅。

"那个女生是谁？也太好看了吧！"

"我们学校里居然真的有比林慕诗还漂亮的女生。"

"谢文勇，现在你总该相信了吧。"

……

林慕诗望着庄子昂的背影，表情委屈极了。

庄子昂三步并作两步，冲到走廊上，说："你怎么来了？"

苏雨蝶从身后掏出一管药，说："这个给你，医生说它可以治流鼻血。"

庄子昂伸手接过药，是一管普通的止血药。自己的病，这药治不了，但庄子昂还是浅浅一笑，说："谢谢你。"

"离上课还早，你要跟我去那边坐坐吗？"苏雨蝶指向不远处的花坛。

"当然。"庄子昂连忙点头。

花坛里五彩缤纷，各种花争奇斗艳，还有几只蝴蝶在其间飞舞流连。

苏雨蝶整理了一下裙摆，屈膝坐在花坛边。

"昨天的草莓蛋糕，好吃吗？"

庄子昂闻言，心头一紧，他不知道该怎样说，那个精致的草莓蛋糕和庄宇航硕大的生日蛋糕相比，简直一无是处。

"谢谢你的主意，我弟弟很喜欢那个蛋糕，吃得满嘴都是奶油。爸爸也很开心，问了我的学习情况，得知我又考了第一，给了我一个大大的拥抱。阿姨做了一大桌子好吃的，不停给我夹菜，夸我聪明又懂事。"

……

微风拂动，送来淡淡的花香。

苏雨蝶双手抱膝，微微抬起头，眨着灵动的眼睛，静静地听着。

操场上的打球声、教学楼的喧闹声、花坛里的虫鸣声，仿佛都消失不见。整个世界，只剩下他们二人和身后的花团。

庄子昂描述着在梦中出现了无数次的场景，他以为能讲得天衣无缝，但一颗心却像被紧紧揪住，嘴角强行挤出的笑容无比僵硬。

庄子昂从小到大都是好孩子，当然不擅长说谎。

"庄子昂，你就是一个大笨蛋。"苏雨蝶忽然出声。

"你为什么骂我？"庄子昂一脸错愕。

"你在骗我，朋友之间应该讲真话。"苏雨蝶轻轻地咬着下唇。

"对不起……"庄子昂低声道歉，嗓音有些沙哑。

很多时候，真话都是残酷的，他不愿让小蝴蝶因为自己而不开心。

"庄子昂，你还是很难过吗？"苏雨蝶轻声问。

庄子昂点点头，随即又摇摇头。

"那中午放学以后，我再带你去吃好吃的，你在这里等我。"没等庄子昂回答，苏雨蝶站起身，挥了挥手，就蹦蹦跳跳地走了。她鬓边那朵鲜艳的桃花，随着发丝的律动，若隐若现。转眼间，女孩的身影便消失在人潮中。

回到教室，李黄轩立马凑过来："庄子昂，那女生是谁？"

庄子昂回答说："昨晚我就告诉你了，她就是我遇到的那个女生，你当时还不信。"

"我现在信了，难怪你小子会背着我们去钓鱼。"

李黄轩故意提高嗓门："跟那女生比，林慕诗实在是太普通了。"

林慕诗一直竖着耳朵偷听他们讲话，闻言，回头给了李黄轩一个充满"杀气"的眼神，又深深凝望了庄子昂一眼，心情有些复杂。

上课铃声响起，班主任张志远走进教室，这节课是他的语文课。

学生们起立问好后，他挥手示意大家坐下。

"上课之前，我先说一件事，庄子昂同学早上向我辞去了班长职务，我已经批准了。"张志远的话刚说完，同学们立即窃窃私语。

"他真的辞掉了？咱们班没人比他更适合当班长了。"

"对呀，庄子昂这两年为大家做了很多事。"

"说起来，他其实一直是咱们班的骄傲。"

……

谢文勇格外震惊，他以为庄子昂刚才说辞任班长是玩笑话，没想到竟然是真的，自己心心念念的班长宝座，在他眼里难道真的不值一提？

张志远示意大家安静："同学们，让我们一起鼓掌，感谢庄子昂同学过去为班级的付出。"

在他的带领下，教室里响起了雷鸣般的掌声。

庄子昂环顾四周，望着一张张熟悉的脸庞，心中涌起万般不舍，三个月后，他就再也见不到他们了。同学们都很可爱，感谢他们陪伴了自己的青春。

班长辞职，顺理成章地由副班长接任。

谢文勇终于如愿以偿当上了班长，但他一点儿也开心不起来，庄子昂不要的东西才能轮上他，嫉妒让他的内心有些扭曲。

庄子昂才没空搭理谢文勇，他专心地思考中午应该吃什么。

学校十二点放学，有两个半小时的午休时间，这段时间，学生可以自由出入校门。

好不容易熬到十二点，放学的铃声响起。

李黄轩拍拍庄子昂的肩膀，说："庄子昂，今天还是吃食堂？"

"我有事，你找别人吧！"庄子昂探头望向窗外的花坛。

"你有什么事？平时不都是咱们一起吃午饭吗？"李黄轩有些纳闷。

"回头跟你解释，我先走了。"庄子昂急匆匆地收拾书包，冲出教室。

李黄轩瞪大双眼，看着他毫不留恋地冲出教室，突然有种被抛弃的感觉。

一见到苏雨蝶，庄子昂便笑容舒展，试探着问："你们班在几楼？下来得挺快。"

"五楼呀，为了赶来跟你吃饭，我跑着下来的。"苏雨蝶喘着气道。

庄子昂的眼里闪过一抹光彩，我也值得有人奔跑着来相见吗？

"你想吃什么？我都可以请你。"庄子昂说。

"吃小火锅吧，里面有好多菜品。"提到吃饭，苏雨蝶便一副口水快要流出来的样子。

"中午吃小火锅，你不怕吃完一身味道？"

"想吃什么就吃呀，为什么要顾忌那么多？"

这姑娘实在洒脱，跟她待在一起，整个人都变得开朗了。

她明明那么漂亮，却不肯做个淑女，走路蹦蹦跳跳，说话叽叽喳喳，活像一只快乐的小鸟。

苏雨蝶要吃的麻辣小火锅，美味可口，价格低廉，很受学生的欢迎。

庄子昂和苏雨蝶一人一口小锅，用电磁炉煮着。

红亮的汤在锅里翻滚，看着就很有食欲。

苏雨蝶拿着菜单，不停地勾画，口中还念念有词："牛肉、黄喉、千层肚、藕片、土豆、金针菇、鸭血、虾饺、午餐肉、糍粑、汤圆、凤梨酥……"

"你点这么多，吃得完吗？"庄子昂提醒道。

"我的饭量很大的，再说不是还有你吗？"苏雨蝶头也不抬地说。

庄子昂闻言，默默地喝着柠檬茶，不敢再说话。作为一个男生，如果饭量比不过女生，是很丢脸的。

没过多久，服务员将菜品端上来，苏雨蝶将每道菜均匀地分成两份，下在两个锅里，然后问道："可口可乐还是百事可乐？"

庄子昂回答："可口可乐。"

苏雨蝶招了招手，向服务员要了两罐冰镇的可口可乐。

深褐色的可乐倒进玻璃杯里，产生绵密的气泡。

苏雨蝶端起杯子，和庄子昂碰杯："庄子昂，祝你忘记一切烦恼，天天开心。"

庄子昂动容道："小蝴蝶，谢谢你。"

饱含二氧化碳的可乐入喉，传来微微的刺激感。

苏雨蝶将烫好的第一块牛肉放进庄子昂碗里，然后自己才大快朵颐，她一边吃，还一边像个美食家，发表各种评论。

"鸭肠讲究七上八下，你烫得有点儿老了。"

"海白菜太咸，少过了几次水。"

"这牛肉丸子打的次数太少，不够 Q 弹。"

……

她那张小嘴，真的是要忙不过来了。

庄子昂微笑着听她讲话，没有半点儿不耐烦，偶尔还扯一张纸巾递过去："你的嘴角有油。"

苏雨蝶接过纸巾，在嘴上胡乱抹了一下："谢谢。"

一般来说，长得漂亮的女孩子都是很在意形象的。

苏雨蝶却顶着美若天仙的脸，尝遍人间烟火，这样的女孩比起傲娇的林慕诗，讨喜得多。

"小蝴蝶，你为什么一直这么开心？"庄子昂问。

"开心也是一天，不开心也是一天，为什么不天天开心呢？"苏雨蝶笑着反问。

庄子昂哑然，自己要是还为昨天的事伤心，反倒落了下乘。

"对了，你有没有绰号？"苏雨蝶好奇地问。

庄子昂摇头，在家里，没人会亲昵地给他起外号，在学校碍于班长的威风和年级第一的风头，同学们都对他又敬又怕，自然也不会有人叫他外号。

"那我就叫你大笨蛋。"苏雨蝶涮着毛肚说。

"为什么叫我大笨蛋？难听死了。"庄子昂不满地反驳。

"因为你上午对我说谎，还说得破绽百出。"苏雨蝶对上午的事情耿耿于怀。

庄子昂暗忖，自己连续两年都是全年级第一，如果这都算大笨蛋，那其他同学是什么？但他还是接受了苏雨蝶给自己取的"大笨蛋"外号。

一顿小火锅，两人吃了四十分钟。

苏雨蝶打捞出最后一片土豆，送进嘴里，一脸满足。

庄子昂向服务员招手买单。

苏雨蝶急忙道："是我说的要吃小火锅，让我买单。"

庄子昂笑着说："这次是因为我不开心你才要带我吃好吃的，所以这顿应该我请，下次换你请。"

"那好吧！"苏雨蝶点头。

不知不觉间，他们就约好了下一次。

从火锅店出来，才下午一点，离上课时间还早。庄子昂打算去妈妈的一室一厅清扫一番，接下来就得在那长住了。

苏雨蝶听了，缠着要和他一起去。

这套房看着有些老旧，好在采光还不错。

徐慧每个月回来住不了几天，有时候忙起来就会在车站附近的酒店将就一晚，所以屋里没几样家具，显得有些空旷。

庄子昂对苏雨蝶说："小蝴蝶，这三个月，你要是想找我玩都可以来这里。"

苏雨蝶有些不解道："那三个月后呢？"

"到时候再说吧！"庄子昂搪塞道。

估计那个时候，自己会躺在医院里。

这个世界上，没有几个人会因为自己的离开而伤心难过。

苏雨蝶看着弱不禁风，没想到干起活来这么利落。

两人齐心协力，没多久就让这个小家焕然一新。

从家里出来后，两人一起去附近的超市购买一些生活必需品。

庄子昂特意买了一本台历，是那种每过一天就撕掉一页的老式台历。他把台历翻到三个月后，用手掂了掂，只有一丁点儿的重量。

这些轻飘飘的纸张，就是自己生命的倒计时。

结账的时候，苏雨蝶不愿排队，先去外面等庄子昂。

庄子昂出来时，发现她捧着一个圆形的玻璃鱼缸，里面有一些石子和水草，还有两只红色的金鱼愉快地游动。

"庄子昂，这是我送你的礼物，祝贺你搬家。"

"为什么要送我两条鱼？我连养活自己都费劲。"庄子昂嘟囔。

"昨天害你没钓到鱼，这是赔给你的，让你的"新家"增添一丝生气，答应我，千万不要死。"苏雨蝶认真地说。

"不要死？"庄子昂一脸错愕。

"我说这两条鱼，你要是把它们养死了，我一定不会放过你。"苏雨蝶晃了晃拳头，故作凶狠模样。

庄子昂深深地凝望着苏雨蝶的双眼，像是要看透她的心。

能跟这样的女孩做朋友，真是一件开心的事。

可是为什么要让他在生命即将终结的时候遇见她？

小蝴蝶，如果我能早点儿认识你，那该有多好！

第五章
心里的秘密

"爱到心破碎，也别去怪谁，只因为相遇太美，就算流干泪，伤到底，心成灰，也无所谓……"回学校的路上，苏雨蝶愉快地哼着歌。

庄子昂听着苏雨蝶哼着比自己年龄都大的歌，黯然失笑，她可真是一个乐观的小姑娘！

"小蝴蝶，把你的手机号码给我，下次再约饭，我们就可以打电话了。"庄子昂组织了半天的语言，才在苏雨蝶哼唱间隙鼓起勇气要电话号码。

苏雨蝶伸手从衣服口袋里掏出一部卡片手机，薄薄的一张，在阳光下散发出幽蓝的光芒。卡片手机基本只能打电话和发信息，远远不及智能手机有那么多功能，很多家长防止孩子沉迷游戏，就会给他们买这种手机，没想到苏雨蝶竟然也用这种手机。庄子昂在手机上记下了她的联系方式，还趁她不注意偷偷备注成了"小蝴蝶"。

苏雨蝶说："你最好白天的时候找我，晚上我一般都不在，奶奶不许我玩手机。"

"你这个手机也没什么好玩的吧？"庄子昂哈哈笑道。

"庄子昂大笨蛋，不许笑我。"苏雨蝶佯装气恼，冲上去扯庄子昂的衬衫。

两人在林荫路上一阵追逐，欢声笑语洒满道路两旁的茵茵绿草。

九班的教室在二楼，苏雨蝶要去五楼，他们在楼梯转角处分别。

"再见，小蝴蝶，我会给你发信息的。"

"嗯，我忙的时候可能不会看手机，但看到了一定会回复的。"

目送苏雨蝶上了楼，庄子昂才向教室走去。走到一半，他忽然转过身，几步跨上楼梯，想要追上去看看小蝴蝶到底是哪个班的。

三楼、四楼、五楼，他却再也没找到女孩的踪迹。

"她走得这么快吗？"庄子昂拍着楼梯扶手，沮丧地一步步走下楼梯。

都是朋友了，她却不肯告诉自己真实的班级。

下午的课很难熬，大多数同学都昏昏欲睡，无精打采。

庄子昂突然想起昨天下午和小蝴蝶一起看笑话书，那时候明明时间过得飞快，难道这就是传说中的"相对论"吗？

最后一节课，在六点准时结束。

张老师走进教室，朝庄子昂招了招手："庄子昂，跟我走。"

庄子昂连忙收拾书包，跟了上去。

距离教室很远了，他才小心翼翼地问："张老师，咱们去哪儿？"

"去医院，我必须亲自见一见你的主治医生，跟他谈一谈。"张老师"雄赳赳"地走在前面，似乎要为自己的学生开拓出一条平坦大道。

"没这个必要吧，陈医生他很忙的。"庄子昂本能地拒绝。

他害怕医院里消毒水的味道，也害怕看到医生的白大褂。

他也曾在医院的墙角听到过比寺庙里更虔诚的祷告，毕竟那里有太多生离死别。

但张老师心意已决，他一定要见到医生，不会放弃任何拯救自己学生的机会。就算真的无力回天，他也要听医生亲口说。

来到停车场，张老师发动车子，招呼庄子昂上车。

路过学校门口的公交站，刚好看到十九路公交车，缓缓停靠在站台。

庄子昂坐在副驾驶座上，努力伸长脖子，想要在人群中找到那一朵桃花，可惜让他失望了，或许是等车的人太多，或许是张老师开得太快，他没能看到小蝴蝶。

来到中心医院，庄子昂将张老师带到陈医生的办公室。

陈医生扶了扶眼镜，说："你好，你是庄子昂的父亲？"

张老师连忙解释："不，我是他的班主任老师。"

"他得了这么严重的病，父母为什么一直不来？"陈医生深感疑惑。

"他的父母都在外地，委托我先来了解一下情况。"张老师随意找了一个借口。

接下来，两人便探讨了一番庄子昂的病情。

陈医生为人严谨，医术精湛，运用了大量专业的医学术语，表达了对庄子昂病情的看法，总结一句话：病入膏肓，回天乏术。

张老师听完后，沉默很久，眼中最后一丝希冀也悄然隐没："他才十八岁，为什么会这样？"

"以前有个女孩，也是这病，比他还年轻呢！算了，不说了，你跟他父母转达病情的时候，尽量委婉一些。"陈医生喟叹道。

两人讨论病情的时候，庄子昂一直安静地坐在一边，仿佛他们谈论的话题与他无关。

已经两天了，庄子昂已经坦然接受了现实，甚至还戏谑地想班里的同学老了会是什么样子，头发花白？牙齿掉光？满脸老年斑？走路颤颤巍巍？想着想着，庄子昂忍不住轻笑出声，自己就没有这些烦恼，可以永远都是十八岁。

从医院出来后，张老师的心情格外沉重，很久没有说话。

"张老师，现在您相信了？"庄子昂语气轻松。

"庄子昂，你晚上想吃什么？老师带你去吃。"张老师嗓音悲切。

"张老师，您忘了吗？我不想要任何人的同情和可怜。"庄子昂道。

"不是，我不是那个意思。"张老师连忙解释。

"张老师，麻烦您将我送到学校门口，然后早点儿回家陪师母和弟弟吧，不用担心我！"庄子昂洒脱地说。

虽然他很想趁机宰老张一顿，但中午的小火锅吃得实在有点儿多，晚上还是简单吃点儿，不要让肠胃负荷太大。

在学校门口，庄子昂同张老师道别，然后独自一人向出租屋走去。

路过小吃摊，他随便买了一份热狗蛋炒饭，等进门打开饭盒才发现，老板为了方便区分，在饭盒上写着"狗饭"两个字，他瞬间就没食欲了。

按照医嘱，庄子昂吃了一大把五颜六色的药片。

他有些怀疑，吃这些药到底有什么用，难道吃了能多活三个月，不吃只能活九十天？

庄子昂没有深究，他放下杯子，拿起鱼饲料，喂了一些给金鱼。

听说鱼只有七秒的记忆，如果自己也是一条鱼就好了，可以忘记一切悲伤，无忧无虑地游动。看着金鱼一吞一吐地吃着鱼食，庄子昂想着。

鱼缸旁边放着一管竹笛，这是庄子昂从家里带出来的唯一一件东西。

小时候他学过一段时间笛子，后来忙于功课，就荒废了，现在再拿起来，哪怕是吹一首最简单的《小星星》，恐怕也会"呕哑嘲哳难为听"了。

忽然，庄子昂的脑海里浮现出一段旋律，是昨天他遇见苏雨蝶时听到的，非常陌生，很悦耳，又有些怪异。

来唆唆西哆西拉，唆拉西西西西拉西拉唆……

庄子昂试着用竹笛吹了几次，根本不成调，只好放弃。

已经很晚了，他再吹下去，恐怕邻居要来敲门了。

庄子昂放下竹笛，拿起一旁的手机，点开备注名为"小蝴蝶"的联系人，编辑着信息。

他写了改，改了又删，最终编辑出一句话：你明早想吃什么？我给你带。

他又琢磨了一阵，才鼓起勇气点击发送。他左等右等，都没等到女孩的回复。只好去打了盆水，打扫起卫生来。

庄子昂租房时，刘奶奶已经将房间打扫得很干净了，只是等待的时间太煎熬，如果不给自己找点儿事做，他可能会原地"爆炸"。

十分钟后，庄子昂满怀期待地拿起手机，却依然没有收到苏雨蝶的回复。

大晚上的，她在忙什么呢？

庄子昂盯着渐渐暗下去的屏幕看了十几秒，终于心一横，打了一个电话过去。"对不起，您所拨打的电话不在服务区，请稍后再拨。"

"Sorry！The subscriber you dialed can not be connected for the moment, please redial later."

以往庄子昂打电话，只要听见这个女声播报就会立即挂断电话，但这一次，他却连英文都完整地听完了。

"都什么年代了，还有没信号的地方？她是住在山上的原始人吗？"庄子昂有些疑惑，他推开窗户，迎面吹来一阵凉爽的夜风。

一弯冷月，高悬天边。

他终于做了十年前就想做的事——搬家。从此他不用再看别人的脸色，不用再战战兢兢，可以随心所欲，做自己想做的事，见自己相见的人。他明明就要死了，却好像才活过来！

庄子昂望着天边的明月，"酒"兴大发，倒了一杯可乐。

玻璃窗上倒映着自己的影子，眉清目秀，意气风发。

"恭喜你，庄子昂，干杯！"庄子昂同玻璃窗上的自己碰了碰杯，然后将杯中可乐一饮而尽。

这一夜，在这个简陋的出租屋里，庄子昂睡得格外香甜。他梦见自己变成一只蝴蝶，欢快地扇动翅膀，飞遍名山大川，看尽人间春色。

次日一早，清晨第一缕阳光斜斜地照进窗户。

"叮"，手机信息的提示声将庄子昂从梦中吵醒。

他从枕头下摸出手机，看到屏幕上显示着苏雨蝶的回复，立即睡意全无。

小蝴蝶：我自己做了青团，你要不要吃？

庄子昂立即打字回复：好呀，那我买喝的，你要喝牛奶还是豆浆？

苏雨蝶这次是秒回：豆浆吧，你在公交站台等我。

庄子昂立即翻身起床，来到洗手间冲了个热水澡。他习惯早上洗澡，因为可以顺带把头发也洗了，比较省事。

那件花衬衫，他再没穿过。

昨天跟苏雨蝶逛超市时，他买了几件打折的春装，今天他便挑了其中一件浅蓝色的薄外套穿上，搭配着黑色休闲裤，十分符合他一贯的好学生形象。

离开家时，庄子昂从台历本上撕下一页，看着薄薄的一张纸，庄子昂觉得自己的生命变得具象化了，就像这日历纸一样，会一张一张被自己撕下。

庄子昂从楼上下来，看到邻居姐姐在小区里晨练，向她打了声招呼："姐姐早。"

邻居姐姐笑眯眯道："小庄出去啊？昨天那姑娘没跟你一起住？"

"姐姐，你别开玩笑，她是我的朋友。"

"好，年轻人就是应该交朋友，没事多带她回来玩。"虽然她只见过苏雨蝶一次，但已经喜欢上这个漂亮乖巧又乐观开朗的女孩。所以当她看到庄子昂和苏雨蝶在一起时，就忍不住感慨，年轻真好，只是她不知道，如此年轻的少年却已不得不面对人生的终点。

和邻居姐姐告别后，庄子昂来到早餐店，要了两杯豆浆，一杯红枣味，一杯黑芝麻味。

他不知道苏雨蝶喜欢哪种口味，反正让她先挑，剩下那杯自己喝就好。

他来到公交站台，等了将近十分钟，十九路车才姗姗来迟。

车门打开，洋溢着青春笑容的学子鱼贯而出，走在最后面的，是一个漂亮得不像话的女孩。

苏雨蝶依然是那身打扮，白衬衫、蓝裙子、白色帆布鞋，鬓边插着一朵桃花。

庄子昂觉得有些奇怪，都三天了，她一直这身打扮。白色的衣服应该很容易弄脏才对，但她的衬衫和鞋子始终一尘不染。

"小蝴蝶！"庄子昂出声喊道。

"庄子昂，对不起，等很久了吗？"苏雨蝶眨着水汪汪的大眼睛，有些歉意地说道。

"没有，我也是刚到，豆浆还是热的。"庄子昂笑道。

其实他刚从早餐店出来时，豆浆还有些烫，等了十分钟，现在它的温度正好。

庄子昂和苏雨蝶一起走进学校，来到昨天的花坛边。

清晨，露珠滴溜溜地挂在花圃里的花瓣上，在太阳光下显得格外晶莹剔透。

苏雨蝶今天背了一个黑色的单肩包，她从里面拿出一个油纸袋，刚打开，就有一股青团的清香扑面而来。庄子昂拿起一个青团，咬了一口，是豆沙馅的，甜而不腻，仿佛把春天吃了下去。

"哇，这青团又好看又好吃，这真是你亲手做的？"庄子昂赞不绝口。

苏雨蝶点点头，说："当然，这是我跟奶奶学的。"

"你的手可真巧，这青团好漂亮，好好吃。"庄子昂发自内心地称赞道。

"艾草可以消火除湿，你多吃点儿，肯定就不会流鼻血了。"苏雨蝶喝了一口红枣豆浆。

"这个是你专门为我做的？"庄子昂一脸惊讶。

"当然了，做这个麻烦死了，要摘鲜嫩的艾草，捣碎了和面，蒸了再包馅料，我今天起得好早。"苏雨蝶说着，忍不住打了一个哈欠。

庄子昂看着苏雨蝶并不淑女的模样，心里暖暖的，真没想到会有人对自己这么用心。

只是可惜了这番心意，青团缓解不了自己流鼻血的症状。

"小蝴蝶，我的身体没问题，以后你别为我做那么多事了。"庄子昂轻轻地说道。

苏雨蝶固执地摇头："才不呢，我们是朋友，朋友之间就应该相互关心。"

庄子昂默默地咬着青团，心中五味杂陈。

老天呀，你是在玩我吗？为什么在我快要死的时候，送这样一个人到我身边？

"对了，庄子昂，对不起，我晚上不能玩手机，早上才看到你的信息。"苏雨蝶忽然想起信息的事，连忙道歉。

"没关系，我知道如果你看到了我的信息，一定会回复的。"庄子昂并不生气。

"要上课了，谢谢你的豆浆，再见咯！"苏雨蝶晃了晃手中的杯子，轻盈地踏上楼梯，消失在了拐角。

庄子昂站在花坛边，默默地望着女孩消失的方向。

太阳渐渐升起，教学楼下的阴影逐渐退散。温暖的阳光洒下来，将庄子昂整个人都照亮了。

庄子昂走进教室，看到林慕诗正吃着生煎包，而谢文勇坐在一旁，往热牛奶瓶里插入吸管。

庄子昂看了一眼，便移开了视线，因为他知道谢文勇费尽心机，也得不到林慕诗什么好脸色。

正在吃早饭的林慕诗看到庄子昂，神情有些不自然，开口道："庄子昂，我说我不要，是谢文勇非要给我买的。"

庄子昂淡淡一笑，说："跟我说这个干什么？"

林慕诗一怔，是啊，为什么她一看到庄子昂，就想极力撇清自己跟谢文勇的关系呢？明明是同一家店的生煎包，她总感觉以前庄子昂买的好吃一些。

林慕诗每天上学、放学，都有专门的司机接送。刚才她经过校门外的公交车站，透过车窗看到过庄子昂，当时他手里提着两杯豆浆。那时她还有点儿得意，以为其中一杯肯定是给自己买的，岂料此时的庄子昂手中仅剩一杯豆浆，还被他喝过了。

豆浆是给那个戴着桃花的女生了吗？庄子昂，你怎么能这样？你把本属于我的豆浆随便给了别人。林慕诗恶狠狠地盯着庄子昂手中的豆浆。

庄子昂不知道，短短几秒里，林慕诗能有这么丰富的内心戏。

他一屁股坐在座位上，从李黄轩的课桌里掏出一本杂志来看。

李黄轩这小子，早读经常迟到，被老张要求站在教室外面罚站是家常便饭。

"慕诗，来喝牛奶，还是热的。"谢文勇还在低声下气地哄着林慕诗。

"谢文勇，以后别给我买早餐了，我怕庄子昂不高兴。"林慕诗蹙着眉头。

谢文勇闻言，整个人顿时如坠冰窟。

在林慕诗心中，庄子昂是她在班里最好的朋友。谢文勇像个跳梁小丑一般。尤其是昨天看到苏雨蝶以后，更是激起了林慕诗的胜负欲。

今天的课上，庄子昂又做回了好学生。

在吴老师的数学课上，庄子昂主动道歉认错。张老师应该提前向吴老师打过招呼了，一向眼里不揉沙子的吴老师见庄子昂的态度还算诚恳，便不再生气，摆摆手就让他坐下了，这件事就这样过去了。

中午放学，庄子昂跟李黄轩一起去食堂吃饭。

其实，庄子昂纠结了几次，想要发信息约苏雨蝶一起吃午饭，但又想着两人早上才见过面，一直打扰她，会显得自己有些黏人，只好作罢。

食堂里人声鼎沸，喧嚣嘈杂。

庄子昂和李黄轩找了一个靠近饮料自动售卖机的角落。

"庄子昂，你怎么有点儿心不在焉？"李黄轩一边大口嚼着红烧肉，一边问。

"没有啊，我在很认真地吃饭。"庄子昂虽然也在吃饭，但一双眼睛却在人群中不断搜寻，像是在找什么人，连筷子拿反了也浑然未觉。

男生最了解男生，庄子昂的那点儿小心思，李黄轩不用猜也知道。

他一脸神秘兮兮，靠近庄子昂问："你再跟我说说，你和那个女生是怎么认识的？"

庄子昂有些不耐烦，但还是将两人相识的过程娓娓道来。

忽然，一直低垂着头的庄子昂看到一双白帆布鞋。

"同学，请问我可以坐在这里吗？"女孩黄莺般的嗓音响起，婉转悦耳。

庄子昂猛然抬头，迎上苏雨蝶的目光。

李黄轩连忙道："请坐请坐。"

苏雨蝶放下餐盘，整理了一下裙摆，坐到庄子昂身边。

"你好，我叫苏雨蝶，是庄子昂的朋友。"苏雨蝶向李黄轩作自我介绍。

"我……我叫李黄轩，也是庄子昂的好朋友。"李黄轩从来没跟这么好看的女生说过话，紧张得有些结巴。

庄子昂看着李黄轩没出息的样子，十分无语。

"今天，我请你们喝饮料吧，你们想喝什么？"苏雨蝶看着旁边的自动售卖机，向两人问道。

"谢谢美女，今天有口福了，我要一瓶芬达。"李黄轩受宠若惊，连忙说道。

"我还是老样子，可口可乐。"庄子昂说。

以前医生让他少喝碳酸饮料，但现在，他可以想喝什么就喝什么。

买完饮料，苏雨蝶好奇地问李黄轩："庄子昂这个人，平常是不是特别无聊？"

李黄轩肯定地点点头："他就像一台无情的刷题机器！除了做题，其他的啥也做不好，尤其是打游戏，真是把我害惨了。"

"打游戏？"苏雨蝶的眼里写着疑惑。

"对呀，你难道不玩游戏吗？"李黄轩问。

"她那个手机，估计只能玩贪吃蛇、俄罗斯方块。"庄子昂想起苏雨蝶的那部手机，忍不住"扑哧"一声笑出来。

"大笨蛋庄子昂，不许笑话我的手机。"苏雨蝶噘着嘴，一副要生气的样子。

"小蝴蝶，我错了。"庄子昂见她一副要动手的样子，连忙求饶。

"小蝴蝶？"李黄轩傻眼了，你们才认识几天，就开始起昵称了？

"蝴蝶是我，我就是蝴蝶。"苏雨蝶指了指自己。

这一瞬间，李黄轩觉得自己有些多余。

吃完午饭，从食堂出来，还不到十二点半。

庄子昂打算回去睡个午觉，便问苏雨蝶："我回去午休，要一起吗？"

"啊？"苏雨蝶有些吃惊，反应过来后又有些脸红。

"哪有你问得这么直接的！"李黄轩在旁边虽然也是一脸尴尬，但仍毫不见外地非要一起去。

徐慧租的是一室一厅，卧室里有一张床，客厅里还有一张单人沙发。

如果苏雨蝶要过去，他可以把床让出来，自己睡沙发。

不过李黄轩这个没眼力见的家伙，非吵着要来。

苏雨蝶称要回教室午休，便向二人道别。庄子昂用带着"杀气"的眼神瞥了一眼李黄轩，带着他回了家。

三十平方米的屋子，李黄轩不到一分钟就参观完了。

"还不错，我也好想搬出来一个人住。"他大大咧咧地发表着观点。

庄子昂白了他一眼，说："你们家那一百八十平方米的复式楼住着不舒服？"

李黄轩闻言，唱道："原谅我这一生不羁放纵爱自由。"

"这小子，真是身在福中不知福。"庄子昂失笑道，看着李黄轩东瞅西看的样子，心里默默想着：如果我有像他那么幸福的家庭就好了。

脱了鞋子，庄子昂和李黄轩并排躺在床上，盯着空无一物的白色天花板，没有困意。

"庄子昂，苏雨蝶也太漂亮了！你是不是崇拜人家？"李黄轩一脸八卦地问。

"你胡说什么？我跟她才认识三天。"庄子昂立即否认。

"像苏雨蝶这样的女生，很容易让人崇拜，你装什么大尾巴狼。"李黄轩无情地拆穿庄子昂。

心里突然一阵刺痛，庄子昂没了聊天的兴致。

他嗓音低沉道："不会，我没有这个资格。不说了，快午睡吧！"

庄子昂突如其来的消沉让李黄轩有些摸不着头脑，他推了推庄子昂，戏谑道："你是不是有病？"

庄子昂盯着惨白的天花板，惨然一笑："对，我有病。"

李黄轩听不出其中深意，只当庄子昂的脑袋坏掉了。

沉默了一阵，庄子昂忽然问："如果我们以后见不到了，你会想我吗？"

"我想你个大头鬼，你有多远给我滚多远，我都嫉妒死你了，人长得帅，学习又好，把我衬托得跟个废物一样……"李黄轩像是被踩到了痛处，开始喋喋不休地抱怨。

"我才是脑子有病，跟年级第一的人做朋友。"

"我在家稍微做得有点儿不对，我爸妈就拿你当例子刺激我。"

"你说你怎么那么讨厌，要是这世上没有你，我真要买一挂鞭炮庆祝一下。"

……

庄子昂听着李黄轩突然加大的嗓门，微微侧过身，一滴泪无声地滑落在枕头上。

往事一幕幕在他的脑海里浮现。

入学第一天，他跟李黄轩就认识了，两人很快便成了朋友。

这家伙大大咧咧，没有心机，永远像少了一根筋，从来不知道什么叫伤心。

他对庄子昂，那是真的当兄弟。

庄子昂当班长时，他一直是他最坚定的拥护者。

遇到班级活动，他也总是积极参与，还会帮助协调其他同学，减少庄子昂开展工作的阻力。

家里做了好吃的，他也总是叫上庄子昂，连李天云和范玲都调侃，好像养了两个儿子。

李黄轩抱怨累了，眼皮逐渐沉重。

庄子昂听见身旁响起鼾声，这才转过身来，盯着李黄轩的侧脸。

还好遇上这样的好哥们儿，才让自己苦涩的青春有了些甜味。

"兄弟，答应我，等我不在了，不要太伤心，最好像你说的那样，买一挂鞭炮放一放，为我壮行。"庄子昂盯到眼睛发涩，才转过身去。

他心事重重，一直似睡似醒，半梦半醒间听见了闹铃声。

身旁的李黄轩睡得正香，口水都流到了腮边。

庄子昂一脚将他踢下床，说："弄脏了我的新床单，我打断你三条腿。"

李黄轩翻身起来，飞扑上床，与庄子昂"打"在一起。男孩子之间的友情，就是如此简单。

去学校的路上，李黄轩像一个"多动症"儿童，一会儿空气投篮，一会儿踢路上的石子。

庄子昂指着路边的银杏树说："你能不能摸到那片叶子？"

李黄轩摸一摸鼻头，自信满满道："摸到了怎么说？"

"算你厉害。"庄子昂笑道。

这四个字就是男生之间的最高赞誉，为了获此殊荣，可以奋不顾身。

李黄轩几步助跑，纵身一跃，摘下了那片苍翠的银杏叶。

银杏见证了地球几亿年的漫长历史，人与之相比，渺小如尘埃。

春夏季节，银杏叶是绿色，到了秋天就会变黄，在风中飞舞，如一只只蝴蝶。

以前，银杏树对庄子昂来说只是路旁的绿化树，但现在银杏树在庄子昂心里有了一层特殊意义，他永远无法忘记，在银杏树下与苏雨蝶初相见时，那惊为天人的瞬间。

"我厉不厉害？"李黄轩得意地将银杏叶递给庄子昂，"这树叶要秋天变黄了才好看。"

"秋天那么远，我可能看不到了。"庄子昂低声道。

李黄轩有些纳闷，他总觉得庄子昂这两天有些神神叨叨的，不过转念一想，这也是人之常情，能跟那么漂亮的女生做朋友，换成自己多半也会变得不正常。李黄轩不再深想，又开始在路上边走边"表演"。

第六章

糟糕的关系

下午第三节课刚上了十分钟，班主任张老师就来到教室向任课老师说了声抱歉，然后叫庄子昂出去。

同学们都很疑惑，庄子昂都已经不是班长了，张老师怎么还这么频繁地找他？

"张老师，您天天找我会让同学们疑惑、不满的。"走廊里，庄子昂向张老师陈述道。

"没办法，你爸爸来了。"张老师摊开手。

"他来干什么？"庄子昂一脸讶异。

自打庄子昂来这里上学，庄文昭只在他第一天报名时来过一次，只待了半个小时，就接到了牌友的电话，然后匆匆离去。自那以后，无论是期末还是开学，或者是开家长会，他总能找到各种理由推脱。有时候，他甚至连借口都懒得编，还振振有词："你又不是小孩子了，难道还需要家长接送吗？"

这个时间，老师们都在教室上课，办公室里没人。

张老师将庄子昂带到办公室，说："你进去后好好聊，我就在外面，如果需要帮助，叫我就行。"

庄子昂点了点头，说："嗯，谢谢张老师。"说完，他深吸一口气，推开了门。

庄文昭正坐在张老师的椅子上，面色铁青，秦淑兰抄着手站在一旁。

"爸，你来干什么？"庄子昂面无表情道。

"子昂，别耍小孩子脾气了，我来接你回家。"庄文昭板着脸道。

他已经跟前妻沟通过，庄子昂现在学习任务繁重，一个人住在外面没人照顾，终究不是办法。

"爸，我挺好的，不想回家。"庄子昂显得格外平静。

我搬出来，还你们一个幸福的三口之家，不是皆大欢喜吗？你又来找我干什么？

秦淑兰在一旁说道："子昂，我问过宇航了，他承认对你说了些不该说的话，但你是哥哥大度一些，别跟他一般计较。"

这话听着像是在道歉，实则就是偏心。

她将亲儿子的过错一笔带过，却要求自己大度一些。

跟这个女人相处了十多年，庄子昂早就领教过她绵里藏针的手段。

"秦阿姨，你有空的话还是多管教一下我弟，我听说他在学校成绩很差，还经常惹事呢。"庄子昂这话憋了很久，终于可以肆无忌惮地说出来了。

庄宇航自打出生，就是泡在蜜罐里的孩子，父母给了他无尽的宠爱，骄纵之下难免任性。每当看到弟弟无忧无虑的样子，庄子昂就委屈得想哭。

"这个我知道。"秦淑兰语气生硬，目光中掠过一丝不满，哪有当面说人宝贝儿子坏话的？

庄文昭接收到妻子的情绪，变得更加严厉。

"你怎么跟秦阿姨说话的？马上给我道歉。

"连尊敬长辈都不会，读那么多书有屁用。"

庄文昭一连番的责骂，让空气中充满了火药味，矛盾被瞬间激化。

"长辈？"庄子昂的嘴角泛起嘲弄的笑。

"凭什么你带一个女人回来，强迫我叫阿姨，她就能成为我的长辈？她跟我有半毛钱关系吗？"十多年来，庄子昂忍了这个女人和她那个笨蛋儿子太多，今天无论如何，都忍不下去了，也决不认她这个长辈。

"爸，你今天要是来跟我吵架的，现在就可以回去了，这里是学校，不是你随便发疯的地方。"庄子昂目光冰冷，下着逐客令。

"你今天必须跟我回家，你爷爷听说你打算三个月都不回来，气得老毛病都犯了，你看你给家里添了多少麻烦！"庄文昭训斥道。

庄子昂哧笑一声，说："我就说嘛，看来是爷爷逼你接我回去的，否则这个点你应该在麻将馆才对。"

"一句话，你回不回去？"庄文昭问道。

"不回去。"庄子昂眼神决然。

他好不容易从那个令人窒息的家里逃出来，怎么会愚蠢到再回到那个地方。

当然，他也心知肚明，秦淑兰和庄宇航巴不得他死在外面，永世不再相见，又怎么会欢迎他回去？不过，三个月后，他们便能如愿以偿，想想还真是让人不爽。

庄子昂的顶撞让庄文昭有些下不来台，他从椅子上站起来，左右扫视一眼，似乎想找个趁手的东西，嘴上还在骂骂咧咧："小兔崽子，我还收拾不了你。"

庄子昂面无惧色，说："爸，赶紧走吧，至少我现在还愿意叫你一声爸，给彼此留点儿体面。"

五岁那年，庄文昭刚跟徐慧离婚，经常在外面酗酒，每次都喝得酩酊大醉，回到家就会将熟睡中的庄子昂拎起来，随意找个借口，就对着他又打又骂。

庄文昭骂他长得像他妈，看着就来气，骂他长了一张嘴，吃饭要花钱。

后来庄文昭跟秦淑兰交往，隐瞒了有个儿子的事实，将庄子昂送到乡下，由爷爷奶奶照顾。再后来爷爷奶奶坚持要把庄子昂送回城里，让他接受更好的教育，庄文昭才勉强妥协。

秦淑兰这个后妈，表面上不说什么，却每天都把嫌弃写在脸上。

后来，庄宇航出生，庄子昂在家里就变得特别尴尬，就像古代的庶子，还是没妈的那种。

庄文昭名义上是庄子昂的监护人，但真正抚养他长大的，是远在乡下的爷爷奶奶。他们会按时将庄子昂的生活费打到庄文昭的卡上，用于他的生活开销，但庄文昭打麻将手气不好的时候，经常会挪用他的生活费。

庄子昂这两天一改从前的逆来顺受，变得格外叛逆，庄文昭感觉自己的威严遭到了挑衅，所以大为光火，哪怕是在学校的教师办公室，也想撸起袖子动手教训庄子昂。

"住手！"张老师听见动静，及时冲了进来。

庄文昭把怒气转向张老师："你们学校是怎么教育学生的？把他教育成这样，我看他是长反骨了。"

"你连家长会都没来开过，学校把你的孩子教育成什么样，你当然不知道。"张老师看着庄文昭蛮横无理的模样，实在无法像对待其他家长那样对他善言善语。

刚才他一直站在门外，虽然偷听人家讲话不礼貌，但他俩吵架的声音实在太大，他为庄子昂有这样蛮横的父亲感到可悲。

"我看你们都快把他教废了！"庄文昭大声嚷嚷。

"那好，我今天就让你看一下，我们把你的孩子教成了什么样！"

张老师拉开抽屉，翻找出厚厚一沓文件。那是两年以来，学生各种考试的成绩单。

"你自己看！"张老师火气上来，将成绩单摔在庄文昭面前，带起一团灰尘。

庄文昭厌恶地挥了挥手，然后拿起第一张成绩单，那是两年前的开学考试。

第一行，庄子昂的名字格外醒目。

总分：689。

班级排名：1。

年级排名：1。

接着，他又拿起第二张成绩单，那是第一次月考，庄子昂同样名列榜首。

第三张是期中考试，第四张是月考，第五张是期末考试……

看完所有成绩单，庄文昭有些惊疑不定。

无一例外，庄子昂的名字像被钉在了第一行，雷打不动，这么多考试他一直都是年级第一。

秦淑兰在一旁也看完了所有成绩单，她喃喃道："你们这个学校，考年级第一很难吗？"

张老师看着这样一家人，眼神厌恶："全年级一共 22 个班，1000 多名学生，你说呢？"

这么优秀的孩子，在他们眼里怎么跟垃圾一样？张老师想不明白。

全年级一千多名学生，连续两年都是第一名，这个难度有多大，庄文昭无法想象，他只知道，自己还在上小学的小儿子庄宇航，一看他的考试排名，就知道他们班上有多少人。

"庄先生，您从没来学校开过家长会，但我们班上很多学生家长都想和您认识一下。"张老师看着庄文昭震惊的模样，沉声道。

"认识我？"庄文昭一脸错愕，"为什么？"

"他们想向您请教，怎样才能教育出庄子昂这么优秀的孩子。"张老师实在忍不住嘲弄道，"是不是有点儿讽刺？"

庄文昭的脸色很不好看，青一阵白一阵，虽然他听出了张老师话语里的嘲弄之意，却不知如何辩驳。

从小到大，他对庄子昂不闻不问，只知道庄子昂的成绩好像还不错，可以给庄宇航辅导功课，却从来不知道庄子昂会优秀得让别人嫉妒。

"庄先生，如果这些还不够，我还可以给您看一些照片。"张老师拿出手机，翻到一个专属的相册，然后把手机递给庄文昭。

那是这两年来，庄子昂参加各种竞赛的获奖照片。他为自己，也为班级和学校赢得了很多荣誉，但每一次颁奖现场，都没有家人为他喝彩。

"别人的孩子，哪怕得个三等奖，都会得到父母的拥抱和鼓励。"

"庄子昂每次都得一等奖，但他只能孤零零地站在领奖台上，羡慕地看着别人。"

"几乎每次陪他的，都是我这个班主任。"

"请你扪心自问，你真的是一个合格的父亲吗？"

面对张老师的质问，庄文昭无言以对。

庄子昂在一旁默不作声，他听着张老师的话，虽然努力隐忍克制，但还是红了眼圈。

亲情不是与生俱来的东西吗？为什么别人能轻易得到的东西，他都那么拼命了，还是得不到？

不过，庄子昂已经彻底死心，他已经不渴望获得父母的认可，反正自己从来都不是他们的骄傲。

还剩三个月，就让他了无牵挂，从容赴死。

办公室里沉寂了半晌，庄文昭终于开口："张老师，庄子昂的成绩是不错，但这不是他顶撞父母、离家出走的理由。"

"这孩子平常都很听话，今天这么做是有原因的，你不知道吗？"张志远愤怒地脱口而出。

"张老师！"庄子昂出声打断，他向张志远摇了摇头，眼眶却一点点变红。

"庄子昂……"张志远鼻子一酸，不禁哽咽。

庄子昂不想自己的秘密被说出来，一旦庄文昭得知实情，就会立马陷入懊悔和自责，然后对他无微不至地照顾，以此来弥补这十多年缺失的父爱，可那只是愧疚，不是真正的爱。

张志远最终还是选择了沉默，这个世界上，真的不是所有人都有资格为人父母的。

就在办公室的气氛越发紧张时，秦淑兰的手机响了，刺耳的铃声打破了空气中的沉闷。她接通电话，说了两句，就匆匆挂断，然后凑到庄文昭耳边轻声道："宇航在学校跟人打架，老师让我们马上过去。"

庄文昭恶狠狠地盯着庄子昂，说："我再问一遍，你到底回不回家？"

"不回，那里不是我的家。"庄子昂心意已决。

"那好，你今天不回，这辈子都别回去了。"庄文昭摔了椅子，拂袖而去。

秦淑兰跟了上去，眉眼间是掩饰不住的幸灾乐祸。

逆着光，望着庄文昭的背影，庄子昂忽然出声："爸，有我这个儿子，你有过一瞬间的欣慰、骄傲吗？"

庄文昭停下脚步，没有转身，也没有回答。

"算了，你走吧！"庄子昂眼中的最后一丝光彩熄灭了，像是在问庄文昭，又像是问自己，"既然你不爱我，为什么要把我带到这个世界？"

庄文昭停顿了几秒，又坚定地迈开脚步，向外面走去。

办公室里，只剩下张老师和庄子昂。之前争吵带来的所有戾气全部消散，办公室安静下来。

"庄子昂，你别伤心，这世上还有很多人爱你，比如我，比如李黄轩，你多想想我们。"张老师轻声劝慰。

"张老师，谢谢您。"庄子昂紧紧地咬着牙关，下颌轻轻颤动，他努力克制着不让眼泪掉下来。

在庄文昭面前，哪怕他装得再强硬，也始终是一个内心脆弱的孩子。

"张老师，我下午能不能请假？反正我这样的状态也听不进去课了。"庄子昂目带祈求，他只想逃离这里，逃离学校。

"好，我给你批请假条，你好好放松一下。"

从办公室出来，庄子昂失魂落魄，漫无目的地走在校园里。

路过一间教室，他听见那个班级在唱一首很有年代感的歌。

小小的小孩，今天有没有哭？

是否朋友都已经离去，留下了带不走的孤独。

漂亮的小孩，今天有没有哭？

是否弄脏了美丽的衣服，却找不到别人倾诉。

......

"叮"，庄子昂兜里的手机响起信息提示音。

小蝴蝶：庄子昂大笨蛋，你是不是又不开心了？

庄子昂连忙打字回复：你怎么知道的？我下午请假了。

小蝴蝶：你去银杏树下等我，我来找你玩。

庄子昂连忙跑向篮球场西北角，那里空无一人，树上的银杏叶在风中微微晃动。

庄子昂转向正门，用张老师批的请假条从学校大门出来，然后又绕了一个大弯，来到两人约定的地点。

远远地，庄子昂就看见了坐在银杏树上的苏雨蝶，她穿着白色帆布鞋的小脚在半空中晃荡。

"树那么高，你怎么爬上来的？"庄子昂好奇地问。

"我跟人借了把梯子。"苏雨蝶笑着解释。

"你发什么呆？快点儿接住我呀！"苏雨蝶催促。

"哦！"庄子昂连忙伸出双臂，示意她跳下来。

苏雨蝶纵身一跃，精准地落入庄子昂的怀中，她的体重很轻，抱着毫不费力。

"你打算就这么一直抱着我吗？"苏雨蝶的俏脸泛红。

庄子昂这才回过神，慌慌张张地将她放下。

春风拂过，吹乱了少女的发丝，也撩乱了少年的心。

"小蝴蝶，你这个点出来，班主任老师不会找你麻烦吗？"庄子昂和苏雨蝶并肩走在小吃街上，一人拿着一串鱼丸，边走边吃。

苏雨蝶吃东西的时候，腮帮子鼓鼓的，像一只可爱的河豚，她笑着说："没关系，我有请假条。"

庄子昂不信，说："怎么可能，你当我是三岁小孩？"

苏雨蝶摘下背上的单肩包，拉开拉链，掏出来一沓请假条，上面已经有班主任的签名，日期处却是空着的，意思是苏雨蝶哪天想出来，就可以自己填上当天的日期。

"还能这样？"庄子昂瞪大双眼，感觉十分奇怪。

他盯着那潦草的签名，看了半天，一个字也认不出来，难道这就是"别人的班主任"？

庄子昂换了一个问题："你怎么知道我不开心？"

苏雨蝶踮起脚，凑到庄子昂耳边说："因为我们是朋友，有心灵感应啊。"

庄子昂撇撇嘴，心灵感应这种解释也太敷衍了吧。

"你跟我来。"苏雨蝶很自然地抓住庄子昂的手腕，带着他从小吃街出来，走下长长的石阶。

学校依山而建，山下是一条穿城而过的河流，河水静静地向东流着，两岸杨柳随风飘荡。

两人穿过一片宽阔的青草地，来到堆满鹅卵石的河边。

看上去坚硬无比的鹅卵石，经历了千百万年河水的冲刷，变得浑圆光滑。人生短短几十年，与之相比实在微不足道。正如古代先贤说的那样，人生天地之间，若白驹过隙，忽然而已。在漫长的岁月中，三个月和一百年其实并没有多大分别，都是转瞬即逝。

两人走近了，才能听见河水拍打河岸的声音。

凉爽的风吹动着他们的鬓发和衣角。

苏雨蝶脱掉鞋袜，露出晶莹润泽的玉足，轻轻地踩在光滑的鹅卵石上，河水漫上来，淹没了她的小脚丫，溅起的白色水花沾湿了她湛蓝色的裙摆。

"你也脱掉鞋子，跟我一起下来。"苏雨蝶向庄子昂招手。

"现在是上课时间，我们在这里玩水，会不会不太好？"庄子昂有些犹豫。

"从小到大，你都这么守规矩吗？"苏雨蝶问。

这句话一下子戳中了庄子昂的痛点。

没错，他为什么要这么守规矩？

庄子昂迅速脱掉鞋子，挽起裤管，小心翼翼地踩着鹅卵石，来到苏雨蝶身边。

清凉的河水漫到脚脖子，让人十分惬意。

苏雨蝶张开手，在嘴边比成一个喇叭，冲着缓缓流淌的河水大喊："庄子昂是大笨蛋！"

声音被风带进桥洞，传来阵阵回音。

苏雨蝶将双手捧在嘴边，冲着缓缓流淌的河水大喊："庄子昂是大笨蛋！"

声音被风带进桥洞，传来阵阵回音。

"庄子昂是大笨蛋，大笨蛋，笨蛋……"

"哈哈哈……"伴随着回声的是苏雨蝶银铃般的笑声。

"你为什么又骂我？"庄子昂不满地嘟囔。

"因为你总是不开心，折磨自己，就是大笨蛋嘛！"苏雨蝶噘起樱桃般的小嘴。

庄子昂不服气，也学她一样，向河水大喊："小蝴蝶是小傻瓜！"

"小蝴蝶是小傻瓜，小傻瓜，傻瓜……"

桥洞的回音久久回荡。

苏雨蝶听了，不仅不生气，好看的杏仁眼还笑成了月牙状。

她又大喊："大笨蛋，要天天开心呀！"

庄子昂转过头，看着苏雨蝶完美的侧脸，心中涌起一股巨大的悲痛，明知道不可以，还是深陷其中，无法自拔。

三个月后，他要怎样面对那场别离？

苏雨蝶察觉到庄子昂许久没说话，抬起头看他，才发现他眼泪盈眶。

"大……大笨蛋，要是特别难过的话，我允许你哭出来。"苏雨蝶轻声说。

庄子昂彻底绷不住了，所有的委屈和酸楚一齐涌上心头，大颗大颗的眼泪顺着他的脸颊滑落，坠进河水里。

庄子昂不想让苏雨蝶看见自己的狼狈模样，于是弯下腰来，用尽全力，不让自己哭出声，但低低的抽噎声还是出卖了他，弯成虾米状的身子都在微微颤抖。

苏雨蝶轻轻抚着庄子昂的后背，想让他好受一些，但在他悲戚压抑的哭声中，自己的眼里也不自觉地蓄满了泪水。

"小蝴蝶，你哭什么？"感受到苏雨蝶安慰的庄子昂抬起头，才发现她也在哭。

"我们是好朋友，看到你难过，我也好难过。"苏雨蝶带着哭腔的回答让庄子昂心里暖暖的。

两天前，在医院里看到自己的诊断书时，虽然他有过短暂的恍惚，但并不特别伤心。

他对这冷漠的世界本就没有多少留恋，但看到苏雨蝶为自己流泪，心中却涌现出万般不舍。

为什么？为什么要在我身患绝症的时候才认识你？

庄子昂努力止住泪水，伸出手，为苏雨蝶拭去腮边晶莹的泪滴。

那是人世间最珍贵的宝石。

"小蝴蝶，我不难过了，你也不许哭，好不好？"

"嗯，让河水冲走你所有的伤心事，以后每天都要开开心心的。"苏雨蝶啜泣道。

庄子昂蹲下身子，掬起一捧清凉的河水洗了把脸，让绵绵不尽的河水带走自己的眼泪。

一朵大水花袭来，河水又往上漫了一些，到了苏雨蝶的小腿处，她不得不双手提着裙摆，直往后缩。

"石头很滑，小心别摔倒了。"庄子昂连忙提醒。

"你抱我上去。"苏雨蝶一脸惊慌。

庄子昂二话不说，伸手到她的膝弯处，将她抱上岸。

两人在草地上坐下。

"大笨蛋，你怎么一直看我的脚？"苏雨蝶红着脸问。

"哪有，我在看草地。"庄子昂死不承认。

"你都看了七次了。"

"胡说，我的目光总得有个落点。"庄子昂的心思被拆穿，只好转过头去，看着天边的浮云。

"好啦，我又没怪你，帮我把鞋子穿上。"

"你自己穿，又不是没有手。"

"哼，小气鬼。"

夕阳下，少男少女在草地上斗嘴，太阳的余晖在他们周边镀上了一圈金色的光圈，美得不似人间。

第七章

美好的约定

庄子昂和苏雨蝶坐在草地上，呆呆地望向天空，几朵云随着风起在天边划下一道道云痕，视线里，偶尔有几只蝴蝶飞过。

"我要真是一只小蝴蝶就好了，可以飞到河对岸去，看看那边的风景。"苏雨蝶感慨。

听到苏雨蝶的感慨，庄子昂笑着提议："我们可以放一只风筝，让它替我们看看。"

"好主意，你真聪明。"苏雨蝶惊喜道。

"刚才是谁说我是大笨蛋的？"庄子昂问道，"那我现在去买风筝？"

苏雨蝶看了看太阳的位置，摇头说："今天太晚了，我一会儿得去坐公交车。"

"晚一点儿回去不行吗？"庄子昂有些失落。

"不行，晚了奶奶会生气。"从苏雨蝶的语气可以听出，她的奶奶似乎有些严厉。

她必须按时坐六点十分的公交车。

"小蝴蝶，明天是周六，不用上课，我们去放风筝吧！"庄子昂退而求其次，只能约明天白天。

"好呀，明早我们在西山公园见。"苏雨蝶一口答应下来。

太阳光越来越微弱，像一颗蛋黄悬在西山之上。

突如其来的手机铃声打破了这安静的氛围，庄子昂拿起来一看，屏幕上显示着"妈妈"，是徐慧的电话，庄子昂盯着看了十几秒，才接听了。

"妈，你怎么有空给我打电话。"

徐慧的声音传来："我听说你跟你爸吵架了？"

庄子昂犹豫了一下说："我不想回那个家，我就住你那里，等你回来。"

徐慧叹息一声，苦口婆心地劝导。

"子昂，我知道我跟你爸离婚，对你造成了很大的伤害。

"你多理解一下你爸，跟阿姨和弟弟好好相处，别让你爸夹在中间为难。

"是我这个当妈的不合格，都没有时间陪你。"

……

庄子昂突然转移话题道："妈，你跟那个男同事怎么样了？"

徐慧错愕："你一个小孩子，怎么突然问这个？"

庄子昂哽咽了一下，说："找个人好好照顾你吧，别那么累了。"

徐慧笑了笑说："等你长大了，就可以照顾我了呀！"

庄子昂悲从中来，因为自己没法长大了。

徐慧哪知儿子话里的深意，又安慰了几句，便匆匆挂了电话。

庄子昂和苏雨蝶坐在草地上，一直坐到将近六点，才起身一步步爬上石阶。

时间真是奇妙的东西，一节数学课四十五分钟，庄子昂会觉得特别难捱，可跟苏雨蝶在一起，就算什么也不做，两个小时也只觉得是一眨眼的工夫。

等他俩来到公交站台，已经有学生在等车了。

苏雨蝶一出现，立即吸引了所有男生的目光。

庄子昂看着周围男生的目光有些不舒服，他好想用一个大大的口罩把苏雨蝶的脸遮起来。

十九路公交车缓缓地从街角驶来。马上要和苏雨蝶分别了，虽然明天还能见面，但庄子昂心里有些不舍："明天我在公园等你，你一定要来哦！"

"我当然会来，不信咱们拉钩。"苏雨蝶伸出右手小拇指。

庄子昂有些不好意思，都十八岁了，拉钩会不会显得有点儿幼稚？而且还有这么多人看着呢！

"快点儿啦！"苏雨蝶等不及，一把抓住他的手。

两人的小拇指勾在了一起。

"拉钩上吊，一百年不许变！"苏雨蝶念念有词，还不忘用大拇指按一下，很有仪式感。

拉钩，是小孩子之间最崇高的契约精神。

成年人的世界，用无数法律和道德来约束，却依然充满背信弃义、出尔反尔，而小孩子只要拉过钩，就不会食言。

公交车靠站，等车的人陆续上车，苏雨蝶一直等到所有人都上了车，才在公交车即将驶离时上车，她也想跟庄子昂多待一会儿。

庄子昂目送公交车驶远，直到红色的尾灯再也看不见，才将视线转到站台上的站牌信息上，他猜想着苏雨蝶会在哪一站下车。直到盯到那些字都快不认识了，才转身离开。

没走几步，一辆黑色的轿车在他身旁缓缓停下，车窗降下，林慕诗的脸露了出来，能成为公认的校花，她的颜值自然无可挑剔。

庄子昂认为苏雨蝶更好看，多半带着些主观倾向。

李黄轩夸苏雨蝶好看，也是想借机打压林慕诗的傲娇。

"庄子昂，明天星期六，你不许再放我鸽子。"林慕诗警告道。

庄子昂这才想起，自己还欠她一场电影没看，可是明天已经有约了。

"慕诗，我明天还有别的事，看电影的事能不能改天？"庄子昂开口道。

林慕诗狐疑："你又跟那个女生去鬼混？"

庄子昂假咳两声反驳道："什么叫鬼混？你措辞严谨一点。"

林慕诗嘟起小嘴："庄子昂，你最近越来越出格了，三天两头不上课，你这样会堕落的。"

面对好友的责备，庄子昂不知如何解释，略一思索，还是选择用自恋的方式化解。

"慕诗，你是不是在吃醋？"

林慕诗顿时气得不行："庄子昂，谁要吃你的醋？你有多远滚多远。"

"那要是有一天，我滚远了不再回来，你会不会想我？"

类似的话，庄子昂也问过李黄轩，没想到这次在林慕诗这，他同样被嫌弃了。

"想你个头？你现在赶紧从我眼前消失。

"一点都不知好歹，你爱跟谁鬼混就跟谁鬼混，我懒得管你了。"

……

林慕诗升起车窗，让司机开车离去。

庄子昂回到家，发现李黄轩站在门口，笑问："你来干什么？"

李黄轩没好气地说："你下午又没来上课，我这不是担心你吗？电话怎么打不通？"

庄子昂这才想起，因为不想接庄文昭的电话，他把手机设置成了免打扰模式，连忙道歉。

"庄子昂，你这三天两头又是请假又是失联的，是不是有什么事瞒着我？"就算李黄轩再大大咧咧，也发现了庄子昂的异常，全年级第一的好学生，突然这么频繁地缺课，还真是前所未有的事。

虽然是最好的哥们儿，但庄子昂不想让小太阳似的李黄轩这么早就知道自己生病的事，就让悲伤来得再晚一些。李黄轩这么洒脱的人要是掉眼泪，可就一点儿都不酷了。

"我爸来学校撒了会儿气，我心情不好，就跟老张请假了。"庄子昂说的也是实话，只是有所保留罢了。

"就你那赌鬼老爸，还有脸找到学校来？我真想揍他一顿，让他天天欺负你。"李黄轩义愤填膺。

"算了吧，我怕你打不过他。"庄子昂的心底升起一股暖意，虽然自己没有亲情缘，但人生得一知己足矣，有李黄轩这样的知己，足矣！

庄子昂本想在家对付一口晚饭，但李黄轩说难得周末，非要拉他去家里吃饭。

路上，他就给老妈范玲打了电话，让她多做两道庄子昂喜欢的菜。

庄子昂很喜欢李黄轩的父母，他们真诚和蔼、儒雅亲切，不像自己的父亲庄文昭，浑身戾气，更不像后妈秦淑兰，为人阴鸷。

"小庄来了，你们坐一下，晚饭马上就好。"庄子昂跟着李黄轩一进家门，便听见范玲热情的招呼声。

他礼貌道："叔叔阿姨，又打扰你们了。"

李天云坐在沙发上看电视，笑着说："小庄，我们感谢你都来不及，黄轩跟你在一起，成绩进步了不少呢！"

电视里正在播放晚间新闻。

医疗专家称，因为现代人生活压力大，生活不规律，癌症患者有逐渐低龄化的趋势，很多年轻人都患上了不治之症。

李天云扼腕叹息，提醒道："黄轩，子昂，你们在学校可要好好吃饭，照顾好身体。"

"爸，你放心吧，我这身体，考飞行员都可以。"李黄轩自信地拍了拍胸脯。

庄子昂紧紧地咬着下唇，艰难地扯了一下唇角，点头道："我知道了，谢谢叔叔，您和阿姨也要多注意身体。"

另一边，庄文昭焦头烂额，处理庄宇航打架的事，给人家赔了不少钱，又按着庄宇航的脑袋向人道歉，才勉强解决。

他们回到家，天已经完全黑了。

庄文昭因为庄子昂的事，一下午心情都很差，他也在反省自己这些年是不是太偏心了？

"宇航，你以后不许再惹哥哥生气。"庄文昭用少有的严厉口吻说道。

"宇航年纪还小，他也只是想要更多的父爱，才会说那种话。"秦淑兰闻言立马替儿子辩解起来。

庄宇航正是叛逆的年纪，喜欢强词夺理："我也没说什么过分的话，还给他分了蛋糕，是他自己心理承受能力太差，跟我有什么关系。"

"短时间内，他应该不会回来，你给我好好反省一下，你看你成绩都差成什么样了？"庄文昭感觉心力交瘁。

这时，庄文昭兜里的手机又响了，是乡下的老爷子打来的，庄文昭连忙接通电话，好言哄着。

"他小孩子闹脾气，在外面住几天，自己就回来了。"

"我是他爸，管教他是天经地义的。"

"生病？他那么年轻，能有什么事。"

……

安抚好老爷子的情绪后，庄文昭瘫倒在沙发上。

下午在教师办公室的场景，一幕幕在他的脑海中浮现。

庄子昂真有那么优秀吗？自己这个当爸的怎么从来不知道？

秦淑兰在一旁抱怨："庄子昂学习那么好，却不用心辅导宇航的功课，让他在班级里倒数。

"一点儿当哥哥的责任心都没有，说到底还是自私自利。

"学习再好，人品不行，又有什么用？"

庄文昭的心头一股无名火起，他用力拍了拍茶几："庄子昂是我的儿子，什么时候轮到你说三道四？你把自己的儿子管好，让他少给我惹点儿事。"

秦淑兰原本以为，是庄子昂阻碍了他们一家三口相亲相爱，现在看来，是她过于天真了。自私自利又互相指责的人怎么能幸福地生活在一起呢？

庄子昂和李黄轩吃完饭，便溜进了卧室。

"你老实交代，下午跑哪儿去了？"李黄轩模仿着警察审犯人的眼神看着庄子昂。

"我跟小蝴蝶在河边坐了一下午。"庄子昂坦白道。

"又是小蝴蝶？"李黄轩盯着庄子昂的眼睛良久，长叹一声，"你惨了，现在都开始重色轻友了。"

庄子昂连忙否认："少在那胡说八道，我们只是好朋友。"

"你问问你自己的心，只想跟她做好朋友吗？"李黄轩坏笑。

"这个……"庄子昂有些心虚了。

小蝴蝶那么可爱的女孩，无论是谁都会对她产生好感，但是他已经不是健康的人了，没有资格。

"庄子昂，小蝴蝶是一个好姑娘，你好好加油，未来说不定心想事成，那样我就有一个大美女朋友啦！"李黄轩做出夸张的表示支持的姿势，一脸憧憬道。

庄子昂不敢流露出异样，只好点头附和，心里却泛起苦楚。

李黄轩描述的未来太美好，他不敢想。庄子昂发现自己对这世界越来越不舍，舍不得李黄轩，也舍不得小蝴蝶。

可是病魔不会允许，老天好像跟他开了一个最大的玩笑。

两人笑闹了一会儿，庄子昂想起明早的约会，婉拒了在李黄轩家过夜的邀请，回到了自己的出租屋。

洗漱后，庄子昂躺在床上，透过玻璃，望着夜空中的漫天星辰。

他听说，人死后会化作天上的星星，那自己会成为哪一颗？

庄子昂拿起手机，鬼使神差地再次拨打了苏雨蝶的电话。

"对不起，您所拨打的电话不在服务区，请稍后再拨。"

"Sorry! The subscriber you dialed can not be connected for the moment, please redial later."

同上次一样，手机里还是对方不在服务区的提示。

一到晚上，小蝴蝶就消失了，完全联系不上，但第二天她又会突然出现，就像一颗捉摸不定的流星。

"小蝴蝶，你晚上到底在哪儿呢？"庄子昂握着手机，沉沉睡去。

第八章
漂亮的纸鸢

沿着学校门口那条路，一直向南走到路的尽头，就是西山公园。因为交通方便、环境很好，所以每天都有很多老人在这里晨练。

因为是周末，庄子昂比平时起得晚了一些，他匆匆出门，到早餐店买了两份早点，赶到了公园。

公园里的绿化做得很好，空气格外清新。

没费多大功夫，庄子昂就在花坛边找到了那个头上斜插桃花的女孩。

第四天了，苏雨蝶依然是这身打扮，衣裙一尘不染，跟新的一样。

庄子昂到的时候，她手里端着一个纸盒，正在喂流浪猫，眼里充满爱意。

一大群颜色各异的小猫将她围在中间，不停地发出"喵喵喵"的叫声。

"虎子，你去哪儿了？身上脏死了。"

"布丁，最近你有没有背着姐姐谈恋爱呀？"

"奶酪，你都瘦得皮包骨了，快多吃一点。"

……

庄子昂站在不远处，听见苏雨蝶跟猫咪讲话，觉得十分有趣，她居然给每一只流浪猫都取了特别的名字。

"小蝴蝶。"庄子昂出声叫道。

"庄子昂，你来了？"苏雨蝶回眸一笑。

刹那间，百花失色。

庄子昂松了一口气，还好她没叫自己大笨蛋。

他晃了晃手中的早点，说："你投喂小猫，我来投喂你。"

苏雨蝶这个吃货，对美食没有任何抵抗力，她立即走出"包围圈"，接过庄子昂手中的袋子，坐在花坛边大快朵颐。吃早点的时候，她还不忘分一些给小猫们。

庄子昂看着她，嘴角泛起淡淡的笑。

这么好看的女孩，却一点儿包袱都没有，丝毫不在意自己的吃相。

"你看我干什么？自己也吃呀，真是大笨蛋。"苏雨蝶瞪了庄子昂一眼。

庄子昂这才收回目光，拿起热牛奶喝了一口，他感觉自己最近有点儿不正常，不被骂大笨蛋反倒不自在。

苏雨蝶边吃东西，边不时地四下张望，像是在寻找什么东西。

庄子昂发现后问道："你在看什么？"

苏雨蝶微微蹙眉，说："汤姆没有来。"

"汤姆？"庄子昂一脸疑惑。

"就是一只灰色的小猫，它平日里傻乎乎的，很像动画片里的那只。"苏雨蝶解释说。

庄子昂的脑海里立即浮现出那只永远抓不到老鼠的猫，那只猫给无数孩子送去了童年的欢笑。

"既然是流浪猫，可能去了别的地方，过几天它就回来了。"庄子昂安慰苏雨蝶。

"不会的，以前我每个周末都来喂它，它应该舍不得我的。"苏雨蝶嘟囔，快快不乐，连早餐都不吃了。

"那边有位环卫阿姨，要不咱们问问她？"庄子昂环顾四周，指着远处的清洁工人建议道。

"嗯！"苏雨蝶点头。

两人收拾好早点，便向那位阿姨走去。不知为什么，庄子昂的心里突然有种不祥的预感。

"阿姨，你有没有见过一只灰色的小猫？它大概这么长，个子小小的，耳朵上有个白点……"苏雨蝶耐心地向阿姨描述着汤姆的特征。

"那只猫死掉了。"环卫阿姨想起了苏雨蝶描述的那只猫。

"什么？"苏雨蝶有些震惊，手中的牛奶掉落在地上，白色的液体洒了一地。

"它过马路的时候被一辆车撞死了，后来被人埋在了路边。"阿姨许是怕苏雨蝶害怕，将事情尽量说得简略。

事实上，流浪猫被车撞死的模样是非常凄惨的，而且不一定会有人帮它们收尸。很多出车祸的流浪猫会在路中央被来往的车轮碾成"平面标本"。

"怎么会这样？"苏雨蝶喃喃自语，眼泪滚滚而下。

苏雨蝶一连重复了几遍，珠泪滚滚而下。

庄子昂站在她身边，清楚感受到她的悲伤。

阿姨感叹道："真是一个善良的姑娘，为一只流浪猫哭成这样。"她边说边骑着清洁车离开了。

"小蝴蝶，别哭了，猫有九条命的。"庄子昂轻声安慰。

苏雨蝶靠在他的肩头，低声啜泣。

"我最喜欢汤姆了，它那么可爱。"

庄子昂抬起手，鼓起勇气摸了摸女孩的头发，说："小蝴蝶，不要难过，每一只猫都会死的，就像每一个人……"停顿了许久，庄子昂才悲戚地说，"也会死的。"

苏雨蝶抬起头，泪眼婆娑，她似乎没听懂庄子昂的话。

庄子昂凝望着她的双眼，说："人和人也总要分别的，就像我和你，也迟早有再也见不了面的一天。"

"为什么？你不想跟我做朋友了吗？"苏雨蝶带着哭腔道。

"不是的，小蝴蝶，我想跟你做一辈子好朋友。"庄子昂连忙说道。

"那你就不要说这样的话。"苏雨蝶有些"蛮横"地要求道。

庄子昂本来只想安慰苏雨蝶，却没想到让苏雨蝶更伤心了。他有些无措，然后努力挤出笑容，说："你不许再哭了，说好了要天天开心的，我们还要去放风筝呢。"

"嗯，再让我哭一会儿，很快就好。"苏雨蝶"哀求"道。

"好，时间还早，哭久一点儿也没事的。"庄子昂目带怜惜，不忍再多说什么。

小蝴蝶，我离开的时候，你也会为我哭泣吗？如果哭，别哭太久，我会心疼的。所以，小蝴蝶，答应我，如果有一天我也离开了，你也只哭一小会儿就好了，然后每天都要开心。

太阳渐渐升起，照耀着草地和花朵。

流浪猫吃完食物，就各自散去。

庄子昂掏出纸巾，擦掉苏雨蝶眼角的泪痕，说："好了，咱们去放风筝，然后中午去吃好吃的。你说过伤心的时候，要吃好多好吃的。"

苏雨蝶揉了揉眼睛，又深呼吸几次，调整好情绪，才背上自己的单肩包："走吧，去你家。"

"去那儿干什么？"庄子昂一脸错愕。

"做风筝呀！不然放什么？"苏雨蝶反问。

庄子昂这才恍然大悟，他以为是去店里买一只风筝，而苏雨蝶却要自己动手做，很明显，后者要有意义得多。

亲手做一只风筝，看着它高高地飞在天空中，是很有成就感的事。

两人离开公园，往出租屋走去，刚到楼下，就遇到了邻居姐姐。

她一见小蝴蝶就笑容可掬："小姑娘，你又来了。"

"姐姐好。"苏雨蝶乖巧地打招呼。

"你要经常来玩，小庄这孩子，跟你在一起好像比自己一个人要开心得多。"邻居姐姐意味深长地说。

"我会常来的，因为我们是好朋友。"苏雨蝶的笑容干净澄澈。

陈年硬竹，扎成黄口新燕。风筝，在古代叫做纸鸢，单是名字，就别有意境。

来到庄子昂家，苏雨蝶从包里掏出了竹片、宣纸、棉线、胶水、蜡烛、裁纸刀、画笔等材料和工具。

庄子昂看得目瞪口呆，说："你真要自己做一只风筝？"

"当然呀，你看我像在开玩笑吗？"苏雨蝶一脸认真。

庄子昂小时候放过几次风筝，不过全部是买的。

自己做风筝，是根本没想过的事，无他，手笨而已。

就在庄子昂愣神时，苏雨蝶已经在宣纸上描画出风筝的图案，是一只大大的蝴蝶，然后再根据这个图案，用竹片制作骨架。

看到苏雨蝶用蜡烛烤着竹片，然后轻松地将竹片弯曲成想要的弧度，庄子昂惊呆了，她的手也太巧了吧！庄子昂想上前帮忙，但他笨手笨脚，越帮越忙，最后只好在旁边干看着。

苏雨蝶用棉线将竹片固定好，扎出蝴蝶的骨架，然后又用胶水把宣纸粘上去，裁剪掉多余的部分，一只蝴蝶风筝就有了雏形。

但苏雨蝶并不满意，她拿起铅笔勾勒出线条，又用颜料和调色盘调出需要的颜色，接着，她便手持画笔，在宣纸上安静地作画。

春风入户，落花无声。

庄子昂站在一边，静静地欣赏着小蝴蝶认真作画的模样，不敢发出一丝响动。此时此刻，他仿佛看到了千年前，一个描绘纸鸢的大家闺秀，温婉端庄，楚楚可人。

庄子昂之前从未想过，自己动手做风筝的过程也可以如此唯美。

苏雨蝶以极大的耐心，一笔一画，为蝴蝶的翅膀画上了繁复的花纹。

普通的竹子和纸张，在她的笔下变成了艺术品。

"好了，风筝漂亮吗？"画了半个多小时，苏雨蝶才放下画笔，长舒一口气，一只栩栩如生的蝴蝶出现在庄子昂眼前。

"小蝴蝶，你太厉害了！"庄子昂赞不绝口。

"这是奶奶教我的，小时候我每年都做呢！"苏雨蝶也很满意自己的杰作。接着，她又提笔在特意留下的空白处写上一行小字："庄子昂大笨蛋。"

古时候，的确会有人在纸鸢上写字，不过一般是吉祥话，可没有人写"大笨蛋"。

"你平常骂我就算了，怎么还写在风筝上？"庄子昂不满地嘀咕。

"让风筝带走你的笨，说不定你以后就会聪明一点儿。"苏雨蝶狡黠一笑。

庄子昂不甘示弱，拿起笔在旁边也写了一行字："小蝴蝶小傻瓜。"

只是这么一写，十二个字挤在一起，看上去黑乎乎一片，让整只风筝的色彩有些不和谐。

"不好看。"苏雨蝶嘟起小嘴。

庄子昂沉思了一会儿，又拿起画笔，蘸了一点儿红色颜料，在两行字之间，这儿添一抹红，那儿又添一抹红，寥寥几笔犹如画龙点睛，顿时让色彩有了层次。

苏雨蝶看后震惊得说不出话来。

在家里晾干风筝上的胶水和墨迹，庄子昂和苏雨蝶便拿着风筝去河边的草地。

碧空如洗，微风习习，正是放风筝的好天气。

苏雨蝶拿着风筝，由庄子昂放飞。

庄子昂迎着风在草地上奔跑了几个来回，不一会儿，蝴蝶状的风筝便被清风托起，越飞越高。

看着风筝在空中自由自在地飞翔，变得越来越小，宛如一只真正的蝴蝶，作为见证者和小部分参与者，庄子昂很有成就感。看着自己参与制作的风筝飞起来的快乐，是买来的风筝无可比拟的。

"好风凭借力，送我上青云。"庄子昂忍不住朗诵出这句诗。

苏雨蝶一直抬头仰望天空，不停地拍手叫好，发出清脆如铃的笑声，眼神里又流露出羡慕之情。

上有白云悠悠，下有流水潺潺，做一只快乐的小蝴蝶，自由飞翔在天地之间，该有多好。

风筝飞高以后，就不用那么费劲了，只需要偶尔牵动一下线就好了。庄子昂把线轴递给苏雨蝶，苏雨蝶迫不及待地接过去，在草地上蹦蹦跳跳，来回奔走，哪怕脖子、手腕都酸了，还一直乐呵呵地傻笑。

庄子昂坐在草地上，静静地看着女孩。

阳光从云层洒下来，照耀在她身上。阳光下，她的每一根发丝都清晰可见，耳畔的那朵桃花随着脚步微微摆动，显得无比娇艳。

　　"桃之夭夭，灼灼其华，之子于归，宜其室家。"这是《诗经》中的名句，描述年轻姑娘出嫁的场景。

　　庄子昂想起昨晚李黄轩的话，心又有些刺痛。苏雨蝶做新娘打扮时，一定美得不像话，可惜自己见不到了。那个能娶到她的男孩子，上辈子肯定拯救了银河系。

　　风筝越飞越高，渐渐成了一个小黑点，太阳也越来越刺眼，高高的风筝让地上的人再也看不见了。苏雨蝶将线轴递给庄子昂，从背包里拿出裁纸刀。

　　"你干什么？"庄子昂一脸惊讶。

　　"割断啊，这样蝴蝶才会真正的自由。"苏雨蝶的眼神清澈。

　　"这只风筝你做了那么久，丢了也太可惜了。"庄子昂想要劝阻。

　　"我已经享受了做风筝的过程，这就够了，现在我想让它飞去更远的地方。"苏雨蝶坚定地回答。在她心中，这只风筝并不是玩具，而是一只有生命的蝴蝶。

　　庄子昂没有再劝，他理解了苏雨蝶的意思。

　　苏雨蝶毅然割断了风筝线，骤然失去拉扯，风筝有些摇摇晃晃，好像要从天上栽下来，但很快风筝就适应了，向远方飞去。那只蝴蝶，带着庄子昂和小蝴蝶的名字，去寻找自由。

　　庄子昂双手插兜，望着风筝消失在天际，又收回目光，看着身边的女孩，他好像明白了苏雨蝶放风筝的深意。这世间的事，大多是过程重于结果，就像每个人生来就注定死亡，但不需要恐惧，好好享受生的过程就好！生如夏花之绚烂，死如秋叶之静美。

　　庄子昂和苏雨蝶静静地看着风筝消失，直到再也看不见它的踪迹，才收回视线。时近正午，又到了愉快的吃饭时间。

苏雨蝶要吃自助烤肉，她掏出所有的钱，数了一下，说："我有四十六块钱，留四块钱坐公交车，剩下的四十二块都给你，不够，你再补上。"

庄子昂摇头道："不用你给钱。"

"不，上次我就说了请客。"苏雨蝶十分坚持。

庄子昂无奈，只好接了钱过来。他有五千多块的积蓄，虽然不多，但只要不天天大吃大喝，撑三个月是完全没问题的。

不过，认识苏雨蝶这么一个小吃货，开销稍微大了一点儿，超出了庄子昂的预算，但他甘之如饴。

吃烤肉需要自己动手，比吃其他东西多了一些参与感。

苏雨蝶给烤盘刷上油，将各种肉放上去，很快就烤得吱吱冒油。

苏雨蝶这只小馋猫，闻着肉香，口水都快从嘴角流下来了。

肉烤得差不多了，苏雨蝶夹起第一片肉，蘸上蘸料，用生菜叶子一卷，递给庄子昂："来，试试看。"

庄子昂接过来放入嘴中，五花肉包裹在脆嫩的菜里，肉的肥腻和蔬菜的清甜得到了很好的中和。尤其是苏雨蝶竟然让自己吃第一口，庄子昂心里很满足。

为了感谢苏雨蝶，庄子昂给苏雨蝶剥起了虾。他剥虾的动作十分娴熟，很快，饱满的虾肉就堆满苏雨蝶的餐碟。

其他桌的食客，投来羡慕的眼神。

"哇，那两个小朋友好可爱呀！"

"女孩也太漂亮了。"

"小哥哥也很帅呀，剥虾都剥得那么优雅。"

……

有些话飘过来，小小地满足了庄子昂的虚荣心。

如果小蝴蝶真是自己的女朋友，那该有多好。

苏雨蝶正摆弄着烤盘里的食物，好像没有听到这些话，但通红的耳垂却出卖了她。

庄子昂刚咽下去第一块肉，第二块又递了过来，他将筷子推了回去，说："你都还没吃呢，不要一直给我。"

"你再吃一块，我就自己吃。"苏雨蝶固执道。

庄子昂无奈，只好再次接过。

小蝴蝶烤的肉，味道格外鲜美，明明她自己就是小吃货，却能忍住嘴馋，先给自己吃，好可爱的女孩啊。庄子昂吃得心满意足。

这家烤肉店，庄子昂以前和林慕诗来过一次，当时他不仅要烤肉，还得剥虾、倒饮料，而林慕诗什么都不干，只管张嘴吃喝。庄子昂忙活了半天，自己还没吃几口，林慕诗却说吃饱了要回去，他只得匆匆买单，送人回家。

小蝴蝶就不一样了，一看就是特别会照顾人的朋友。

两人从烤肉店出来，苏雨蝶困得不行，便跟着庄子昂回家小憩。

庄子昂指着房间里的床对苏雨蝶道："你就在这午睡吧，我去外面沙发上睡，有事你叫我。"

"知道了。"苏雨蝶强撑着困意走向床边，下一秒便倒头进入了梦乡。

庄子昂见状有些无奈，帮她脱掉帆布鞋，盖好被子，才离开房间。

躺在沙发上，庄子昂辗转反侧，半天无法入睡，他干脆掏出蓝牙耳机，听起了音乐。

怕你飞远去，怕你离我而去。

更怕你永远停留在这里。

每一滴泪水，都向你流淌去。

倒流进天空的海底。

……

伴随着伤感的旋律，困意如海水一样渐渐袭来，庄子昂进入梦乡。

不知过了多久，庄子昂感觉鼻子痒痒的，猛地打了一个喷嚏。一睁开眼，便看见苏雨蝶灿烂的笑脸，她手里拿着一根不知从哪儿找来的羽毛，咯咯直笑。

"你又捉弄我。"庄子昂揉了揉鼻子。

"大懒猪，太阳都快下山了还睡。"苏雨蝶做了一个鬼脸。

"庄子昂，你没趁我睡着，占我便宜吧？"

"自作多情，谁要占你便宜？"庄子昂大声道。

"可是你脱了我的鞋子。"

"不脱鞋，弄脏我的床怎么办？"

苏雨蝶不再说话，转头看向桌子上的圆形鱼缸，里面两条红色的金鱼在自由地游动。

苏雨蝶拿起一旁的饲料，扔了一些在水里，托着腮看鱼儿吃食，她羡慕地说："大笨蛋，你看它们多快乐，一点儿都不像你。"

"你又不是鱼，怎么知道它们快乐？"庄子昂反驳道。

"你又不是我，怎么知道我不知道鱼儿的快乐？"苏雨蝶立即接上下一句。

"你又不是我，怎么知道我不知道你知道鱼儿的快乐？"庄子昂的这句话，气得她半天没说话。她狠狠拧了一下庄子昂的胳膊，心想让你饶舌。

庄子昂痛得哇哇大叫，果然，就不能跟女孩子讲道理。

"庄子昂，我要回去了。"苏雨蝶望了一眼窗外，暮色沉沉。

"你必须这么早回去吗？我还可以请你吃晚饭。"庄子昂挽留道。

"不行，我要去坐六点十分的公交车。"苏雨蝶也有些不舍，但她必须在天黑前回去。

庄子昂有些无奈，他猜想她家教太严。

女孩子在外面玩太晚，的确不太安全。

两人来到公交站台，坐在等车的长椅上，一边吃关东煮，一边等十九路车。虽然庄子昂心里万般不愿，但公交车还是从街角转了出来。

"我再吃一口。"苏雨蝶连忙吞下嘴里的丸子，又咬了一口鱼豆腐。

"你明天还来吗？"庄子昂忙问。

"明天有什么好玩的？"苏雨蝶眨着大眼睛问。

"可以去图书馆看笑话书。"庄子昂脱口而出，说完后又觉得这个主意不好，看笑话书，好幼稚。

今天是周六，没什么人等车，车门一打开，苏雨蝶便踏了上去。

庄子昂看着她苗条的背影，心中十分失落，他应该说个更好玩的地方。

在车门关上的刹那，女孩忽然回头，说："好呀，那明早在图书馆门口见。"

车辆启动，载着女孩远去。

庄子昂在原地转了几个圈，开心得不知如何是好。虽然今天还没结束，但他无比渴望明天能早点儿到来，尽管那意味着他距离死亡又近了一步。

回去的路上，庄子昂吃了碗牛肉面，然后随便买了一本杂志，想用它来打发漫漫长夜。

大概八点多，庄子昂还是忍不住给苏雨蝶发了条信息：**明早想吃**

什么？

还是和前两次一样，根本等不到回复。

又过了许久，手机突然铃声大作，庄子昂连忙拿起手机，是李黄轩打来的视频电话。

"怎么是你？"

屏幕上的李黄轩一脸郁闷，说："听你这口气，好像很失望。"

庄子昂挤出笑脸，说："没有。怎么样，今天你去哪儿玩了？"

"玩什么呀，你又不是不知道，我妈给我报了补习班。"李黄轩抱怨道。

李黄轩像是机关枪，向庄子昂大吐苦水，说在补习班的时间有多难熬，跟一帮优等生坐在一起，差点儿抑郁。

庄子昂好一番劝慰，李黄轩才消停一点儿。

两人又东拉西扯一阵，才结束了通话。

电话挂断后，庄子昂躺在床上玩手机。他打开班级群，发现新任班长谢文勇发了条信息，@所有人，大致意思是下周二和周三是全年级统一的月考，让大家提前准备。

本来是一条简单的通知，同学知道就好，但谢文勇偏要耍一下"官威"，要求大家看到后必须回复。

很多人都懒得搭理他，只有稀稀拉拉几个同学老实地回复"收到"。

谢文勇很不满意，又发了条信息：怎么才这么几个人？其他人都睡着了吗？

李黄轩看不惯，当即不客气地回复：你少拿鸡毛当令箭，以前庄子昂当班长也没你这么多事儿。

谢文勇立即打字回复：现在我是班长，规矩由我来定。

新官上任三把火，这火要是烧不起来，树立不了威信，以后的工作只怕不好开展。谢文勇暗暗憋着一口气，他要告诉林慕诗，也要告诉所有的老师和同学，自己比庄子昂更优秀，更适合当班长。

但事与愿违，同学们根本不买账。

谢文勇没能看到想象中的齐刷刷的"收到"，而是一大堆冷嘲热讽。

不就一个班长嘛，庄子昂不要才给他的。

就是嘛，他还真拿自己当回事了。

在我心中，只认庄子昂当班长。

就是，连续两年全年级第一，这纪录谁能破？

……

谢文勇看着群里刷屏的消息，气得咬牙切齿，嫉妒的火焰在心中熊熊燃烧。

这时，庄子昂发了两个字：收到。

林慕诗立即跟上：收到。

李黄轩：收到。

张子宇：收到。

邓卓然：收到。

……

看到这一幕，谢文勇才清晰地认识到，庄子昂在同学们心中的地位，根本是他难以撼动的。可越是这样，他就越不服气，更加渴望证明自己。

庄子昂才没有那么多小算计，回复"收到"，只是为了配合谢文勇的工作，帮他"镇镇场子"。

发完以后，庄子昂便放下手机，看了一会儿杂志就睡觉了，他满心期待着明天与苏雨蝶的图书馆之约。

第九章
图书馆之约

第二天一早，手机信息提示音将庄子昂从睡梦中拉回现实，他从床头拿起手机，果然看到了苏雨蝶的回复：*大懒猪快起床，我给你买了早餐。*

庄子昂睡意全无，立即从床上爬起来，洗澡、穿衣、出门、扫码骑车，一气呵成。

在去图书馆的路上，庄子昂突然想起苏雨蝶又是早上给自己回的消息，不由得有些疑惑：*她只有白天才能玩手机吗？*

还没到图书馆，庄子昂就看到了馆前白杨树下那个穿白衬衫蓝裙子的女孩。苏雨蝶正就着红色的地砖跳格子，清晨的阳光透过树叶在她身上洒下斑驳的光影，美得如同坠落凡间的仙子。

"小蝴蝶！"庄子昂有些看痴了。

"你好慢呀，早饭都快凉了。"苏雨蝶噘着嘴抱怨。

"对不起，下次我快一点儿。"庄子昂连忙道歉。

与苏雨蝶见面，庄子昂总是期待着下次。

食物是不能带进图书馆的，两人就坐在一旁的台阶上，分享着早餐。

苏雨蝶买了包子和烧麦，搭配热牛奶。

吃饭这件事，重要的不是吃什么，而是跟谁一起吃。跟有意思的人在一起，粗茶淡饭也是美味珍馐。

"哇，庄子昂，这个烧麦好好吃，你尝一下。"

"才不要，你都咬一口了。"

"没事的，这边没咬过。"

"那好吧！"

……

吃完早饭，庄子昂和苏雨蝶进入图书馆。

周末，图书馆的人要比平常多一些。庄子昂让苏雨蝶先去找座位，自己则去找书。

《天龙八部》他一直想看，另外，还有笑话书和童话故事，也得给苏雨蝶带两本。

取完书，庄子昂在阅读区找了好半晌，才在角落里找到苏雨蝶。

"你怎么找了这么偏的位置？"庄子昂觉得这个角落实在有些偏僻。

"我跟你说，我刚才遇到了非常恐怖的事情。"苏雨蝶压低声音，神秘兮兮地说。

庄子昂一愣，大白天的，而且还有这么多人，能有什么恐怖的事情？

苏雨蝶见他不信，忙道："我明明看到有很多空座位，但我要去坐的时候，旁边就有人告诉我，这里有人！"

"就这？"庄子昂憋着笑。

"不恐怖吗？我看着是空座位，他们却能看到人。"苏雨蝶一脸认真。

庄子昂看着苏雨蝶认真的表情，一时有点搞不懂，苏雨蝶是故意逗自己开心，还是真这么傻。

庄子昂无奈地附和道："确实挺恐怖的。"边说边将笑话书递过去，"好了，看书吧！"

苏雨蝶像个小孩子一样，立刻把"恐怖的事情"抛诸脑后，接过书便津津有味地看起来。

苏雨蝶的笑点实在是低，又担心笑出声会影响到别人，所以一直捂着嘴防止自己笑出声，小脸蛋憋得通红。

庄子昂偶尔看她一眼，生怕她突然笑出一个鼻涕泡。

笑话书没有多少内容，苏雨蝶很快就看完了两本，起身去换书。

庄子昂沉浸在武侠世界中，没有注意到苏雨蝶离开。

时光安静地流走，如同流失于指缝的沙，身边时时有人来来往往，带着各自的悲欢。

不知过了多久，庄子昂收回思绪，看了一眼身旁的女孩。这一次，苏雨蝶没有再看笑话书，而是聚精会神地看《难经》。

庄子昂有些诧异，刚才还因看笑话书而笑得前俯后仰的女孩，居然会看这么深奥的古籍，反差也太大了。

"好端端的，你看医书干什么？"庄子昂压低嗓门。

"我随便看看，好奇而已。"苏雨蝶随口解释。

"你是有家人生病吗？"庄子昂实在想不明白苏雨蝶怎么突然画风大变。

"没有啦！"

庄子昂见苏雨蝶不太愿意回答，也不好继续追问，毕竟家人生病这种事，一般人都不喜欢过多谈论。

庄子昂看苏雨蝶一脸认真，不再打扰。自己都病入膏肓了，哪里还有心情管别人。

《齐物论》中说："方生方死，方死方生。"

世间万事万物，都在不断地出生成长，也在不断地死亡消失。

人死了以后，真的就万事皆空了吗？

时间一点儿一点儿地过去，大约十一点半，苏雨蝶悄悄地拍了拍庄子昂的手背。

"怎么了？"庄子昂从书里抬起头。

"我饿了。"苏雨蝶嘟着小嘴，一副楚楚可怜的模样。

庄子昂有些无语，真是一个贪吃鬼，不是刚吃完早饭吗？

将书放回书架后，两人一起出了图书馆。

终于可以大声说话了，苏雨蝶显得特别开心，像一只被放出笼子的鸟儿。

"庄子昂，我们中午吃什么？"

"火锅、烤串、奶茶、冰淇淋……"庄子昂挨个儿报菜单，苏雨蝶双眼放光，口水都快流出来了，期待地看着庄子昂，庄子昂憋笑道，"这些都不能吃。"

"啊？"苏雨蝶的眼里瞬间没有了光。

"我只是一个穷学生，没有经济来源，要是天天大吃大喝，迟早会饿死街头的。"庄子昂伸手戳她的额头。

苏雨蝶连忙拉开背包拉链，找出来两张二十的钞票。

"我今天只有这么多，不过你得把坐公交车的钱留给我。"

庄子昂笑问："你那个包是聚宝盆吗？每天都会生钱出来。"

苏雨蝶回答："不是，每天早上奶奶都会给我钱，因为早上买了早餐，就没剩多少了。"

她这么一说，庄子昂更不忍心花她的钱，他略一思索，说："我知道有家砂锅米线好吃又便宜，去不去？"

"当然，有吃的就行。"苏雨蝶乐呵呵地笑。

这姑娘是一点儿都不挑食。

庄子昂说的那家砂锅米线，在他家，也就是庄文昭家小区附近，开店的是一对中年夫妻，为人实在，价格公道。以前家里没饭吃的时候，他就会过来吃砂锅米线。

两人来到店里，差不多刚好十二点，正是吃午饭的时候，食客很多，人声鼎沸，充满烟火气。

苏雨蝶一出现，立即吸引了食客的目光。庄子昂连忙带她找了座位，把她挤在角落，然后点了两份鸡汤米线。老板娘的动作很快，没一会儿就把鸡汤米线端了上来。

汤色清亮，香气扑鼻，苏雨蝶迫不及待地喝了一口，烫得直吐舌头。

"你慢一点儿，让人家看到，还以为饿了三天呢。"庄子昂打趣。

"这汤好好喝。"苏雨蝶指了指砂锅，星星眼地说道。

在她眼里，就没有不好吃的东西？

不挑食的姑娘，好养活。

两人一边吃米线，一边聊天，当然，大部分时间是苏雨蝶说，庄子昂静静地听着，他听她分享看了一上午的笑话。

明明是平平无奇的笑话，经过她的润色，也会变得让人忍俊不禁。

庄子昂看她的时候，眉眼都带着笑意。

至于那本《难经》，他们默契地谁也没有再提。医学博大精深，但懂得越多，往往越无奈，毕竟在千奇百怪的疾病面前，医学能做的非常有限。

"庄子昂,你不是离家出走了吗?又回来干什么?"一道不和谐的声音忽然从旁边传来。

庄子昂转过头,看到了庄宇航挑衅的眼神。

他跟着几个同小区的同学一起来吃米线,庄子昂不想搭理他,一言未发,收回了目光。

"这是谁呀?"苏雨蝶好奇地打量了一眼庄宇航。

"我爸的儿子。"庄子昂淡淡道。

"那……不就是你的弟弟吗?"苏雨蝶思考了一下,才理清他们的关系。

她第一天认识庄子昂时,他就说了跟家人关系不好,只是没想到会恶劣成这样。

听庄宇航刚才说话的口气,哪有一点儿把庄子昂当哥哥的样子。

庄宇航见自己被庄子昂无视了,顿时大怒,指着庄子昂的鼻子说:"听说你在背后说我坏话?"

庄子昂冷冷回答:"那不是坏话,是实话。"

"我成绩好不好,用不着你来管,少在我父母面前煽风点火。"庄宇航越发恼怒。

由于庄子昂太过优秀,将他这个弟弟衬托得像个废物,他心里憋着气,今天终于有机会发泄出来了。

跟庄宇航同桌的几个小孩也嬉皮笑脸地拱火。

"宇航,这就是你同父异母的哥哥?"

"听说在你们家,他活得像个笑话。"

"一个只会读书的书呆子,活着也太无聊了。"

……

庄宇航哈哈大笑,说:"对呀,要是他能消失在这个世界上就好了！"

听到这句话，庄子昂猛地攥紧了拳头，指节咯咯作响。

苏雨蝶霍然起身，盯着庄宇航说："你小小年纪，怎么这么说话？他是你哥哥呀！"

庄宇航白了苏雨蝶一眼，说："你是谁呀？我们家的事要你管？"

苏雨蝶瞪大双眼，难以置信，眼前骄纵任性的小孩，居然跟庄子昂来自同一个家庭。

庄子昂明明既善良又温柔。

"你哥哥对你那么好，前几天还给你买蛋糕了，不是吗？"苏雨蝶试图跟庄宇航好好沟通。

"我爸给我买了生日蛋糕，谁要吃他那个破蛋糕？他当晚就被我赶了出去。"庄宇航发出放肆的笑声。

"庄子昂，你这个大笨蛋。"苏雨蝶看着庄子昂，杏仁眼里蓄满泪水。

现在她才知道庄子昂那晚的悲惨遭遇，可第二天这个大笨蛋居然笑着对她说，弟弟很喜欢那个蛋糕，吃得满嘴都是奶油。

虽然她当时就知道庄子昂说了谎，但没有想到，真相会如此残酷。

那一晚，庄子昂的内心该是怎样的煎熬。

一个人对家人是有多失望才会毅然决然地离开那？

"你跟这废物混在一起，也不是什么正经女生吧？"庄宇航轻蔑地扫了苏雨蝶一眼。

他的话音刚落，脸上便火辣辣地痛起来，庄子昂忍无可忍，狠狠扇了庄宇航一耳光，将庄宇航扇翻在地。

"废物，你敢打我？"庄宇航仰躺在地上，用惊惧的目光看向庄子昂。

在他的印象中，庄子昂一向温和，或者说是软弱可欺，他现在居然真的敢动手。

庄子昂居高临下，俯视着庄宇航："我想打你就打你，难道还要挑日子吗？"

庄子昂这一耳光，结结实实地将庄宇航扇蒙了。

这家伙吃炸药了吧，这还是那个自己熟悉的受气包吗？

连苏雨蝶也没料到，性格温和的庄子昂会突然出手。

周围的食客并不知道事情的来龙去脉，在他们看来，就是庄子昂在欺负小孩，不禁对着他指指点点。

"这人怎么回事，对小孩子下这么重的手。"

"报警抓他，让警察教育教育。"

"让我拍个视频发到网上去，当众打人，简直无法无天。"

……

如果是以前，庄子昂还会在意别人的看法，不过自从确诊了癌症，他的心境完全变了，只想把时间和精力留给自己在意的人和在意自己的人。

米线店老板闻讯赶来，惊讶地看着庄子昂，说："小庄，你怎么打你弟弟？"

他认识庄子昂，对他们家的情况也略知一二，所以不像别人一味指责。

"叔叔，对不起，给你添麻烦了，我们马上就走。"

庄子昂让苏雨蝶等他一下，然后跟着老板去结账。

庄宇航狼狈地从地上爬起来，用无比怨毒的眼神盯着庄子昂。虽然他怒火中烧，但也知道自己打不过庄子昂，只能暂时强压怒火，打算回家向父母告状。

庄子昂去了好一阵子才回来，他拉着苏雨蝶的手腕，说："走吧！"

苏雨蝶没有多说话，顺从地跟着他离开。

他们走到门口，庄宇航才色厉内荏地大喊："庄子昂，你摊上事了，我爸妈不会放过你的。"

庄子昂冷冷一笑，说："他们不会管教你，我就帮帮他们。以后别让我见到你，不然我见你一次打你一次。"

放完狠话，庄子昂头也不回地拉着苏雨蝶潇洒离去，这感觉比当受气包爽多了。

苏雨蝶的砂锅米线还没吃完，有些心心念念。

庄子昂看她小馋猫的样子，给她买了两根烤肠和一个冰淇淋，才算堵住她的小嘴。

"喂，大笨蛋，你为什么要动手呀，怪吓人的。"苏雨蝶吃着东西，还不忘记问。

"因为他不光说我，还对你出言不逊，我不允许别人说你。"庄子昂认真地回答。

苏雨蝶这才想起，的确是庄宇航说了她，庄子昂才突然动手的，她的心里泛起一丝甜意。

那人的确是欠揍。

不愉快的事，两人没有再提。

两人原路返回，继续去图书馆看书。大约半个小时后，庄子昂的手机振动起来，是庄文昭打来的。

看来庄宇航已经回家告状了。庄子昂果断拒接电话，并设置了免打扰模式。

为了让庄子昂开心一些，苏雨蝶找来几本笑话书，两人凑在一起，看着同一本书，分享着快乐。看到好笑的笑话，他们都不敢笑得太大声，只能浅浅地相视一笑。

庄子昂能从苏雨蝶清澈的眸子里看见自己的倒影。

过了没多久，苏雨蝶鬼鬼祟祟地掏出一包水果硬糖，拆开一颗草莓味的，递到庄子昂的嘴边。

"你怎么又把糖带进来了？"

"嘘，小点儿声，吃糖可以忘记烦恼。"

糖在舌尖化开，甜味也在心间荡漾，原来吃糖真的会让人快乐。庄子昂知道自己在劫难逃了，迟早会"栽"在这个叫苏雨蝶的女孩身上，此刻，他第一次希望自己的寿命能超过三个月。

一整个下午，庄子昂和苏雨蝶在图书馆里看了七八本笑话书和漫画书，就像吃垃圾食品，没有营养，却很快乐。

跟好朋友在一起，时间总是匆匆如流水。

到了五点半，庄子昂将书籍放回书架，和苏雨蝶离开图书馆，走在去往学校方向的路上。"大笨蛋，你记得今天看了什么吗？"苏雨蝶连蹦带跳，踩着马路上的格子地砖。

"不记得，我全部忘记了。"庄子昂笑着回答。

"我也是，哈哈哈哈……"

马路上，留下他们欢快的笑声。

夕阳下，庄子昂望着翩翩起舞的苏雨蝶，觉得时光格外温柔。

是谁送你来到我身边的？

六点十分，十九路公交车如约而至，苏雨蝶上了车，隔着玻璃窗，向庄子昂挥手告别，庄子昂也轻轻挥手。

公交车早已没了踪影，庄子昂还傻愣愣地站在站台上，心里空空荡荡。

他的一天，被六点十分这个时间点硬生生截成了两半。

有苏雨蝶和没有苏雨蝶，是两种完全不同的生活。

庄子昂在街边小店对付了晚饭，就回到了出租屋。玻璃鱼缸里，两条金鱼还在不知疲倦地游动。

庄子昂一边喂食，一边痴痴地跟它们说话："小鱼儿，你们说小蝴蝶喜欢我这个朋友吗？

"要是喜欢，你们就吐个泡泡。

"要是不喜欢，你们就起来解一道二元二次方程。"

金鱼依旧悠哉地游着，没有搭理这个有些发神经的男生。庄子昂放下鱼食，拿出手机，解除免打扰模式，他发现庄文昭打了五个电话，还发了三段六十秒的语音。

庄子昂才懒得听他废话，直接将电话拨了回去。

"没错，是我打的，因为他嘴臭，活该挨揍。"

"你与其指责我，不如反省一下，自己是不是一个合格的父亲。"

"要是我把他打出问题，你就带他去治，我反正不管，要钱没有，要命也不给。"

……

与庄文昭通话的时候，庄子昂能听到秦淑兰在一旁煽风点火，骂骂咧咧。

庄子昂在心里冷笑，受了你们十多年的气，还真当我是受气包？

发泄一通后，庄子昂再次挂断电话。

另一边，庄文昭听见手机里的嘟嘟声，肺都快气炸了："逆子，我怎么生了这么个家伙？"

愤怒让他失去理智，根本不会思考庄子昂为什么突然性情大变，也根本不会反省自己这个父亲有没有担负起教育儿子的责任。

秦淑兰在一旁哭哭啼啼："你看他把宇航打成什么样了，现在都还没消肿，我的心肝宝贝呀!"

庄宇航使劲拍着桌子，说："爸，你明天就去他们学校，把他绑回来，让他跪下向我道歉，再用皮带把他抽得皮开肉绽。"

庄文昭被老婆和儿子的哭闹声弄得理智全无，说："年年考第一又怎么样，连自己的弟弟都打，改天是不是连我也敢打了?"庄文昭怒不可遏，不打算轻易放过庄子昂。

第十章

一物降一物

朝阳初升，晨风微凉。

每个星期一都要开早会，举行升旗仪式。

庄子昂自从到了操场，目光便在各个班级里搜寻，试图找到苏雨蝶的身影，结果却让他非常失望。

"小蝴蝶，你到底是哪个班的？"这个问题庄子昂早就想问苏雨蝶了，但又考虑到她故意隐瞒，多半是别有内情。所以庄子昂不想追问她，觉得她想说的时候，自然就会说。

由于心不在焉，主席台上的人说了什么，庄子昂一个字也没听进去，直到散会，他才从李黄轩口中得知九班没得到流动红旗。

两年来，这是第一次。

"一个红旗而已，就像幼儿园小朋友的小红花，没什么大不了的吧？"庄子昂笑着说。

"平时倒没什么，但这是谢文勇任班长的第一周，就出了这档子事，你看他那张脸，黑得都能挤出墨汁了。"李黄轩一向看不惯谢文勇，此时倒有些幸灾乐祸。

九班作为尖子班，学习、纪律、卫生一直名列前茅，流动红旗挂在教室一角就没挪过窝。

九班的同学都很有集体荣誉感，将流动红旗看得比较重要，这次没能拿到流动红旗，大家对谢文勇颇有微词。

"我说有些人，没有金刚钻就别揽瓷器活。"

"庄子昂当班长时，咱们班什么时候丢过流动红旗？"

"好端端的，庄子昂为什么撂挑子不干了？"

……

谢文勇听到这些话，非常难受，为什么在大家眼里，他做什么都比不上庄子昂。

上课铃声一响，谢文勇便大步走上讲台，用黑板擦当惊堂木，使劲地在讲桌上拍了拍："大家安静，我作为班长，安排一下布置考场的事。"谢文勇很喜欢把班长两个字挂在嘴边。

下面的同学，写作业的写作业，聊天的聊天，睡大觉的睡大觉，根本没几个人搭理他。

谢文勇在讲台上讲了几句，却发现根本没人听，气得将讲桌拍得震天响："你们到底有没有听我说话？"

李黄轩讥讽道："你啰唆了半天，一句重点都没有，鬼才愿意听。"

谢文勇愤愤道："庄子昂以前不也这么多废话，你咋就乐意听？"

"很简单，庄子昂当班长我服气，你当班长我不服气。"李黄轩反驳。

"凭什么？我比他差在哪儿？"

"他能考年级第一，你能吗？"

一句话让谢文勇的脸色青一阵白一阵。他觊觎了这么久的班长宝座，还没坐热乎，就有了这么一大堆鸡毛蒜皮的事。

以前庄子昂当班长时，大家没什么感觉，直到这时，大家才意识到庄子昂默默地为班级付出了很多。

林慕诗回过头来，说："庄子昂，你这班长当得好好的，为什么要辞职？"

庄子昂微微抬眼，说："我累了，不想当了。"

这回答太敷衍，林慕诗很不满意。可是她怎么都不会想到，真相是庄子昂接下来可能会频繁请假，根本没有精力胜任班长的职务。

越来越多的同学将目光集中到庄子昂身上。

"庄子昂，还是你当班长最合适，我们都服你。"

"就是呀，你都当两年班长了，应该有始有终。"

"庄子昂，我挺你，你是不是有什么困难？说出来，我们帮你一起解决。"

"你以前帮了大家那么多，遇到麻烦了可不能一个人扛着。"

……

在九班，庄子昂犹如定海神针一般。

每次考试，他都以绝对的实力稳居年级第一，拉高班级的平均分。

虽然他足够优秀，但从不骄傲自满，有同学向他请教问题，总是不厌其烦地解答。

作为班长，庄子昂带领全班同学参加运动会，为校庆排练节目，办黑板报……在他的带领下，各项活动总能取得优异的成绩。而当班上的同学生活困难或身体不舒服时，他也总是给大家提供力所能及的帮助和关心。

庄子昂展现出的强大和无私，让大家忽略了其实他也只是一个普通的少年，也有自己的悲伤和痛苦。

最近一周，庄子昂频繁地请假和缺课，让同学们隐隐察觉到，他一定是遇到麻烦事了。

在班级同学殷切的目光下，庄子昂缓缓地站起身，望着周围熟悉的脸庞，泪水湿了眼眶："谢谢大家的关心，我很好，没有事。辞去班长职务是我慎重考虑后的决定，没能为大家服务到毕业，实在很对不起。新班长会继续为班级做贡献，请大家多多支持和配合他，也多给他一些时间。"说到后面时，庄子昂有些哽咽。对不起，亲爱的同学们，我可能没办法和你们一起毕业了。

李黄轩用力地捶桌子，说："庄子昂，你到底怎么了？"

庄子昂按住他的肩膀，说："别问了，很快你就会知道的。"

教室里的气氛变得格外低沉，大家虽然不知道庄子昂身上发生了什么事，但却能真切感受到他的悲伤。

谢文勇站在讲台上，满脸尴尬。他一直在跟庄子昂较劲，没想到庄子昂还帮他说话，他好像突然明白了自己为什么比不上庄子昂。

"怎么回事？整栋楼就你们班最吵！"张老师出现在教室门口，说出每位老师都会说的经典名言。

"张老师，我们在开班会，希望庄子昂能重新当班长。"林慕诗大胆地起身发言。

她的话音刚落，众人一呼百应。

"对，张老师，我们不想让庄子昂卸任班长。"

"全班同学，只有他最有威望。"

"庄子昂是不是遇到什么事了？我们都可以帮他。"

……

张老师听见大家的话，不禁鼻子一酸，他挥了挥手，示意大家安静："庄子昂同学辞职，是他深思熟虑后做的决定，我们应该尊重他。

虽然他不再是班长，但他过去两年为班级做出的贡献，我们谁都不会忘记。以后的日子，请大家像以前一样，尊敬和关心他。"说完这番话，张老师离开了教室，他站在走廊上，抹了把眼泪，还好忍住了，没有当着学生的面哭出来。

张老师努力平复心情，手机铃声突然响起，电话是学校门卫室打来的。

"庄子昂，门卫室的保安说，校门口有位老人找你。"张老师将庄子昂叫出教室。

"老人？"庄子昂一脸疑惑。

"听说有七十多岁了，你去看看吧！"张老师说。

庄子昂想起了什么，一路小跑来到校门口，当他看清坐在门卫室里的老人时，眼泪立刻就流出来了，哗啦啦地往下直掉。

老人已逾古稀，稀疏的头发完全白了，满面皱纹，穿着蓝色的中山装，脚上是黑色千层底布鞋，手里还提着一个竹编的篮子。

"爷爷，你怎么来了？"庄子昂整理好心情，朝老人走去。

庄建国激动地站起身，说："子昂，我放心不下你，一定要来看看。"

庄子昂无法想象住在乡下，不会用手机的爷爷，是如何转三次车来到城里，又如何一路打听找到学校，再找到自己的。庄子昂快步上前，一把抱住瘦骨嶙峋的爷爷，泣不成声。

庄子昂五岁那年，父母离婚，他被送到乡下，跟爷爷奶奶生活了半年。在那短短的半年里，两位慈祥的老人让他体会到了难得的亲情温暖。后来，为了庄子昂能接受更好的教育，两位老人万般不舍地将他送回城里，庄建国也知道他在家里的处境艰难，所以每到寒暑假都让他回乡下住一段时间。

十多年来，庄子昂的生活费大半是靠老人种庄稼换来的。相对于庄文昭这个父亲，庄建国才是庄子昂真正意义上的监护人。

这两天，庄建国得知庄子昂离家出走，急得寝食难安，他催庄文昭去找庄子昂，但庄文昭却一直敷衍。心急如焚下，庄建国干脆亲自进城一趟，他要看到庄子昂是平安的。

"爷爷，对不起，是我不懂事，让您担心了。"庄子昂哽咽道。

"好孩子，我知道，你肯定是在家里受委屈了，别害怕，爷爷为你主持公道。"庄建国怜爱地抚摸着庄子昂的后背。

庄建国了解自己的孙子，他是一个品性纯良、与人为善的好孩子。现在他做出这么叛逆的事，一定是受了极大的委屈，对父亲和继母彻底失望了。

只是他怎么也不会想到，自己的孙子还有一个巨大的噩耗不敢告诉他。

这时，张老师跟了过来，看到相拥而泣的爷孙俩，他想起庄子昂的病情，眼眶再次泛红。

庄子昂抹掉眼泪，对庄建国说："爷爷，这是我的班主任张老师。"

庄建国连忙向张老师鞠了一躬，说："老师，我们家子昂让您费心了。"

张老师连忙拦住庄建国，说："老人家，使不得，庄子昂是我教过的最优秀的学生，我为他感到骄傲。"

庄建国弯下腰，从竹篮里拿出几个鸡蛋，往张老师手上塞："张老师，乡下人没什么好东西，这是自家鸡下的蛋，您拿回家尝尝。"

"不行不行，我们学校有规定，不能收礼。"张老师连忙推却。

"张老师，我们家子昂从小就没有妈妈，他爸爸又不管他，还麻烦您多照顾他。"庄建国请求道。

"老人家，我会的。"张老师彻底绷不住了，转过身子，抹了把眼泪，他不敢想象，要是老人得知那残酷的真相，会伤心成什么样子。

门卫室的保安看到真挚朴实的老人也无比动容。

待情绪平复后，庄子昂对张老师说："张老师，我想带爷爷去吃午饭，下午要是耽搁……"

"没事的，你去吧，好好陪陪爷爷，老人家也不容易。"张老师和蔼地说。

庄建国又向张老师和保安一一道谢，才拎起竹篮，跟着庄子昂一起走出校门。

庄子昂想要带庄建国下馆子，但老人家心疼钱，执意不肯。没办法，庄子昂只好买两根苦瓜，搭配着庄建国带来的土鸡蛋，回出租屋做了道苦瓜炒蛋。

庄建国吃得有滋有味，直夸庄子昂厨艺好。

"爷爷，我在这儿住着挺好的，离学校近，早上可以多睡一会儿，您就别劝我回去了。"庄子昂小心翼翼地说。

庄建国打量着狭窄却整洁的出租屋，唉声叹气："我想着你一个人孤零零地在外面，这心里就不是滋味。"

"哪有孤零零，我在学校有很多朋友，大家都很喜欢我。"庄子昂不想爷爷一大把年纪了还为他操心。

"可朋友终究不是家人呀！"庄建国很想劝庄子昂回去，但他也清楚，在那个家里，庄子昂不好过。

庄子昂已经十八岁了，是成年人了，有权利选择自己想要的生活。

"你爸说你昨天打了宇航，是真的吗？"庄建国问道。

庄子昂点点头，说："是他先骂我和我的朋友的。"

庄建国神色凝重，说："吃完饭我带你回去，把这件事说清楚，只要你没做错，爷爷给你撑腰。"

庄子昂犹豫了一下，还是同意了，他不想让七十多岁的爷爷为自己担心。至于三个月后的那件事，只能拖一天算一天了。

当庄建国和庄子昂爷孙俩出现在家门口时，庄文昭格外惊讶："爸，你怎么来了？你早点儿说一声，我好去接你。"

庄建国看到庄文昭就生气："你都把我孙子赶出家门了，还不许我来看看？"

秦淑兰迎了出来，皮笑肉不笑地打了声招呼。

还没到下午上学时间，庄宇航也在家，母子二人看庄子昂的眼神充满了怨恨。

关上门后，庄文昭冲庄子昂怒吼："你看看你干的好事，爷爷这么大岁数，万一路上有个三长两短，你负得起责任吗？"

"谁让你对我孙子大呼小叫的？我来看他，我愿意。"庄建国看不得庄文昭骂庄子昂，拍了拍茶几。

一物降一物，庄建国一出手，庄文昭立刻老实了，他低着头辩解道："我是他爸，我有义务管教他。"

"你看看你哪儿有点儿当爹的样子，你有什么资格管教他？"庄建国下定决心帮庄子昂出口气。

庄文昭便不说话了。

秦淑兰在一旁道："爸，你要一碗水端平，宇航也是您的孙子，他被庄子昂扇了一巴掌，这件事怎么说？"

庄宇航仗着有人撑腰，底气十足道："没错，这个废物，最近发疯了。"

"住口，他是你哥哥！"庄建国勃然大怒。

他弄不明白，这两口子怎么能把孩子骄纵成这样！哪有弟弟管哥哥喊废物的？

昨天米线店的事，庄文昭只听了庄宇航的一面之词。

庄宇航当然不会说是自己主动挑事，而是对庄子昂百般诋毁，在他口中，庄子昂简直穷凶极恶，罪不容诛。

"爸，不管怎么说，庄子昂打了宇航，这是事实，他必须向宇航道歉，你不能一味地护着庄子昂。"庄文昭不满庄建国对庄宇航的态度。

庄建国眉头紧锁，非常不满地盯着儿子。庄子昂是庄子昂，庄宇航却是宇航，就这一点儿微妙的差别，他就能猜到庄子昂在这个家里过得有多么压抑。

秦淑兰在一旁煽风点火："现在他敢打弟弟，过几天就敢打父母，之后岂不是要打爷爷了？人品不端正，读那么多书，将来只会对社会造成更大危害。趁他没犯下更大错误，必须要严加管教……"

秦淑兰一副刻薄相，一直喋喋不休，庄建国懒得搭理她，转头看向庄子昂："子昂，你跟爷爷说，为什么要打宇航？"

庄子昂扫了庄宇航一眼，说："因为他活该，欠揍。"

"废物，你找死是吧？"庄宇航大声嚷嚷。现在他有了父母撑腰，可不怕庄子昂。而庄建国这个爷爷，他一年也见不了几次，只是一个老糊涂罢了。

"爸，你看庄子昂这个态度，有一点儿悔改的意思吗？"秦淑兰重重地哼了一声。

"逆子，做错事还这么嚣张，你是真不把我放在眼里？"庄文昭指着庄子昂的鼻子大骂。

庄建国怒道："事情都还没弄清楚，你们怎么就一个劲儿指责子昂？"

秦淑兰阴阳怪气道："老爷子，您非要偏袒他，我也没办法，我们母子俩真是命苦，被你们合起伙来欺负。"

庄文昭对老爹还算恭敬，耐着性子解释："爸，昨天的事，不少街坊邻居都看到了。庄子昂不好好上学，跟一个不三不四的女孩在一起，被宇航撞破了，他就恼羞成怒，对着弟弟大打出手，性质实在太恶劣了。"

庄子昂怒目圆睁，声音陡然拔高："你说谁是不三不四的女孩？"

"不三不四的女孩"，这是庄宇航对苏雨蝶的形容，庄文昭把原话照搬过来，却没想到庄子昂的反应这么大。

"你小小年纪，不好好上学，跟女孩子鬼混，以后指不定做出什么见不得人的龌龊事。"秦淑兰还在拱火。

这句话已经相当过分了。

庄子昂双目赤红，紧握双拳，恨不得冲上去狠狠打这女人两巴掌。同时，他又觉得愧对苏雨蝶，那么美好的女孩，却受他的连累，被人如此诋毁。

看到这一幕，庄建国终于理解庄子昂为什么会离家出走，如果他生活在这样的家庭，也会离开。过去的十多年，庄子昂到底忍受了他们多少冷眼与责骂？一想到这里，他的心就无比疼。

庄子昂斜睨着庄文昭，说："爸，昨天的事，你真的了解吗？"

庄文昭信誓旦旦道："当然，那么多人都看到了，你当众扇了宇航一巴掌。"

"不，你没有了解过。"庄子昂凄然地摇头，"在你内心深处，早就认定庄宇航才是你的宝贝儿子，而我无论做什么都是错的。"

"你胡说八道，我对你俩一直是一视同仁。"庄文昭嘴硬道。

"你摸着良心说，这话说出来你自己信不信？"庄子昂冷冷一笑。

迎着庄子昂冰冷的目光，庄文昭心虚了。无论他怎样强词夺理、巧言善辩，也掩盖不了他区别对待两个儿子的事实。

"你如果真的愿意去了解事情的真相，就该知道那家米线店是装了监控的。"庄子昂的语气忽然变得平静。

庄文昭闻言，表情僵在了脸上。

庄宇航的眼神渐渐变得不安。

庄子昂的目光落在秦淑兰脸上，说："秦阿姨，要不要欣赏一下，我打你儿子的'潇洒英姿'？"

说着，他拿出手机，点开一段视频。庄子昂了解庄宇航，不把证据拍在他脸上，他绝不会承认自己的错误。所以，他去买单时，就问老板要了这段监控录像。

"你跟这废物混在一起，也不是什么正经女生吧？"

"废物，你敢打我？"

庄宇航嚣张跋扈的言语，通过扬声器传了出来。

短短两分钟，他叫了庄子昂好几次废物，还说苏雨蝶不是正经女孩，庄子昂这才忍无可忍，扇了他一巴掌。

庄建国看完监控，生气道："打得好！要是子昂这都不动手，还算男人吗？"

庄文昭无言以对，就算他再偏心，也能看得出来，是庄宇航先挑衅的。

秦淑兰张了张嘴，一时没找到很好的借口，只能沉默。

她在想，庄子昂可真有心机，居然还存了监控视频，将来要是争家产，自己的儿子可不是他的对手。

"庄文昭，你现在弄清楚了，两个儿子，到底是哪一个缺乏管教？"庄建国厉声道。

"爸，我工作忙，这件事一时没弄清楚，宇航他还是个孩子，也不是有意的。"庄文昭心虚地辩解。

"他管自己的哥哥叫废物，还不是有意的？"庄建国火冒三丈。

庄文昭见此情形，知道自己如果再偏袒庄宇航，父亲那边实在说不过去，便招手让庄宇航过来："宇航，你过来给庄子昂道个歉，这件事就算了。"

"他动手打我，凭什么要我道歉？"庄宇航依旧顽劣，不肯认错。

"不用，我不需要任何人道歉。"庄子昂摇了摇头。

道歉有什么用，不能吃也不能穿。

当着庄建国的面，庄子昂不想再纠缠，以免老人伤心："爷爷，我不想留在这里了，我们走吧！"

庄建国点头道："好，咱们走，这个家不回也罢。"说完，他狠狠地瞪了眼庄文昭。

庄子昂搀扶着庄建国，打开了房门。

"爸，要不我送你回老家？"庄文昭连忙追出来，面有愧色。

"不用，你要是时间多得用不完，就少打点儿牌，多管教一下儿子。"庄建国甩开庄文昭伸过来的手，连看也不想再看他。

爷孙俩头也不回地离开，只留下庄文昭一家三口面面相觑，气氛格外沉闷。

"爸，我就是看那个废物不顺眼嘛！"庄宇航还愤愤不平。

庄文昭一巴掌扇下去，说："住口，他是你哥哥！"

从家里出来，庄建国满怀愧疚地对庄子昂说："子昂，是爷爷没照顾好你，让你受了太多委屈。"

庄子昂摇头道："爷爷，我没事，现在我搬出来一个人住，很自由，也很开心。"

庄子昂望着满头白发的老人，心中酸楚。爷爷奶奶在乡下种地，省吃俭用地攒钱供他上学，这似海深的恩情，他却没有机会报答了。

庄建国忽然笑眯眯地问道："子昂，那个跟你一起吃饭的女孩，真是你交的新朋友？"

庄子昂脸一红，说："嗯，她是我的好朋友，叫苏雨蝶，我叫她小蝴蝶。"

"小蝴蝶？好可爱的名字。"庄建国一看庄子昂的表情，便猜出了自家孙子的心思。

老一辈人对年轻人交友这事反倒开明一些。

庄建国抛开了刚才的不愉快，完全转移了注意力："既然是好朋友，你就多约她一起玩。"说着说着，庄建国回忆起往事。

庄子昂静静地听着，心中悲苦，他只有三个月了，美好的感情对他而言太过奢侈，还是好好享受当下吧。

路过一家手机店，庄子昂拉住庄建国的手，说："爷爷，我给您买部手机吧，这样以后咱们联系能方便一些，我想您了就可以给您打电话。"

庄建国略一思索，点了点头，说："好。"

买手机这事，以前大家就劝过庄建国几回，但庄建国舍不得每月都扣月租，说家里有固定电话，够用。但经历了这次的事，庄建国终于想通了，能随时随地联系上庄子昂更重要。

两人走进手机店，虽然店员热情推荐，但庄建国还是挑选了一款最便宜的老人机。

庄建国要自己付钱，庄子昂执意不肯，抢着扫码付款。

虽然他的钱大部分来自爷爷，但在所剩无几的时间里，他能尽孝的机会真的不多了。

坐在店门口的长椅上，庄子昂教庄建国怎么用手机。他把自己的号码存进通讯录，耐心地告诉爷爷，按右上方的菜单键就能找出自己的电话号码，然后再按绿色的通话键，就能打电话。

庄子昂看着爷爷认真记步骤的样子，鼻子微酸：爷爷，是您教会我怎么用筷子，怎么系鞋带，现在您老了，轮到我来教您怎么用手机了。

学着用了几回手机，庄建国怕耽误庄子昂学习，便提出要回乡下去。

庄子昂便送他去车站。

"子昂，还有三个月，你就放暑假了吧？"庄建国笑呵呵地问。

庄子昂一阵心惊，现在他对"三个月"这个时间非常敏感。

庄建国哪里知道他的心思，继续道："你奶奶养了不少鸡，念叨着等你放暑假，鸡就长大了，给你炖鸡汤喝。"

听到这句话，庄子昂忍不住泪眼蒙眬，要是让爷爷奶奶知道……

"那个小蝴蝶，你好好待人家。等放了暑假，把她带到乡下来玩，让你奶奶开心一下。"老人每一句温和的话都像一把利刃，扎在庄子昂心上。

庄子昂捂着嘴巴，拼命地压抑哭声。

庄建国见状，以为他是舍不得自己，又好言劝慰了一番。这孩子，又不是见不到了。

终于，车来了。

庄子昂泪流满面，说："爷爷，您跟奶奶一定要保重身体。"

庄建国露出慈爱的笑容，说："好，三个月后你放暑假，要早点儿回来呀！"

车载着慈爱的老人远去，庄子昂在站台处又坐了很久。他满脑子都在想爷爷奶奶得知噩耗，哭得撕心裂肺的模样。

那太残忍了！对不起，真的对不起！我再也不能报答他们了。

庄子昂失魂落魄地向学校走去，路过门卫室，他忽然想起一件事。

　　他探头对正在值班的保安说："叔叔，上午我爷爷过来，你们可以通过我的名字找到我的班级是吗？"

　　大叔点点头，说："是呀，电脑系统里有所有学生的信息。"

　　"那您能不能帮我找个人？她的名字叫苏雨蝶。"庄子昂请求道。

　　大叔点点头，转身操作电脑。

　　过了一会儿，屏幕上出现四个大字——查无此人！

　　庄子昂瞪大双眼，盯着屏幕，一脸难以置信。

　　怎么会这样？苏雨蝶在骗他？

　　向保安大叔道谢以后，庄子昂离开了门卫室，向教室走去。一路上，他满脑子都是问号，最后，他强行编了一个合理的理由，"她应该有两个名字。就像李黄轩，他说他小时候叫李超，后来觉得名字太普通了就改名了，以至于现在家中的老人都还叫他超超。苏雨蝶肯定也是她小时候的名字，现在改了，对，一定是这样"。庄子昂这样告诉自己。

　　庄子昂回到教室，下午第一节课已经开始了。

　　张老师提前给各科老师打了招呼，说庄子昂最近家里出了状况，任课老师也没多问，便让他回座位坐下了。

　　"庄子昂，你又跑哪儿去了？"李黄轩小声问。

　　"我爷爷从乡下来了。"庄子昂简略地回答。

　　"小蝴蝶来找过你，可是你不在，咱们班男生都快羡慕死你了。"别说其他男生，就是正在说话的李黄轩也是一阵眼红。被那么漂亮的女生惦记，真是一件幸福的事。

　　庄子昂拿出手机，在课桌下打字：你找我做什么？为什么不打电话？

很快，手机振动，收到一条新信息，来自小蝴蝶：没什么特别的事，我只是想看看你。

庄子昂秒回：下课后花坛见？

小蝴蝶：好。

下课铃声一响，庄子昂便飞奔出了教室。

任课老师傻眼了，我还没说下课呢！

开满鲜花的花坛边，坐着那个永远一尘不染的女孩，她鬓边的桃花好似粉色的云彩。

苏雨蝶看到庄子昂，立即站了起来，递给他一个冰淇淋。

庄子昂更加疑惑，自己在二楼，但苏雨蝶说过她的教室在五楼，自己是下课铃声一响就出来的，她哪来的时间买冰淇淋？

"大笨蛋，快点儿吃呀，一会儿融化了。"苏雨蝶催促道。

"小蝴蝶，你是不是有什么难言之隐，不能对我说？"庄子昂不想再等了，他想知道苏雨蝶到底在隐瞒些什么。

苏雨蝶没有回答庄子昂的问题，反而睁大杏仁眼，盯着庄子昂说："你老实交代，是不是也有秘密瞒着我？"

庄子昂一惊，迅速回避苏雨蝶的目光，他是有件天大的事不敢跟小蝴蝶讲。

庄子昂心虚的表现逗得苏雨蝶咯咯直笑："你害怕什么？我又没逼你说出来。每个人都有秘密，不想说的话，不说就好了呀！"

庄子昂抬起头，释然一笑，他对小蝴蝶充满感激。

没错，每个人都有秘密，不是一定要说出来的。关于她的秘密，她不想说，就不要为难她，等她想说的时候，自然会告诉自己。哪怕苏雨蝶这个名字是假的，但她这个人却是真的，活生生站在自己面前。所以，他们只要互相尊重彼此，享受当下就好。

两人一边吃冰淇淋，一边东拉西扯。苏雨蝶叽叽喳喳地讲着不知从哪儿看来的冷笑话。才讲到一半，苏雨蝶自己就笑得上气不接下气。庄子昂静静地看着她，嘴角不自觉地上扬。

这女孩总是那么乐观开朗，好像没有烦恼，但又富有情感，她会因为一只流浪猫而哭得梨花带雨，我见犹怜。

庄子昂跟她在一起，总是能暂时忘记生活的苦痛。

忽然，几个男生围了过来，也在花坛边坐下。

"庄子昂，马上要考试了，你还有闲情逸致躲在这里吃冰淇淋？"说话的人叫邓海军，是十五班的第一名。跟他一起的，全是各个班级的优等生，不过因为庄子昂这个逆天的存在，他们每次考试只能轮流坐第二把交椅。在学校组织的考试中，他们是竞争对手，一个个都憋着劲儿想要超过庄子昂，尝尝当第一名的滋味。但在代表学校出去竞赛时，他们又是队友，在庄子昂的带领下，团结合作，为校争光，所以他们的关系，有点儿亦敌亦友的味道。

"海军啊，我听说你想考年级第一？"庄子昂故意调侃。

"废话，我们这帮人，哪个不想考年级第一？"邓海军没好气地说。

每次考试之前，他们都摩拳擦掌，想要将庄子昂拉下第一的宝座，但成绩一公布，他们又像斗败的公鸡，庄子昂这家伙，太逆天了。

庄子昂想了想，笑着说："咱们关系不错，要不我成全你们一次，明天弃考算了。"

"弃考？你能舍得？"邓海军一脸惊讶。

"我最近有点儿贪玩，不想考试了。"庄子昂故意调侃。

几位优等生面面相觑，眼神复杂。

"你这口气跟在施舍我们一样。"

"我是要堂堂正正地把你打败，不是让你临阵脱逃。"

"其实我一直不相信你是不可战胜的，在毕业之前，我一定会赢你一次。"

……

优等生之间虽然有竞争，但也有惺惺相惜之意。

最近他们也听说，庄子昂家好像出了点儿事，动不动就缺课，所以约好特意来找他，让他振作精神，公平竞争。

一旁的苏雨蝶大致听懂了，插话道："庄子昂，你的成绩这么好？"

庄子昂呵呵一笑，说："其实也不算好，全靠其他同学衬托。"

邓海军等人一脸尴尬，这家伙在说谁呢？打人不打脸，他听过没有？

苏雨蝶拍着庄子昂的肩膀，说："你凭什么弃考？你给我好好考，把他们全部干趴下。"

"你是谁呀？好大的口气。"邓海军瞥了苏雨蝶一眼，邓海军有点儿神经大条，在他眼中，女孩没有美丑之分。

庄子昂没有理会邓海军，而是看着苏雨蝶，说："你真希望我考第一名？"

苏雨蝶点头道："当然。"

"我要是考到第一名，你能不能答应我一个要求？"

"不是太过分的话，可以考虑。"

庄子昂闻言，眼神变得锐利起来，嘴角浮现出一抹笑容。他站了起来，看了一眼坐在花坛上的邓海军等人，说："恕我直言，在我看来，在座的各位都是手下败将！"他掷地有声，嚣张得不行。

小蝴蝶听了，忍不住捧腹大笑。

邓海军等人涨红了脸，恨不得上去将庄子昂打一顿。

"我的天哪，你这就有点儿瞧不起人了。"

"不把你小子打一顿，难消我心头之恨。"

"今天，我就要让你知道我的厉害。"

……

看着几人义愤填膺的模样，庄子昂也笑出了声，他拍了拍邓海军的肩膀，说："你们不是要公平竞争吗？那我可不会放水。"

邓海军捶了他一拳，说："你别笑得太早，我这个月天天挑灯夜读。"

上课铃声在此刻响起，庄子昂跟苏雨蝶一起上楼，他们在二楼的拐角处分开。

"大笨蛋，加油哦！"

"你也是。"

邓海军等人跟在后面，听见苏雨蝶对庄子昂的称呼，又是一阵沉默。

他都算大笨蛋，那我们是什么？

下午最后一节课结束，因为要布置考场，放学比平常晚了一点儿。

庄子昂一看时间，已经过了六点十分。

他忍不住发信息给小蝴蝶：你坐上车了吗？

小蝴蝶很快回复：嗯，明天见。

庄子昂没事，就先去熟悉了一下考场。每间教室三十个座位，桌子的右上角贴着考生的姓名和学号。

学校安排考场是根据学生的姓氏笔画来的，庄子昂前后的考生，也都姓庄。苏是七画，那苏雨蝶的考场应该跟他的相距不远。他便去后面几个教室，很快就找到了苏姓学生的考场，但他仔仔细细、反反复复确认了好几遍，根本没有叫苏雨蝶的学生。

庄子昂站在考场里，愣了好几分钟。

他与苏雨蝶相识的一幕幕在脑海中回放，那些被刻意忽视的不合理之处越来越多。

小蝴蝶，你到底在隐瞒什么？

第十一章

抽到下下签

从学校出来，庄子昂去小吃街觅食，他远远地就看见了那个卖炸土豆的小摊。

"阿姨，我要一份炸土豆，多放辣椒。"庄子昂来到摊前。

阿姨手上正忙，笑着点点头，似乎还记得他。

庄子昂看阿姨忙个不停，有些踟蹰，但他还是装作无意地问："阿姨，您还记得小蝴蝶吗？您怎么认识她的？"

阿姨停下动作，想了想说："小蝴蝶呀，她以前经常来我这儿买炸土豆，总是叽叽喳喳地说很多话，是一个特别可爱的女孩子。"

"那您第一次见她是什么时候？"庄子昂有些紧张地问道。

"三个月前吧！"阿姨边说边给庄子昂装食物。

庄子昂有些失望，看来从阿姨这儿也不能知道更多信息了。庄子昂接过食物，道谢后就离开了。

在小吃街吃着变态辣炸土豆，端着一杯冰可乐的庄子昂，迎面撞见两个熟人——林慕诗和谢文勇。

"庄子昂，明天要考试了，我有点儿紧张，就让谢文勇陪我来吃烤肉。"林慕诗看到庄子昂，连忙开口解释。

庄子昂有些理解不了林慕诗的脑回路："你们吃你们的，跟我解释什么。"

林慕诗蹙起眉头，说："都不知道你最近在忙什么，也不陪我吃饭，刚好谢文勇有空，你不介意吧？"

"不介意啊，同学之间一起吃饭，很正常嘛！"庄子昂有些摸不着头脑。

林慕诗气得紧咬贝齿，小脸涨得通红，站在那儿一言不发。

"庄子昂，要不一起吃点儿？"谢文勇发出邀请，毕竟昨天的班会课，庄子昂帮他说了话，他不好意思再咄咄逼人。

"好啊，反正我回去也没什么事。"庄子昂一口答应下来。

三人来到烤肉店，就是上次庄子昂和苏雨蝶来的那家。

烤肉是自助的，谢文勇一坐下就开始殷勤地刷油、烤肉、弄蘸碟……

林慕诗坐在那里，丝毫没有搭把手的意思，像一个高高在上的公主，只等着享受美食。

庄子昂也懒得动手，他用竹签扎着土豆，有一口没一口地吃着。

"你能不能别吃土豆了？"谢文勇瞪他一眼。

自助烤肉是按人头算钱的，庄子昂一直吃土豆，会白白浪费一个人的餐费。但庄子昂才不管那么多，依旧吃得津津有味。

林慕诗的目光落在庄子昂身上，总觉得他故作潇洒的姿态背后，笼罩着一层阴影。

他最近缺课真的太频繁了。

第一盘食物烤好后，谢文勇自觉地给林慕诗剥虾。

庄子昂看着谢文勇殷勤的样子，觉得有些好笑："你剥虾的技术不错，帮我也剥两只呗！"

"你自己不会剥呀？"谢文勇嘟囔。

"我懒得去洗手，你就当个好人，顺便一道剥完嘛！"庄子昂大大咧咧地说。

谢文勇气得直喘大气。

林慕诗"扑哧"笑出声，看谢文勇在庄子昂面前吃瘪，还挺有趣。

"庄子昂，那天在教室外找你的女生，是咱们学校的吗？"林慕诗犹豫许久，还是问了出来。

庄子昂摇头道："可能吧，我跟她上周刚认识。"

趁这个机会，她又问："那她是哪个班的？"

庄子昂直言道："说实话，我也不知道，她说她是二十三班的。"

众所周知，全年级只有二十二个班，那个女生说的肯定是假话。

"没道理呀，要是我们年级有这么漂亮的女生，怎么会没人认识？"谢文勇加入话题。

林慕诗听不得有人说别人漂亮，有些酸涩地问道："这么漂亮，是多漂亮？"

谢文勇连忙改口："当然，比起慕诗你，她还是稍逊一筹。"

听到这话，林慕诗才高兴，放过了这个话题。

一顿饭，林慕诗大部分时间都用来跟庄子昂聊天了。庄子昂也一改前几日的态度，有问必答，还非常大方地分享了一些应试技巧。至于谢文勇，全程像个服务员，一会儿烤肉，一会儿拿饮料……自己都没吃几块肉。

庄子昂向他投去同情的目光，他想起了曾经的自己，也是这样卑微。

"我吃饱了，晚上不能吃太多，不然会长胖的。"林慕诗放下筷子。

"我也差不多了，毕竟吃了份土豆。"庄子昂说。

"什么？你们都不吃了，我这才刚开始呢！"谢文勇急眼了，连忙往嘴里塞了几块肉。

林慕诗"和蔼可亲"地说："那你留在这儿再吃一会儿，我跟庄子昂先走了。"

庄子昂看着谢文勇，强忍笑意道："谢文勇，谢谢你请客，那我就先撤了。"

说完，庄子昂起身向门外走去。林慕诗见状，也抓起包，飞快地起身。转眼间，餐桌旁只剩下谢文勇一个人……

"林慕诗，你打车走吧！"庄子昂站在马路边，帮林慕诗拦下一辆出租车。

"等等，庄子昂，我有话想跟你说。"林慕诗咬着红唇。

庄子昂回过头，静静地看着林慕诗。

林慕诗酝酿了半天，才鼓起勇气说："庄子昂，你是不是遇到什么困难了？"

庄子昂最近一系列的反常举动，实在让她担忧。

她想帮助自己的好朋友，但又怕伤害到他的自尊心，只好尽可能把话说得委婉。

"慕诗，谢谢你，我没事，你不要担心。"庄子昂强颜欢笑。

庄子昂的回答让林慕诗愣了许久，想着他或许有难言之隐，便也不再追问。

霓虹灯下，晚风吹动庄子昂额前的碎发，他拦下一辆出租车，绅士地为林慕诗拉开车门道："慕诗，有你这样的朋友，是我的幸运。"

回到出租屋，庄子昂给鱼缸换了水，又喂了些鱼食。虽然金鱼是苏雨蝶送的，但庄子昂打算两个月后就把它们还给小蝴蝶。

那个时候，庄子昂照顾自己或许都已经很困难了。

手机铃声响起，是主治医生陈医生打来的。庄子昂有些忐忑地接通电话，他怕有什么坏消息。还好，陈医生只是询问一下他的身体情况。

"陈医生，真的一点儿办法都没有了吗？"电话的最后，庄子昂抱着一丝希望问道。

"对不起，小庄。"陈医生的声音从电话那端传过来，温和但令人心冷。

庄子昂平静地道谢，再次感谢了陈医生的关心。

陈医生也不知道怎么安慰，就让他过两天去一趟医院，再做个检查。虽然陈医生明知道是多此一举，但面对一个刚满十八岁的男孩，他还是想再努力一下。

挂断电话后，庄子昂拆开药包，将那些难闻的药片大把地塞进嘴里，就着水吞下。药片的苦味泛上来，庄子昂忍不住连连干呕。不知道这些药有没有作用，但庄子昂不想就这么死了，他想着哪怕是多活一天，能多看苏雨蝶一眼，也是好的。

清晨，阳光透过纱窗温暖着睡梦中的少年。

因为是月考，可以稍晚一些到学校，所以庄子昂便将闹钟往后调了半个小时。

睡得正香时，床头的手机铃声大作，庄子昂从被子里伸出手，滑动手机接听电话："喂，大清早的，谁呀？"

扬声器里传来一道悦耳的女声："大懒猪，太阳都晒屁股了，还在睡懒觉。"

庄子昂瞬间睁大双眼，从床上坐起来，这是苏雨蝶第一次给他打电话。

"小蝴蝶，你在哪儿？"

"我在外面买早餐，等一下来找你，你想吃什么？"

苏雨蝶买的早餐，吃什么都好。

匆匆挂断电话后，庄子昂连忙爬起来，快速收拾了一下房间，然后钻进浴室洗澡，温暖的水滴洒在皮肤上，让他恢复了平日的清爽。

庄子昂刚穿好衣服，外面就响起了敲门声，他打开门，就看见了苏雨蝶那张明媚的笑脸。

"小蝴蝶，早！"

"大笨蛋，太阳都那么高了，还早呢！"

苏雨蝶买了两碗粥，还有茶叶蛋。

庄子昂低头喝粥的时候，苏雨蝶开始剥鸡蛋，剥完就放进庄子昂碗里："给你补补脑子，今天好好考试，争取把那帮人全部干趴下，不要让牛皮吹破了。"

庄子昂吃着苏雨蝶剥的鸡蛋，有些不好意思："小蝴蝶，你不用给我剥鸡蛋，我自己来就好。"但听完苏雨蝶的话，他又豪气万丈地说，"你放心吧，他们几个不足惧也。"

"吹牛，不害臊。"苏雨蝶白了他一眼。

"我连续两年都是年级第一，你没听说过吗？"庄子昂对苏雨蝶的语气有些"不满"。

"哦，是吗？好像听说过。"苏雨蝶随口敷衍。

庄子昂不满地啃咬着鸡蛋："一看你就不关心考试排名。"

正说着，庄子昂忽然想起昨天下午在考场上并没有看到苏雨蝶的名字。看着面前低头吃着早饭的女孩，他有些犹豫要不要问是怎么回事。终究没有问出口，如果她有难言之隐，自己一个劲儿地追问，会让她为难。

吃完早饭，苏雨蝶从兜里拿出一根红绳，系在庄子昂的手腕上。

庄子昂皱眉道："这是什么？我一个男生戴着它会不会有点儿奇怪？"

苏雨蝶边系红绳边说："我听人说，考试戴这个会有好运。"

"迷信，我以前不戴它，照样考第一名。"庄子昂嘟囔着，但他还是乖乖地让苏雨蝶系红绳。

"你要是不喜欢，就摘下来扔掉。"苏雨蝶作势要解开绳子。

"那……那还是戴着吧！"庄子昂抬起手腕，那红绳色彩鲜明，带着淡淡的桃花香。

两人一起来到学校，校园的林荫路上落满花瓣，桃花快要凋零了。

考场外，庄子昂问："小蝴蝶，你在哪个教室考试？"

苏雨蝶笑着说："我不考试的。"

"不考试？"庄子昂有点儿蒙。

苏雨蝶又从包里拿出那把请假条，冲庄子昂晃了晃，那上面的班主任签名犹如鬼画符，庄子昂一个字都认不出来。

庄子昂还想再问点儿什么，开考的铃声却响了。

"好好考试，出来给你买可乐。"苏雨蝶一把将庄子昂推进教室。

庄子昂坐在座位上，闻着手腕上红绳淡淡的桃花香，百思不得其解，哪个班主任会给学生签那么多请假条？还允许她不参加月考？

小蝴蝶，难道你跟我一样……

第一场考语文，庄子昂还在胡思乱想时，监考老师已经把试卷发了下来。

庄子昂收敛思绪，拿起试卷先快速浏览一遍，在确定没有印刷错误后，便要写上自己的名字，他刚准备写，忽然停笔。

这也许是自己最后一次参加考试，总是规规矩矩的太没意思，不如换个考试形式。这样想着，庄子昂便在姓名那栏写上了"苏雨蝶"三个字，还把班级写成二十三班。但庄子昂不知道苏雨蝶的学号，就写自己的。

　　语文考试对庄子昂来说没什么难度，就是书写量比较大，有点儿"费手"。

　　庄子昂很快就做到古诗词填空这一题，题目要求写出"望帝春心托杜鹃"的上一句。庄子昂停下笔，抬头望向窗外，刚好可以看到篮球场。风吹动银杏树，带下几片绿叶，如同蝶舞蹁跹，和苏雨蝶初次相遇的美好在他的脑海中浮现。良久，庄子昂收回目光，在试卷上工整地写下"庄生晓梦迷蝴蝶"。

　　毕竟蝉联两年年级第一，庄子昂下笔如有神助，很快就完成了前面的题目，只剩下作文了。

　　作文题目很简单，要求考生以"哀莫大于心死，而人死亦次之"为话题，写一篇不少于八百字的作文。

　　对其他学生来说，未必能对这句话深有体悟，但身患绝症，即将走到生命尽头的庄子昂，对死亡的理解远远地超过了同龄人。

　　简单构思后，他提笔就写，行云流水。

　　"人生天地之间，如白驹过隙，忽然而已。

　　朝菌不知晦朔，蟪蛄不知春秋。

　　井蛙不可语海，夏虫不可语冰。

　　……"

　　庄子昂写着写着，泪水浸满了眼眶。庄子昂毕竟不是古圣先贤，没有那么豁达的生死观，一想到再也见不到爷爷奶奶，见不到可爱的苏雨蝶，便肝肠寸断。

写完作文，他又粗略地检查了一遍，没什么遗漏。

考场里，其他考生都还在伏案疾书。

枯坐许久，广播里播报距离考试结束还剩十五分钟，庄子昂果断地抓起试卷，将它交给监考老师，潇洒地走出考场。他拨通苏雨蝶的电话，说："小蝴蝶，你在哪儿？我提前交卷了。"

"哦，这么快！那你在花坛边等我。"苏雨蝶在电话那头叮嘱道。

放下手机，庄子昂便走向那个开满各种花的花坛。

那儿已经成了他们会合的老地方。

苏雨蝶还没到，庄子昂坐在花坛边耐心地等着。忽然，他眼前一黑，一双温暖的手蒙住了他的双眼，女孩瓮声瓮气的声音在他耳边响起："猜猜我是谁？"

"你幼不幼稚？"庄子昂一把拉下小蝴蝶的手。

"切，不好玩，你都不配合一下。"苏雨蝶噘起小嘴，对庄子昂的不识趣有些不开心。

苏雨蝶挨着庄子昂坐下，拿出提前买好的可乐，递给了庄子昂一罐。

拉开拉环，可乐发出"呲"的一声，两人碰了碰易拉罐。

"庄子昂，我祝你旗开得胜，勇夺第一。"苏雨蝶站起身大喊。

"你答应过我，考到第一，就答应我一个要求。"庄子昂挑了挑眉。

苏雨蝶故意夸张地双臂交叉，护在胸前："你可不许对本小姐图谋不轨。"

庄子昂大笑道："那你可以把心放肚子里了。"

"大笨蛋，你找死！"

"别别别，我错了，可乐洒出来了。"

花坛里的花见证着他们的欢乐。

到了饭点，庄子昂和苏雨蝶一起在食堂吃午饭，经济实惠，味道也还不错。

"小蝴蝶，我要回去睡午觉，你要一起吗？"吃完饭，庄子昂忐忑地问。

"你的好哥们呢？"苏雨蝶忽然想起了李黄轩。

"好哥们？什么好哥们？我跟他其实不熟。"庄子昂立即道。

反正李黄轩也听不到。

苏雨蝶抿嘴轻笑，答应他一起回去午休。

"小蝴蝶，我发现你好像一直独来独往，没有朋友吗？"路上，庄子昂状似无意地问。

"你不是我的朋友吗？"苏雨蝶反问。

"除了我呀！"庄子昂说。

"那可能是没有人喜欢我吧！"苏雨蝶摇摇头。

庄子昂当然不信，这么漂亮可爱的女生，怎么会没有人喜欢？

苏雨蝶忽然停下脚步，歪着脑袋，直勾勾地望着庄子昂的双眼。

"那你喜欢我这个朋友吗？"

庄子昂回答得十分坚定："喜欢啊！"

苏雨蝶顿时笑容舒展，道："我也是。"

庄子昂心跳得更快了。

"我说我也很喜欢自己。"苏雨蝶的眼睛笑成了月牙状。

庄子昂瞬间有种被人戏耍的感觉，但看在小蝴蝶开心的份上，也就没有那么计较了。

打开房门，庄子昂说："你睡床吧，我睡沙发。"

苏雨蝶说："可是我想跟你说说话。"

庄子昂便在床边打了个地铺，这样他们就可以聊天了。

不知过了多久，苏雨蝶才幽幽开口："庄子昂，我这几天有事，可能不来学校了。"

"什么事？"庄子昂一脸惊讶。

"反正就是会耽搁几天啦！"苏雨蝶遮遮掩掩，不愿明说。

"那周末呢？你也不来找我吗？"庄子昂心里有些发慌。

"嗯，周末你去帮我喂流浪猫吧，告诉它们，我下次再去。"苏雨蝶有些不敢看庄子昂失望的眼神，她平躺下来，盯着雪白的天花板。

"那我可以给你打电话或者发信息吗？"庄子昂小心翼翼地问，声音都有些颤抖。

"打电话可能不行，发信息的话，我看到一定会回复你的。"苏雨蝶的眼中也蒙上了一丝哀愁。

沉默良久，苏雨蝶终于鼓起勇气，转过头看着躺在地铺上的庄子昂，才发现他的眼眶红红的，像是在努力克制悲伤。

苏雨蝶垂下手臂，拉住庄子昂的手，说："就耽搁几天，等我回来，一定第一时间找你。"

庄子昂紧紧抓住那只柔若无骨的小手，贪婪地享受着这片刻的温存。

他在心中默默地哀叹：小蝴蝶，你知不知道，别说几天，哪怕是一秒，只要跟你在一起，对我来说都无比珍贵，我没有时间了。

想起小蝴蝶包里那大把的请假条，强烈的不安在庄子昂心中蔓延："小蝴蝶，你一定要快点儿回来！"

这个午觉，注定是睡不着了。

苏雨蝶好像很快调整了心情，叽叽喳喳说着不着边际的冷笑话。

庄子昂静静地听着，配合地发出笑声，泪水却从眼角滑落，无声地坠在枕头上。

和苏雨蝶在一起，时光总是匆匆。

下午开考前，庄子昂和苏雨蝶在花坛边分别。

"大笨蛋，要好好考试。不过，考了第一可不许要求我做太过分的事。"苏雨蝶提醒他们之间的约定，鼓励庄子昂认真应试。

"我会的，你一定要早点儿回来。"庄子昂不舍道。

"等我回来，桃花应该就凋谢了吧？"苏雨蝶有些伤感地说。

她鬓边的那枝桃花却依旧鲜艳，一直不见枯萎，仿佛从她如云的秀发中吸收了养分。

庄子昂在心中哀叹，看过了这一季的桃花，以后就再也看不到了。

即将开考，学生都已经坐在各自的座位上，校园里格外安静，唯有树叶随风而动，发出"沙沙"声。

"你快去吧，不要迟到了。"苏雨蝶催促道。

庄子昂点点头，转身离去。

开考的铃声响起。

苏雨蝶突然朝他大喊道："大笨蛋，别回头，一直往前走。"

庄子昂忍住回头的冲动，迈开步子。

当庄子昂爬到二楼再望向花坛时，已不见佳人的芳踪，徒留粉白色的风信子在风中摇曳。

下午考的是最折磨人的数学。

和大多数学生一样，庄子昂也不喜欢数学，但凭着聪明的头脑，他几乎每次都能考满分。而且他经常做竞赛题，这种普通的考试题目对他来说犹如过家家。

收拾好心情，答完考卷，距离考试结束还有整整半小时。

在姓名、班级框内，和上午一样，他写上了苏雨蝶，二十三班。

交了试卷，庄子昂走下楼梯，刚好遇见邓海军。

庄子昂打了声招呼："海军，这次你可能真的是第一了。"

邓海军笑问："怎么说？你被数学题难倒了？"

"怎么可能，这次的题不要太简单，只是我忘了写名字。"庄子昂回答。

邓海军一脸愕然，庄子昂这么细心，能忘记写名字？

"海军，陪我走走吧！"庄子昂对邓海军说。

"你小子怎么神经兮兮的？两个大男人逛学校，会不会有点儿肉麻？"虽然嘴上这么说，但邓海军还是答应了庄子昂，只是他带头向校外的公交站台走去，"校园没什么好逛的，去外面逛逛还有点儿意思。"

两人并肩向校外走去，庄子昂目视远方，淡淡道："海军，这次月考后，我就不会再参加考试了，以后你大概率是年级第一了。"

邓海军诧异道："什么意思？你要转学？"

"差不多吧，用不了多久，我应该就不在学校了。"庄子昂回答。

"你有病呀？都快毕业了转什么学！"邓海军提高嗓门。

"成为年级第一，不是你一直以来的愿望吗？我走了，你就是第一了，不好吗？怎么你好像还有点儿舍不得我？"庄子昂调侃道。

"你最好是认真的，别跟我开玩笑。"邓海军变了脸色。

"我当然是认真的，咱们这些参加竞赛的学生，讲究的就是严谨。"庄子昂收起玩笑的神色，变得严肃起来。

他俩一起参加过多次竞赛，是并肩战斗过的"战友"，一起分享过胜利和荣誉，也一起品尝过失败和苦楚，是该好好道个别的。

"庄子昂，你这个浑蛋，临阵脱逃，算什么男人？我是想赢你，但是要堂堂正正，公平竞争，不是靠你施舍。如果我不是想超过你，根本不会有今天的成绩，你现在走了算什么意思？"邓海军突然情绪爆发，让庄子昂有些不知所措，他没有想到，这个一直把他当对手的家伙会这么舍不得他。

"海军，你以后会遇到更多更强的对手，可千万别忘了我这个曾经的'绊脚石'。"庄子昂努力安抚生气的邓海军。

"庄子昂，你非走不可吗？"邓海军沉声问。

"非走不可。"庄子昂凄然一笑。

这件事可由不得他。

庄子昂、邓海军被同学们戏称为"三国时期不可共存的诸葛亮、周瑜"。虽然邓海军也时常有"既生瑜何生亮"的愤懑，但庄子昂要离开，他并没有因为失去一个竞争对手而窃喜，反而心里空落落的。

两人坐在公交站台的椅子上，望着眼前的车流，说了很久的话，从开学的第一次交锋，到第一次携手参加比赛……往事一幕幕回放，让人感慨良多。

青春就这样在泪水和汗水中悄然溜走。

六点十分，十九路公交车准时从街角驶来，在站台上等车的人蜂拥而上，可惜那个戴着桃花的女孩已不知所踪。

"海军，你知道十九路车开往哪儿吗？"庄子昂问。

"逍遥宫，那儿不是写着吗？"邓海军指着身后的站牌。

"你要是没事，要不陪我坐一会儿公交车？车费我出。"庄子昂笑道。

"两块钱的车费，你可真大方。"邓海军损道。

庄子昂眉头一皱，坐一趟公交车只需要两块钱，而小蝴蝶每次回家都要留四块钱，说明她还会再转一次车。要想知道小蝴蝶住哪儿，还真不容易。

上车后，车上已经没座位了，庄子昂只能拉着吊环。

车门关上后，司机脚踩油门，两侧的风景渐渐倒退。

"叔叔，有个经常来坐车的女孩，穿白衬衫蓝裙子，头上戴着一朵桃花，你知道她在哪一站下车吗？"乘客是不应该和司机交谈的，但庄子昂实在想弄清楚苏雨蝶的情况，所以他挤在司机旁边，语速很快，简略地问道。

苏雨蝶长的那么漂亮，走到哪儿都会引人注目，他想司机应该会有印象。

司机大叔目不斜视，说："我不能透露乘客的隐私。"

庄子昂一脸无奈，不再询问。

"我说你怎么突发好心请我坐车，原来是要带我找人。"邓海军不满地撇撇嘴。

"就是昨天你见过的那个女生，我有点儿担心她。"庄子昂直言道。

"庄子昂，听我一句劝，不要误入'歧途'。"邓海军面无表情地劝道。

"你这个家伙，胡说八道些什么，我只是有点担心我的朋友。"庄子昂说。

邓海军用中指推了一下眼镜，没有再说话。

两人漫无目的，也不知道到哪儿下车，干脆坐到了终点站逍遥宫。

逍遥宫是本地最有名的道观，一年四季香火鼎盛，"逍遥"二字，更是难得的人生境界。

两人步入道观，随意参观游览，闻着空气中的檀香，心境也变得平和。

"北冥有鱼，其名为鲲，鲲之大，不知其几千里也！"邓海军情不自禁地吟诵起《逍遥游》。

"海军，你知道鲲的叫声吗？"庄子昂笑问。

"咯咯咯？"邓海军"咯咯"了两声，还用手做出扇动翅膀的动作。

庄子昂哈哈大笑，没想到这个不苟言笑的人私下竟这么幽默。

"年轻人，观内禁止喧哗。"一道声音传来。

庄子昂忙止住笑，循声看过去，是这里的工作人员。

"对不起，我们不是故意的。"

那人身前的案上摆放着签筒，身后墙上挂着签文，显然，是为游客解签的地方。

"海军，要不要帮你问一下姻缘？"庄子昂做伸手拿签筒状，调侃道，手腕上的红绳随着动作露了出来。

"用不着，我命由我不由天。"邓海军才不信这种东西。

庄子昂也不信，所谓求签算命，不过是寻求一点儿心理安慰。

那人盯着庄子昂手腕上的红绳，说："你这个是我们这里的东西。"

庄子昂抬起手腕，飘来一股淡淡的桃花香。

"真的吗？这是一个女生给我的。"

"它能保佑你平安。"工作人员道。

庄子昂有些激动，看来苏雨蝶来过这里，那或许她就住在附近。

"我去求一支签！"邓海军不知庄子昂怎么突然改变了主意，他看着庄子昂朝大殿走去，没有拦他。

庄子昂来到殿前，摇动二十多秒签筒，才掉落一支签，他拿起来一看，瞳孔猛然一缩——下下签。

庄子昂将竹签交给旁边解签的工作人员，工作人员很快就找到对应的签文，是一首小诗：清词一曲酒一盅，桃源难觅芳影重。庄周又做化蝶梦，不得逍遥入世空。

"年轻人，你想问什么？"解签的工作人员看着签文，面色凝重。

庄子昂一下被问住了，他也不知道自己想问什么，毕竟他没多少日子活了，万事都是一场空。

想了半天，庄子昂才回答："我在找一个人，您能不能告诉我，她去哪儿了？"

工作人员闻言，眉头深锁："不要找，她自然会回来，但是……"

"但是什么？"庄子昂连忙追问。

"欲望心事，旦夕可求，不如莫动，立地可谋。"工作人员一副高深莫测的表情，打起了哑谜，不愿意再多说。

庄子昂一头雾水，但也没办法，只好放下解签费。

他离开时，工作人员却又说："山门外有个卖小吃的老婆婆，是一个孤苦无依的老人，你们要是饿了，可以去照顾一下她的生意。"

他们走出山门，果然看到一个老婆婆在卖豆腐脑。

"海军，陪我逛了这么久，请你吃碗豆腐脑吧！"庄子昂起了恻隐之心。

"算你有良心。"邓海军欣然接受。

庄子昂来到摊位前，出声道："奶奶，要两碗豆腐脑。"

老奶奶连忙站起身，抬头看了庄子昂一眼，目光十分浑浊。

看着这个和自己奶奶差不多年纪的老人，庄子昂有些心疼，忍不住多看了几眼。然而，他越看越觉得老人的眉眼有几分亲切感。

"小伙子，豆腐脑你们要咸的还是甜的？"老奶奶的声音有些嘶哑。

"我要甜的，多放点儿糖。"邓海军立即道。

"你可真是一个异类，豆腐脑哪有人吃甜的，我要咸的。"庄子昂坚决不接受甜豆腐脑。

看着老人做豆腐脑，邓海军没头没脑地问："奶奶，天都快黑了，您还出来摆摊，家人不担心吗？"

庄子昂的眉头一皱，刚才解签的工作人员都说了，他还问这种话，不是往老奶奶的伤口上撒盐吗？

果然，老奶奶神情悲戚道："我没有家人了。"

"对不起，奶奶，他不太会说话。"庄子昂把十块钱放在桌子上。

豆腐脑五块钱一碗，除去成本，也赚不了多少钱。如果不是为生活所迫，这么大年纪，谁愿意大晚上出来吹冷风？

老奶奶的手脚还算利索，很快就将两碗豆腐脑做好了。

庄子昂要的是咸豆腐脑，里面放了酱油、辣椒油、葱花、榨菜丁等调料，白的豆腐脑、黑的酱油、红的辣椒油……五颜六色的，好看极了。庄子昂舀起一勺豆腐脑放进嘴里，特别滑嫩，尤其是辣椒油的香味，非常独特。

"很好吃，奶奶再见。"庄子昂笑着点点头。

"谢谢你们。"老奶奶小心翼翼地收好钱。

她的目光在庄子昂手腕上的红绳上停留了片刻，本就浑浊的眼睛越发黯淡。

"海军，你也太口无遮拦了，提人家的伤心事干什么？"走出一段距离后，庄子昂抱怨邓海军刚才的无礼之举。

邓海军讪讪道："我以为她跟那个工作人员是一伙的，故意编故事宰我们，不过看来又不太像。"

"你这么不通人情世故，将来多半孤独一生。"庄子昂毒舌道。

"不会，徜徉在数学和物理的海洋中，我永远不会觉得孤独。"邓海军哈哈大笑，说着，他把碗往庄子昂面前一推，说："好甜，你要不要尝尝？"

庄子昂嫌弃道："我才不吃甜豆腐脑，赶紧拿开。"

回望夜色下那个独自摆摊的老人，庄子昂心里格外难受，又想起工作人员那些莫名其妙的话，越发烦躁不安。

好端端的，他干吗要去抽个下下签？真是天下本无事，庸人自扰之。

夜幕完全降临，城市的霓虹灯照耀着夜空。

邓海军打车回家，临别之际，他志气满满道："庄子昂，你要是继续沉迷温柔乡，即使不临阵脱逃，也很快就不是我的对手了。"

庄子昂轻哧："切，只要我在学校一天，你就不可能是第一名。想超过我，再努力一百年吧！"

放完狠话，两人各自回家。

庄子昂回到出租屋，喂好了鱼，就躺在床上。他辗转反侧，最后还是拿起手机，给小蝴蝶编辑了一条信息：我今天吃到一碗很好吃的豆腐脑，下次要不要一起去吃？

犹豫很久，庄子昂才心一横，点击了发送。但发完他又后悔了，这可真是一个差劲的邀约。

一如既往，他等不到回复。

第二天，庄子昂睁开眼，第一时间就拿起手机，却再一次失望了——小蝴蝶依然没有回复。

小蝴蝶到底怎么了？是还没看到信息吗？还是手机没电了，或者是欠费？庄子昂躺在床上，呆呆地想着。

今天的两场考试，庄子昂依旧游刃有余。

密封线内，庄子昂写的依旧是苏雨蝶的名字。虽然他不知道这样做到底有没有用，但他觉得这样或许自己就能知道小蝴蝶的班级了，毕竟年级第一还是会引起同学的注意的。学校里这么多人，总有人知道她的。

考试结束后，接下来两天正常上课。

老师们紧锣密鼓地阅卷，大概下周一就能出成绩。

考完试以后，庄子昂也没解下手腕上的红绳。

树上的桃花被春风一夜吹尽，只有这红绳上的花香依旧。

这两天，庄子昂将那条信息来来回回地看了几百遍，但一直没有等到小蝴蝶的回复，她就像人间蒸发了一样，突然从自己的世界里消失了。

星期五上午，数学课，庄子昂忽然又流鼻血了，血不断滴下，染红了数学书的扉页。

李黄轩大惊失色，连忙将他扶到卫生间处理，还要送他去医务室："庄子昂，你到底怎么了？可不要吓我。"

庄子昂努力挤出一丝笑容，说："没事，这两天伙食太好，我有点儿上火。"

李黄轩轻轻捶了他一拳，说："咱们这交情，有事别憋着，天大的事，我跟你一起扛。"

"嗯，我流这么多鼻血，该不会要死了吧？"庄子昂继续笑。

"那你早点儿死，权当我白发人送黑发人，棺材你喜欢什么样的？"李黄轩也笑了，他觉得庄子昂这几天越来越喜欢开玩笑了。但他怎么也不会想到，真话往往是用玩笑的方式说出来的。

"对了，小蝴蝶呢？这两天怎么不见人影？"李黄轩忽然想起，有好几天没见到那个漂亮的女孩了。

"她好像有点儿事，请假了。"庄子昂神情落寞。

"那你们还真是一路人，都三天两头地请假。"李黄轩打趣。

庄子昂捣鼓了许久，终于止住了鼻血。

距离下课还有二十分钟，这节课是数学课，庄子昂不想太早回去。

李黄轩挑眉道："玩一局游戏？"

他原本只是随口一说，因为以庄子昂以往的作风，肯定会拒绝，然后老老实实回去上课。但没想到，庄子昂答应了，还拿出手机，打开了手游。

时间真是一个神奇的东西，一节数学课四十五分钟，真的特别煎熬，但打游戏的话，只觉得时间不够。

庄子昂打游戏的技术实在一般，被李黄轩批得一无是处。

"你的蝴蝶怎么乱飞？一级伤害都能打偏。"

"我在打怪物，你过来干什么？"

"大招，我被困住了，赶紧放大招。"

……

庄子昂的双眼紧紧盯着屏幕，用心操作着游戏角色。虽然他游戏水平有限，但很快乐，毕竟他能陪李黄轩玩游戏的机会真的不多了。

"要团战了，听我的命令，让你放大招你就放。"李黄轩神情紧张，如临大敌，大声提醒庄子昂。看到对面出现的敌方英雄，他立即大吼："放大招！"

他的话音刚落，"嘭"的一声，厕所门被人用力推开，露出张老师愤怒的脸。

李黄轩背靠着墙壁，咽了咽唾沫："张……张老师，您一直在这里？"

张老师一把夺过手机，说："上课时间玩游戏，手机没收了，回去写检讨。"然后怒气冲冲地走了。

"游戏不是咱俩一起玩的吗？他咋不没收你的手机？"李黄轩愤愤不平。

庄子昂茫然地摇摇头。

屏幕上，没人操作的游戏角色很快被击杀，游戏结束了。

第十二章
保守的秘密

星期六一早，庄子昂买了些火腿肠，切成碎丁，按照苏雨蝶的吩咐，去西山公园喂流浪猫。

当庄子昂拿出食物时，一大群颜色各异的小猫迅速围住了他。

庄子昂仔细回忆苏雨蝶给它们取的名字：虎子、奶酪、布丁等等，而那只叫作汤姆的小猫，却永远不会再出现了。当时苏雨蝶伤心落泪的样子，实在令人难以忘怀。

"小伙子，那个姑娘怎么没跟你一起来？"一道亲切的声音在身后响起。

庄子昂回过头，发现是上次的环卫阿姨。

他一脸落寞，回答："她最近有事耽误了，我也好几天没看到她了。"

"那可真是一个有爱心的姑娘，从三个月前开始，她每到周末就来喂猫。"阿姨笑了笑，推着清洁车走了。

"三个月前？"庄子昂喃喃，上次卖炸土豆的阿姨也说过，她是在三个月前认识苏雨蝶的。那个时候，应该是过年之前，有什么特别的地方呢？

庄子昂拿起手机，拍了一段小猫咪们的视频想发给苏雨蝶，又想起她的卡片手机应该接收不了，只好把视频保存好等她回来，再让她欣赏。

太阳高高地挂在天上，公园里的空气格外清新，庄子昂贪婪地呼吸了几口，摸了摸猫咪，离开了公园。

今天，他约了陈医生，要再去医院做检查，虽然注定只会是徒劳。

医院里，依旧到处弥漫着刺鼻的消毒水味，还能隐隐约约听到病房里低低的啜泣声。每次来医院，庄子昂都感觉很窒息，这里有太多悲伤。

庄子昂在走廊的椅子上坐了很久，陈医生的办公室里才走出一对中年夫妻，他们的脸上还带着泪痕。

庄子昂很能理解他们，毕竟来找陈医生，一般就说明病情非常严重了。

轮到庄子昂了，他走进办公室，陈医生抬起头，道："怎么又是你一个人？没有家属陪同吗？"

庄子昂摇头道："都这样了，我不想给别人添麻烦。"

陈医生叹息一声，没有再多问。他当了大半辈子医生，什么样的病人都见过，也有一些家庭情况复杂的。

拿着检查单子，庄子昂折腾了半天，才拿到检查结果。

看着检查结果，陈医生神色凝重。

"陈医生，您能说得通俗一点儿吗？"庄子昂请求道。

"想开点儿。"

仅仅四个字，很简单，也很容易听懂，但打破了庄子昂最后一丝幻想。

比起上一次，庄子昂要更难过一些，他认识了小蝴蝶，不舍得和她分开。

陈医生从办公桌上的花瓶里抽出一枝桃花，递给庄子昂："我送你一枝花，你把心情放松一些，多花时间陪陪你认为重要的人。"

庄子昂接过花，说："谢谢医生，现在桃花应该快谢了吧？"

陈医生点头道："差不多，这是最后一枝了。以前有个病人喜欢桃花，经常会在我的桌子上放上一枝。"

"那个病人呢？"庄子昂问。

"她再也看不到桃花了。"陈医生摇了摇头。

庄子昂有些难过，不知怎么的，他突然想起了苏雨蝶，她也喜欢桃花。

拿着检查报告，庄子昂从陈医生的办公室出来，没想到在门诊大厅遇到了一个熟人——坐在他前座的林慕诗。

"慕诗，这么巧。"庄子昂只好打声招呼。

"你来医院干什么？"没想到来医院探望外婆都能遇到庄子昂，林慕诗有些开心。

"没什么，昨天我流鼻血了，来看一下。"庄子昂用手指掐着检查报告，一时不知道往哪里藏。

"你昨天流那么多鼻血，真把我吓坏了，没事吧？"林慕诗忽然夺过他的检查报告。

"慕诗，别……"庄子昂试图阻止，但已经晚了。

报告上有很多专业的医学名词，林慕诗看不太懂，但"癌细胞扩散"几个字，已经足够触目惊心。林慕诗拿着报告的手止不住地颤抖，泪水盈满了眼眶。

"慕诗，你能不能答应我，不要告诉别人？"庄子昂拿回检查报告，平静地说。

"为什么会这样？你明明才十八岁。"林慕诗的眼泪止不住地流淌。

"我妈怀我的时候就几次想要堕胎，这么一算，我还赚了十八年呢！"庄子昂自嘲地笑。

"你别笑了，这一点儿都不好笑。"林慕诗哭得更大声了。

"你小点儿声，不要影响别人。"庄子昂无奈地说。

事实上，周围几乎没人看他们，毕竟在医院里，任何撕心裂肺、生离死别的场面都不稀奇。

"庄子昂，还有多久？"林慕诗终于平静下来。

"三个月，不，又过了一个星期，现在只有两个多月了。"庄子昂记得自己买的那本台历，已经撕下来十页了。这种用纸张计算生命的日子，感觉并不怎么好。

林慕诗突然想起上上周庄子昂请了一天假，说是去看病，回来后行为就有些不像他了。原来那个时候他就已经被检查出癌症，而自己却因为他没有陪自己看电影而跟他耍脾气。

"对不起，庄子昂，我那时候不知道……"

庄子昂淡淡地说："没事的，你不用跟我道歉。"

"庄子昂，这么大的事情，你竟然瞒着我们，还当我们是朋友吗？"

"就是因为不想看到朋友为我伤心，才不说的。"

林慕诗一边泪如泉涌，一边回忆着与庄子昂的过往点滴。

还剩下两个多月，她就要永远失去这个好朋友了，无尽的懊悔，将她的胸腔填满，再多的眼泪，也无法表达她的悲伤。

"慕诗，这样吧，你要是真觉得对不起我，就请我吃午饭，我有点儿饿了。"庄子昂不想林慕诗再为此事难过，开口道。

林慕诗一口答应，表示要请他吃西餐。

庄子昂拒绝了，说吃医院外面的快餐就好，量大管饱。

两人端着餐盘，找了一个僻静的角落坐下，庄子昂吃得津津有味，林慕诗却有些食不下咽。知道身边人得了不治之症，对她的精神冲击有些大。

"慕诗，从现在开始，不要跟我说任何道歉的话，那样我会觉得你在可怜我，最后这点儿日子我想活得有尊严一些。这件事你一定帮我保密，要是让同学们知道，他们一定也会像你现在这样对待我。"庄子昂看着林慕诗，叹了一口气。

林慕诗双眼红肿，点了点头。

吃完饭后，庄子昂回了趟家，他将检查报告揉成一团，随手扔进衣柜里。

他从陈医生那儿带回来的桃花，斜斜地插在装了水的矿泉水瓶中。娇嫩的桃花给这个简陋的小屋平添了几分春色。

做好这些后，庄子昂有些无所事事，只好看着鱼缸里的两条金鱼发呆。

没有小蝴蝶，他的生活变得无趣，心也空荡荡的。

过了一会儿，庄子昂的目光落到鱼缸边的竹笛上，那是他逃离那个家时，唯一带出来的一样东西。

为了打发无聊的时间，他拿起竹笛，随心所欲地吹奏起来："来唆唆西哆西拉，唆拉西西西西拉西拉唆……"

这还是他跟小雨蝶初遇时，她哼的旋律。可惜他只记得这一段前奏，但他依旧不停歇地吹着，好像吹出来，就能立刻见到小蝴蝶似的。

困意来袭，庄子昂放下竹笛，去睡午觉。

半梦半醒间，手机"叮"的一声响，庄子昂迷迷糊糊地拿起手机，屏幕上的一条信息让他睡意全无。

是小蝴蝶的信息：**我好想见你！**

庄子昂立即打字回复，手都有些颤抖：**我也想见你，你在哪儿？**

消息发送出去，却再次石沉大海。

庄子昂很不安，他打电话过去，依然是女声一遍遍播报对方不在服务区。别无他法，庄子昂只好一遍一遍地安慰自己：她看到了信息，一定会回复的。

庄子昂再也睡不着了，只好听歌，希望音乐能让他的心保持平静。

> 开了灯，眼前的模样。
>
> 偌大的房，寂寞的床。
>
> 关了灯，全都一个样。
>
> 心里的伤，无法分享。
>
> 生命，随年月流去，随白发老去。
>
> 随着你离去，快乐渺无音讯。
>
> 随往事淡去，随梦境睡去。
>
> 随麻痹的心逐渐远去。
>
> ……

这首歌没能让庄子昂平静下来，反而让他哭得稀里哗啦，心情也变得复杂。

他知道，小蝴蝶一定有秘密瞒着他，可他又何尝不是呢。

过去十几年的生活已经够黑暗了，现在终于有一道光照进来，但自己却到了落幕的时刻。

庄子昂听着歌，心里乱糟糟的：小蝴蝶才离开几天，自己就这么失魂落魄，要是自己死了，小蝴蝶得伤心成什么样？

仿佛过去了一个世纪，手机才终于传来"叮"的响声。

小蝴蝶终于回消息了：*大笨蛋，等我。*

星期天，庄子昂坐在跟小蝴蝶放风筝的那片草地上，望着河水，静静发呆。

快到中午的时候，手机铃声响了起来，庄子昂激动地拿出手机，没想到竟然是庄文昭打来的。

"爸，又有什么事？"庄子昂语气冷淡。

"中午你回来吃饭吧，你秦阿姨做了一桌子好吃的。"庄文昭难得温和。

"哦？你们做好吃的，什么时候想起过我？"庄子昂轻笑道。

"你总归是我儿子，过了这么久，气也该消了，难道真要一辈子不回家？"庄文昭提高嗓门。

"不会的，最多三个月，我一定回家。"庄子昂语气十分肯定。

第十三章
小蝴蝶的试卷

这些年来，庄子昂总在讨好父亲，希望换来一点父爱。于是，他在那个家里拖地、擦玻璃、洗碗、洗衣服，甚至还学会了修水管和清理抽油烟机，活得像个保姆，可依旧没能换来父亲的笑脸。

如今身患绝症，他反倒看开了。

"子昂，爸爸承认之前对你关心不够。

"对宇航管教不严，才让他对你态度恶劣，我已经让他改正了。

"看在你爷爷的面子上，你就搬回来住吧，免得老人家操心。"

……

庄子昂一听到爷爷，眼泪立刻漫了上来。

他定了定心神说："爸，我跟爷爷说过了，他同意我住我妈那。"

庄文昭沉默了许久，只得同意："那行，你什么时候想通了，就回来吧！"

挂断电话，庄子昂沉思了许久。

他深知自己和父亲的关系，并非一朝一夕能够改善，继母和弟弟嘴上不说什么，心里也一定不舒服，还是别回去打扰他们了。

随后，庄子昂拨通母亲徐慧的电话："妈，你什么时候回来？我给你做顿饭吧？"

徐慧那边听起来十分嘈杂："最近太忙了，过了这段时间再说吧。"

"我……我身体不太舒服。"庄子昂忍着眼泪说。

"那就去医院看看，让医生开点药，我一会儿给你转点钱，就这样先挂了。"徐慧匆匆结束通话。

很快，他就收到了母亲徐慧的转账信息。

庄子昂盯着手机屏幕，手指微微颤抖，母亲工作这么忙，还是不要给她添乱了。

严格地说，他被判给了爸爸，母亲能做到这个地步已经很好了。

希望她能早日遇到合适的人，也好安享晚年。

自己不是个好儿子，没办法给她床前尽孝了。

星期一，鲜艳的国旗在操场上冉冉升起。

早会上，学校领导总结了上周的月考，多说了几句。庄子昂昨晚有些失眠，站在队伍里直打哈欠。

林慕诗的目光一直停留在庄子昂身上，片刻不曾离开，她有些害怕，庄子昂会突然倒地不起，再也无法醒来。

到学生会干部发言时，九班再一次错失流动红旗，一时间怨声四起：

"我就说嘛，谢文勇根本不行。"

"在他的'英明'领导下，咱们班上周的纪律和卫生全部一塌糊涂。"

"没有对比就没有伤害，现在我才明白，庄子昂到底有多优秀。"

……

同学的指责，让谢文勇心如刀割。接连的失利，谢文勇不得不承认自己和庄子昂之间确实存在着不小的差距。

上午第四节的班会课，谢文勇不可避免地又遭遇了一次声讨。虽然他努力地解释，但同学们不愿意再信任他了。他急眼了，将黑板刷一扔，说："那我也辞职，行不行？这个班长你们谁爱当谁当。"

这本来是一个以退为进的办法，谢文勇以为这样说，同学们会放过他，也会震慑住他们。

没想到，全班绝大多数同学都将目光聚集到庄子昂身上，充满期待。

庄子昂无奈地起身，说："咱们班没得到流动红旗，每个人都有责任。谢文勇作为新任班长，也为大家做了很多，大家要对他有信心，共同建设好我们的班级。"

这几次失去流动红旗的真实原因，庄子昂心知肚明。谢文勇作为班长威望不够，难以服众，所以不少人故意跟他唱反调、使绊子，这才让班级各项成绩都下滑。但他不能说出来，只好两方安抚。

庄子昂又看向谢文勇，说："既然你当了班长，就别轻易撂挑子，只要你用心为班级做事，同学们肯定会支持你的。"

虽然庄子昂是一片好心，但也刺痛了谢文勇："说得轻巧，那你为什么撂挑子？"

"我有迫不得已的原因。"庄子昂无奈地叹气。

"你少在那儿装腔作势，一副说教的姿态。"谢文勇还是很不服气。

"够了，谢文勇，"林慕诗起身怒道，"我不允许你用这种语气跟庄子昂说话。"

谢文勇的脸涨得通红，既是因为被当众呵斥，也是因为林慕诗这么护着庄子昂。

"庄子昂为我们做了那么多事，你有什么资格这样质问他？"林慕诗盯着谢文勇，漂亮的丹凤眼里噙着泪水。

庄子昂连连向林慕诗使眼色，生怕她一时冲动说出自己生病的事情。

张老师适时出现，打破了教室里剑拔弩张的气氛。

"庄子昂，你跟我来一趟办公室，其他同学继续开班会。"

李黄轩一脸纳闷："张老师，您最近怎么总是找庄子昂？"

张志远沉声道："你先管好自己，检讨怎么还没交给我？"

李黄轩立刻闭嘴，手机被没收了，这个周末他都过得没滋没味。

去办公室的路上，张志远问庄子昂："我看林慕诗眼泪汪汪的，你告诉她了？"

"在医院碰巧遇到，被她看到了检查报告。"

"医生怎么说？"

"想开点儿。"

简短的对话后，是长久的沉默。

张志远不知如何安慰庄子昂，闷着头走路，庄子昂跟在后面，没什么特别的感受。

来到办公室，几个任课老师也在。

张志远坐在办公椅上，习惯性地喝了一口枸杞茶，瞟了庄子昂一眼："知道我为什么找你来吗？"

庄子昂略一思索，说："月考试卷出来了？"

张志远一拍桌子，说："原来你知道啊！搞什么幺蛾子，二十三班的苏雨蝶是谁？"

"张老师，我说我一时糊涂，写错了名字，您信不信？"庄子昂态度端正。

张志远想要发作，但又想到庄子昂的病情，只得强行忍耐。

作为蝉联两年年级第一的人，庄子昂每次的试卷都备受老师关注，这一次也不例外。但没想到他的试卷上竟然写着别人的名字和班级。因为这件事，教导主任特意召集老师，讨论庄子昂这次的成绩有没有效。有些老师认为这只是学生一个无伤大雅的玩笑，应该有效；但也有老师认为不能助长这种藐视规则的风气，必须严惩，成绩作废。

双方争执了半天，依然没有结果。

张志远把庄子昂叫来，是想听听他本人的解释，见他这样，显然没有丝毫悔过之意。

"张老师，这位苏雨蝶同学是不是年级第一？"庄子昂笑问。

"算你小子运气好，邓海军的分数只比你低两分。"张志远瞟了他一眼，变相回答了。

"张老师，让成绩作废吧，毕竟是我违反了规则。"知道了排名后，庄子昂就什么都不在意了，拿到事实上的第一名就行。至于成绩单上的排名，就成全邓海军吧。

张志远叹了一口气，换上温和的语气："那行，我跟主任解释。这些年你神经绷得太紧，想要放松一下，我可以理解，不过不许做太出格的事。"

"那你把李黄轩的手机还给他呗，我保证他以后再也不犯了。"庄子昂蹬鼻子上脸。

"拿去，这手机挺贵的，我还不放心呢。"张志远拉开抽屉，将手机扔在桌上。

"谢谢张老师，祝您长命百岁。"庄子昂拿起手机，恭敬地说。

长命百岁，这个祝福语听得张志远十分伤感。得知庄子昂的病情后，他对庄子昂就再也严厉不起来，只希望他的学生在所剩不多的日子里能感受到更多的温暖。

"那没什么事，我就回班里了？"庄子昂准备离开。

"等会儿，有位老师想单独跟你谈谈，已经在来的路上了。"张志远叫住他。

"哪位老师？"

"他从西校区过来，可能要花点儿时间。"

庄子昂一脸疑惑，自己并不认识西校区的老师呀！每个年级的学习任务不同，作息时间也不一样。学校为了避免学生相互影响，将每个年级都单独划分一个校区，庄子昂现在是在东校区。

刚入学时，他们也在西校区待了一年。目前西校区的学生比他们低两个年级，平日几乎没有交集，虽然两个校区之间有一道狭窄的阶梯相通。

没过不久，敲门声响起，门外站着一位三十多岁的男老师，衣着得体，气质儒雅。

张志远连忙起身，热情地同他握了握手："小李，有段时间不见了。"接着，张志远便向庄子昂介绍，"这位是西校区的李俊楠老师。"

庄子昂连忙问好，然后他压低嗓门说："我不认识他呀，他找我干吗？"

张志远轻轻摇头，表示自己也不知情。

李俊楠打量了庄子昂一眼，露出温暖的微笑："庄子昂同学，能和我出去走走吗？"

庄子昂虽然一头雾水，不知道自己和这位老师有什么要说的，但还是答应了。

从办公室出来后，李俊楠带着庄子昂沿着楼梯往上爬，一直来到天台，站在这里，几乎可以看到校区全貌。

高大的银杏树在风中招摇，阳光照在脸上，十分舒服。

李俊楠深吸了一口气，才对庄子昂说："我听说你在月考的试卷上写了苏雨蝶的名字。"

庄子昂一惊，说："老师，您认识她？"

李俊楠微微点头，说："我是她的班主任。"

庄子昂这才恍然大悟，难怪门卫室的电脑系统、考场上，都找不到苏雨蝶的名字，原来她是西校区的学生。

西校区一共有二十五个班，她说自己来自二十三班，并不是假话。

两个校区为了方便沟通和交流，在东校区的楼顶修了一条连廊，可以通向前往西校区的那道阶梯。原来小蝴蝶每次在楼梯拐角与自己分手，其实是上楼回了西校区。

两个校区的上课时间不同，所以她能在下课之前就买好冰淇淋等他。

一切都变得合情合理。

"你为什么要在试卷上写她的名字？"李俊楠问。

"考试时，我突然想到了她，不知不觉就写了。"庄子昂诚实地回答。

"她的确是一个很可爱的女生，我也很想她。"李俊楠的眼眶微微泛红。

庄子昂在试卷上写苏雨蝶的名字，虽然有着找人的小心思，但没想到引来了她的班主任。

李俊楠告诉庄子昂，他是偶然听到有老师议论东校区年级第一的考卷上居然写着他学生的名字，感到特别好奇才过来看看。

"你跟苏雨蝶是什么关系？"

"我们是很好的朋友。"庄子昂指向操场西北角的银杏树，"我第一次见她，就是在那棵树下。她真的特别有趣，见过一次就很难忘记。"

李俊楠笑着说："她的确经常在校园里乱跑，真的像一只蝴蝶。"

"老师，您为什么会给她一大把请假条？"庄子昂问出心中的疑惑。

"你跟她是好朋友，你不知道吗？"李俊楠反问。

"作为朋友，她不主动说的话，我也不方便问。"庄子昂真诚地回答。

李俊楠的语调伤感："她的身体不太好，所以我特批她不想上课时，就可以出来玩。"

庄子昂闻言，心一沉，所谓"身体不太好"，显然是一种委婉的说法。能让班主任如此宽容，那肯定是病情已经严重到一定程度，就像如今的张志远对自己几乎就是有求必应。

庄子昂之前就隐隐猜到，如今终于从李俊楠口中证实了。

原来小蝴蝶也重病在身，但她却活得那么乐观积极。庄子昂觉得很惭愧，跟小蝴蝶相比，自己真是差远了。

小蝴蝶具体是什么病，庄子昂没有追问。一方面，这是小蝴蝶的隐私；另一方面，李俊楠应该也不愿意透露。

"她是一个苦命的孩子，从小没了父母，跟着奶奶相依为命。谁能想到……"李俊楠哽咽到无法言语。

庄子昂如遭雷击，脑袋嗡嗡作响。小蝴蝶的身世，竟然如此凄苦！一滴泪，从庄子昂的眼角无声滑落。

李俊楠递过来一张纸巾，说："她能有你这样的朋友，很幸运。"

"老师，您知道她去哪儿了吗？"庄子昂擦着眼角的泪，说。

李俊楠抬头看天空，说："不知道，应该在她希望的地方吧！"

庄子昂忍不住又问了一些小蝴蝶的情况，但李俊楠知道的也不多，他只告诉庄子昂，小蝴蝶很小的时候，父母便在一场意外中离世，她的奶奶用赔偿金独自抚养她长大。在她十四五岁的时候，被检查出患有疾病，需要定期去医院接受治疗，所剩无几的赔偿金渐渐都填了医院的无底洞，但她的病情依旧没有好转。

"我知道的就这些，她什么都没跟你说吗？"李俊楠问。

庄子昂伤心地摇头："没有，我们只是愉快地吃喝玩乐。"

李俊楠苦笑道："她就是这样，快乐会跟人分享，悲伤就独自承受。"

庄子昂完全理解小蝴蝶的做法，她那么善良的人，一定不忍心给别人带来悲伤。

中午了，太阳变得炽热耀眼，放学的铃声在校园的上空回荡。

李俊楠拍了拍庄子昂的肩膀，说："你别伤心了，我来找你也没别的事，只是想看看苏雨蝶的朋友。"

庄子昂恭敬道："谢谢老师告诉我这么多关于她的事。"

从天台上下来，路过教师办公室，庄子昂请求道："李老师，您能帮我签个名吗？"

李俊楠有些诧异，但也没多问，点头同意了。

庄子昂从张志远的办公桌上拿来纸笔，李俊楠接过去签了名。这个签名跟小蝴蝶请假条上的一模一样，鬼画符一般，他一个字也不认识。

"老师，您为什么把名字写得这么难认？"庄子昂有些好奇。

"这还得怪苏雨蝶，老是模仿我的笔迹给其他同学签请假条，害我花几十块设计了这么复杂的艺术签名。"

听完李俊楠的解释，庄子昂莞尔一笑，她还真是顽皮。

目送李俊楠回到西校区后，庄子昂也慢慢地走回教室。

虽然李俊楠解答了庄子昂心中一大半的疑惑，但庄子昂又觉得事情并不是这么简单，有些地方似乎不太合理。另外，小蝴蝶也生病了这件事，犹如一块石头压在心上，让他喘不过气。

命运似乎在捉弄两个苦命的人。

"庄子昂，我找你半天了，走，一起去吃饭。"李黄轩打断了庄子昂的思绪。庄子昂收拾好心情，从兜里掏出从张志远那儿拿回来的手机，递过去。

李黄轩大喜过望，说："你怎么拿到它的？"

庄子昂竖起一根手指，说："嘘，小点儿声，我帮你从张老师的抽屉里拿出来的。"

李黄轩赶紧将手机塞进兜里，带着庄子昂鬼鬼祟祟地往食堂走："看在你这么仗义的分上，今天中午我请客。"

"好，我要吃小炒牛肉丝和红烧肉。"庄子昂忍着笑，毫不客气。

两人正在食堂吃饭，谢文勇和林慕诗忽然端着餐盘坐了对面。

庄子昂眼皮都没抬，闷头吃饭。

李黄轩则一脸嫌弃："这么多空位，你们挤过来干什么？"

林慕诗没理会李黄轩，将一只鸡腿放进庄子昂的餐盘里："庄子昂，多吃点儿，这是我特意给你买的。"

谢文勇一脸惊讶："慕诗，你怎么对他这么好？"嫉妒的火焰在他眼里熊熊燃烧。

庄子昂不咸不淡道："谢谢你的好意，不过我吃不下了。"

林慕诗固执地说："你以前对我那么好，我现在要回报你。"

庄子昂很无奈，他真的不需要林慕诗这样做，也不需要她的回报或同情。见林慕诗一脸"我看着你吃"的表情，庄子昂踢了踢李黄轩，李黄轩立刻懂了，毫不客气地拿起鸡腿啃了两口："谢谢你啊，林慕诗，这鸡腿味道真不错。"

若是以往，林慕诗早就生气翻脸了。但现在，她看着庄子昂把鸡腿给了别人却毫不介意："庄子昂，没有用的，我一定会百倍千倍地对你好。"

庄子昂苦笑着，不再说什么。

星期三，月考成绩排名公布，庄子昂第一次丢掉了榜首宝座，不仅如此，所有科目还都是 0 分。

全班同学都难以置信：

"怎么回事？庄子昂没考试吗？"

"他可是咱们班的中流砥柱，这下平均分会被拉下来不少吧？"

"事出反常必有妖，庄子昂一定摊上事了。"

……

各种猜测在班级里传播。最为庄子昂鸣不平的，当然是他的好哥们李黄轩："不可能，绝对不可能，一定是他们没把你的分数录上，我帮你找老张要个说法。"

庄子昂一把将他按住，说："别了，是我自己的问题。"

"什么问题？"李黄轩大惑不解，"你交白卷了？"

庄子昂笑了笑，没有说话。

下一节课是语文课，课代表带着两三个同学开始分发试卷。

李黄轩的卷子先发下来，111 分。

他愁眉苦脸道："难道我注定是'光棍'命？"

庄子昂扫了一眼他的错题，说："你连《锦瑟》都不会背？"

李黄轩脸一红，嘴硬道："你这个交白卷的家伙，有什么资格数落我？"

他的话音刚落，一张试卷"飘"了过来："庄子昂，张老师特意交代了，这张卷子是你的。不得不说，你的笔名取得真特别。"课代表憨笑道。

其他听到课代表话的人都愣了，什么笔名？庄子昂考试写笔名？

李黄轩他们赶紧探头，就看见庄子昂试卷上鲜红的 137 分。

"那你怎么是 0 分？"林慕诗很惊讶。然而，等她看清密封线内赫然写着苏雨蝶，立即不再说话。

李黄轩也看到了密封线内的名字，惊讶地叫出声，对着庄子昂的后背拍了一巴掌。

教室里，其他同学也都议论纷纷：

"苏雨蝶是谁？"

"上次在教室外面找庄子昂的漂亮女生。"

"这人对庄子昂的影响太大了，直接从第一名降到最后一名。"

"我要有那么漂亮的朋友，别说一次考试，就算天上的星星我也摘给她。"

……

后面几节课，各科试卷都陆续发了下来。

庄子昂的分数全都让人望尘莫及，但无一例外，姓名处都写着"苏雨蝶"三个字。

课间休息，一个同学喊道："庄子昂，外面有人找。"

庄子昂霍然起身，冲出教室，却是邓海军找他。

邓海军拿着十五班的成绩单递给庄子昂，他的班级排名和年级排名，都赫然写着"1"。

"海军，恭喜你呀。"庄子昂是真心为他高兴。

"我在老师的电脑上查了年级总排名，要是你排第 2 或第 3，我可能还会高兴一下，觉得自己打败了你，但你排 1075。"邓海军愤然道。

"第一天考完我就跟你说过，我忘记写名字了。"庄子昂并不在意邓海军的怒气。

"你这是临阵脱逃。"以这种方式成为第一，邓海军感觉不到丝毫喜悦，"我要看看你的试卷。"

拗不过他，庄子昂只好回教室拿出各科试卷。

邓海军看了庄子昂试卷的分数，又加了一下总分，再也笑不出来了，发出一声"凄厉"的哀嚎："啊——"

"你鬼吼鬼叫什么？"庄子昂嫌弃道。

"就差2分，我差一点儿就能堂堂正正地赢你。"邓海军懊恼不已。

庄子昂哈哈大笑，觉得这家伙还挺可爱的。别人看到自己的试卷，关注点全在苏雨蝶这个名字上，只有他在认认真真地算总分。这人的思维，果然异于常人。

"对了，下个月的物理竞赛，你参不参加？"邓海军问。

"不参加，我可能没时间。"庄子昂想都没想，果断拒绝。

庄子昂说没时间，就是单纯的没时间，但邓海军却理解成了他要陪女孩子，没时间参加考试。

邓海军看着庄子昂，露出恨铁不成钢的表情，并在心中暗暗发誓，学生时期离女孩子远点儿，不能像庄子昂这样。

他用手机拍下十五班的成绩单，便打发邓海军离开，回到座位上打盹。

"庄子昂，外面有人找。"又一道声音传来。

"这家伙，还没完没了了？"庄子昂嘟囔着起身，走出教室。

走廊上，不少同学正在追逐打闹，晃动的人影间，站着一个安静的身影。

那是一个很漂亮的女生，鹅蛋脸，杏仁眼，一条不对称的麻花辫搭在左肩，身穿一件纯白的衬衫，搭配湛蓝色的百褶裙，裙摆到小腿

169

的位置，脚上是一尘不染的白色帆布鞋。阳光照在她身上，整个人像是在发光。不同的是，她的鬓边已经没了那朵桃花。

一周不见，庄子昂发现苏雨蝶的身形瘦削了一些，面色也有些苍白。

"小蝴蝶……"庄子昂痴痴地叫了一声，大脑一片空白。

"大笨蛋！"苏雨蝶明明面带笑意，说话却又微微带着哭腔。

庄子昂一步步靠近，小心翼翼地伸出手，生怕眼前的女孩是梦幻泡影，一碰就碎。直到他的指尖碰到女孩柔软的脸颊，那温暖的触感清晰地传入指尖，眼泪才夺眶而出，模糊了视线："小蝴蝶，你去哪儿了？我真的好想你。"

"大笨蛋，我回来了。你哭什么？说好要天天开心。"小蝴蝶被庄子昂的情绪感染，双目也蓄满了泪水，宛如两汪清泉，楚楚动人的表情让人怜惜。

小蝴蝶消失了整整一周。

这段时间，庄子昂深切体会到那句古言："一日不见，如隔三秋。"

但是小蝴蝶那瘦削的身体和苍白的脸色，都让庄子昂无比心疼。

这一星期，她到底经历了什么？

第十四章
要完成的心愿

　　庄子昂用纸巾堵住两个鼻孔，去张志远那儿"骗"请假条。

　　"张老师，要不您多给我签几张请假条，免得以后总麻烦您。"庄子昂看张志远二话不说就同意了他的请求，得寸进尺地请求道。

　　"这主意倒不错，谁想出来的？"张志远"唰唰唰"地签了三张请假条。

　　"庄子昂，我要吃遍所有美食，从街头一直吃到街尾。"站在小吃街路口，苏雨蝶放出豪言，庄子昂笑着点头，小蝴蝶，别说是吃东西，就算是上刀山下火海，我也愿意陪你一起闯。

　　第一站，羊肉串。庄子昂买了一大把羊肉串，让老板撒上满满的辣椒和孜然。

　　苏雨蝶去买可乐，这一次，庄子昂要了百事可乐，苦了一周，他今天想甜一点儿。

　　两人坐在大理石台阶上，毫无形象地吃着羊肉串，丝毫不在意路人的眼光。

苏雨蝶被辣得满脸通红，额头冒汗，嘴里"咝咝"地吸气，一口喝掉半罐冰可乐，才稍稍缓解了辣味。

庄子昂在一旁笑意盈盈地看着她，只觉得她真是太真实、太可爱了。

苏雨蝶抬起头，望着蔚蓝的天空，忽然高举双臂大喊："哇，世界真美好呀！"

若是以前，庄子昂会跟着她一起欢笑，但现在他的心里仿佛压着千斤巨石。难以想象，这是一个自幼父母双亡，与奶奶相依为命，还患病的女孩。她永远那么积极乐观，只将快乐带给身边的人。

"小蝴蝶，你这一周到底去哪儿了？"虽然和李俊楠老师交谈后，庄子昂能猜到苏雨蝶这一周多半与病床、药水相伴，但他还是想听苏雨蝶说。

"我去玩了呀！"苏雨蝶兴致勃勃地说。

"玩什么玩了这么久？"庄子昂配合着，不拆穿她。他也不打算告诉她，自己见过她的班主任，从老师那儿知道了她的情况。

"我去了一个很好玩的地方，认识了好多新朋友，而且在那里，我每天都能躺着看天空，什么也不用做，晚上也睡得特别香。那个地方太好了，我差点儿都不想回来了……"小蝴蝶叽叽喳喳，还发出清脆如铃的笑声。

苏雨蝶说得有声有色，若不是庄子昂知道真相，差一点儿就信了。他的眼眶泛红，顺着她的话问："那你为什么又回来了？"

"我想你这个朋友了嘛，大笨蛋！"苏雨蝶伸手戳他的脑袋。

"那你去的那个地方，有花园，有蝴蝶吗？"庄子昂继续问道。

"当然有啊，那里的蝴蝶可漂亮了，翅膀上有各种各样的花纹。"

"你头发上的桃花是弄丢了吗？"

"桃花谢了呀，笨蛋。"

……

两人有一搭没一搭地说着话。

小蝴蝶的眼睛，明亮得像夜空中的星星。

庄子昂努力忘记悲伤，陪她一起没心没肺地快乐。

稍稍休息一下，两人又开始席卷小吃摊。炸土豆、臭豆腐、蛋烘糕、糖葫芦、冻奶茶、西瓜汁……两人将肚皮吃得圆滚滚，终于心满意足，去河边晒太阳。

庄子昂躺在草地上，小蝴蝶坐在他的身旁。

阳光暖暖地照着大地，微风轻拂着岸边的垂柳，空气中是青草和泥土的芬芳，这一刻，就像梦中的场景。

庄子昂拿出手机，翻到周末他在公园喂猫的视频给小蝴蝶看。

"虎子还是那么霸道，抢东西吃可厉害了，奶酪和布丁完全不是它的对手。"小蝴蝶边看视频边"解说"。

"我听环卫阿姨说，你已经喂了它们三个月了。"庄子昂试探地说。

"是啊，三个月，挺短的。"小蝴蝶没有听出深意，随口回答。

"是啊，三个月，挺短的。"庄子昂重复了一遍，嗓音有压不住的悲伤。

苏雨蝶不在的这一周，庄子昂深切地明白了一个道理：两个相爱的人，如果其中一个不得不面对死亡，那活下来的那个才是痛苦的，因为他要在无尽的悲伤和思念中煎熬。

虽然他没能从李俊楠老师那儿知道苏雨蝶到底得的什么病，但应该不像自己这么严重，不用掰着手指头过日子。

"对了，你还记得我们的约定吗？"庄子昂从裤兜里掏出折叠好的月考试卷。

"你真的考第一了？"苏雨蝶惊喜地问。

"不，我考了倒数第一。"庄子昂笑了笑。

他滑动手机屏幕，调出了九班和十五班的成绩单。

年级第一是邓海军，他考了年级第 1075 名。

"你怎么全是 0 分？"苏雨蝶又看了一眼摊开的试卷，分数明明很高啊。

庄子昂点点密封线内的姓名："因为你。"

苏雨蝶睁大眼睛，原来自己的名字可以写得这么好看。

"大笨蛋，你干吗写我的名字？"

"我想到了你，手不听使唤就写了。"庄子昂有些不好意思。

"那你没考到第一，咱们的约定就不算数。"苏雨蝶傲娇地噘起小嘴。

"怎么不算，你加一下我的总分，比邓海军高 2 分的。"庄子昂急忙争辩。

"我才不管，你全是零蛋，就是不算。"

"你要是耍赖，我可要动用武力手段了。"庄子昂翻身而起，双手伸入苏雨蝶的腋下，挠起了她的咯吱窝。

苏雨蝶很怕痒，立即蜷缩起身子，不停地挣扎，嘴里发出上气不接下气的笑声。

两人在草地上打闹，快乐得像三岁的孩子。

"算算算，大笨蛋，你快放开我。"小蝴蝶笑出了眼泪，连连求饶。

庄子昂这才住手，帮她清理掉头发和衣服上的草。

小蝴蝶的气息平稳后，才仰头问："那你要让我干什么？"

庄子昂怜爱地揉了揉她的脑袋，说："我想带你去个地方，南华村。"

南华村，是庄子昂的老家，他的爷爷奶奶住在那里。

每年他都在那个美丽的村子过寒暑假。他童年时代的快乐记忆，也全部留在了那里。

这一次，庄子昂等不到暑假了，他想趁着现在回去看看。

或许这是最后一次了。

苏雨蝶原本以为庄子昂要让她做什么为难的事，得知是出去玩，当即开心地满口答应。不过她必须在天黑之前回来，赶上六点十分的十九路车。

庄子昂摆弄着苏雨蝶的麻花辫，从手腕上摘下那根能带来好运的红绳，在辫子末端扎了一个蝴蝶结。

"你扎的蝴蝶结，一如既往地难看。"苏雨蝶撇了撇嘴，但并没有解开。

"哪有，明明很好看。"庄子昂嘴硬，迅速岔开话题，"我上周去逍遥宫，也看到了好运红绳，你是在那买的吧。"

苏雨蝶点点头，说道："嗯，现在想想，那人就是个骗子，只有笨蛋才会上他的当。"

"他看起来不像骗子吧？"庄子昂没底气地说。

"笨蛋，你就直说，被骗了多少钱？"

"呃……十块。"

苏雨蝶的嘲笑声在草地上回荡。

"对了，我还在那里遇到了一个卖小吃的奶奶，她做的豆腐脑很好吃，你认识她吗？"庄子昂问。

"不认识，没见过。"小蝴蝶摇了摇头。

庄子昂一脸疑惑，小蝴蝶既然认识那位工作人员，怎么会没见过在门口卖豆腐脑的老奶奶？

苏雨蝶拍了拍胸脯，说："你要是想吃豆腐脑，不用花钱去买，我做的豆腐脑比外面卖的还好吃。"

庄子昂惊讶道："你还会做豆腐脑？"

"当然，很简单的。把黄豆提前泡一晚上，再用石磨磨成豆浆，过滤浮沫，在锅里边煮边搅拌，煮开以后稍稍晾凉，点上卤水，然后等着凝固……"苏雨蝶说得头头是道，最后还不忘问一句，"是不是很简单？"

庄子昂听得目瞪口呆，喃喃道："是……是挺简单的。"

他在老家的时候，见过村里人做豆腐，虽然豆腐脑是豆腐的半成品，制作起来少了一些步骤，但依然无比烦琐，有这个工夫，还不如去买一碗。

不过，回忆起苏雨蝶做风筝的场景，庄子昂又理解了，她一定很享受那个过程。

将普通的黄豆变成白白嫩嫩的豆腐脑，是一种神奇的体验，庄子昂突然很想吃苏雨蝶做的豆腐脑。

斜晖满地，流水无声，时光被河畔的风悄悄吹走。眼看快到六点了，又到了分别的时候。

庄子昂陪苏雨蝶在站台等公交车，酝酿了半天才说："我反正没事，要不送你回家吧？"

小蝴蝶摇头道："不要，我又不是小孩子，可以自己回去。"

"我想跟你多待一会儿嘛！"庄子昂拉了拉小蝴蝶的手腕，犹如孩子般撒娇。

小蝴蝶转过头，紧紧地盯着庄子昂的眼睛，她伸出手指，指着他的鼻子说："你是不是想跟我回家，然后说累了要进屋喝口水，结果磨蹭着一直不走，还要在我家留宿，半夜三更对我欲行不轨？"

庄子昂脸一红，支支吾吾道："没……没有，我才没想那么多。"

小蝴蝶"扑哧"一笑，说："你心虚什么？我逗你的啦！"

庄子昂气鼓鼓地瞪着她，脸拉得老长。

十九路车从街角转出来，他们必须要分别了。

苏雨蝶柔声道："好啦，明天我再来找你玩。"

"你可千万别又消失很久。"庄子昂依依不舍。

"不会的，我有事一定会提前告诉你。"苏雨蝶走了两步，又回头挥手，"再见了，大笨蛋！"

公交车缓缓驶离，带起马路上几片飘零的落叶。

傍晚，天空中能同时看到太阳和月亮。

吃过晚饭，庄子昂回到出租屋，拨通了爷爷的电话。

"喂，哪位呀？"庄建国苍老的声音从听筒里传来。虽然手机有来电显示，但他看不太清，不知道打电话的是谁。

"爷爷，是我啊！"庄子昂一开口，鼻子就有些泛酸。

"子昂呀，是不是你爸又欺负你了？"庄建国连忙问。

"没有，爷爷，自您那天走后，我就没再回去过。"庄子昂回答。

"唉，好好的一个家，弄成这样。"庄建国在电话里叹息。老人家一辈子为儿孙操心，庄文昭四十多岁的人了，对他阳奉阴违，他实在管不了，心有余而力不足。

庄子昂说："爷爷，我周六回去看您和奶奶。"

"真的吗？"庄建国的声音里透着惊喜，忽然又顿了顿："你的学习任务重，要是没时间就别回来了，我跟你奶奶都挺好。"

"我想吃奶奶做的菜了。"庄子昂尽量让语气显得轻松。

"那好，我让你奶奶早点儿准备。"庄建国开心不已，说话一直带着笑。老人就是这样，日盼夜盼，希望儿孙能回去看望他们，但嘴上又不肯说，让他们忙工作和学习就好。

"对了，爷爷，我有个朋友跟我一起回来。"庄子昂有些不好意思地说道。

"谁呀？男的还是女的？"听到庄子昂要带朋友回来，庄建国高兴坏了，连忙问道。

"到时候您就知道了嘛！"庄子昂卖了一个关子。

小蝴蝶那么可爱，爷爷奶奶一定会喜欢的。

第十五章
遇见有缘人

接下来的两天，庄子昂没有再请假，也没有太多机会和小蝴蝶见面，最多中午一起吃饭。

发信息的话，只要是白天，小蝴蝶都会很快回复，但一到晚上，所有的消息又都会石沉大海。庄子昂已经习惯了，到了晚上就不再给她发消息。

星期五放学，庄子昂送苏雨蝶上公交车。

时间还早，他在站台坐了一会儿，安静地看着天边西沉的红日。

"夕阳无限好，只是近黄昏。"以前他竟然没发现，晚霞会这么漂亮。

庄子昂的余光看到一个熟悉的身影走了过来，是邓海军。

"庄子昂，晚上有没有事？"邓海军走到庄子昂身边，问道。

庄子昂摇了摇头。

邓海军大喜，说："那太好了，你陪我去图书馆刷竞赛题，有些问题我只想跟你讨论。"

闲着也是闲着，庄子昂点头答应。

图书馆里充满了他与苏雨蝶的开心记忆。路过便利店，庄子昂还特意买了一包水果硬糖。

"你一个大男人，怎么还吃糖？"邓海军一脸嫌弃。

"你以后就懂了。"庄子昂意味深长地说。

当一个人突然变得傻乎乎的，多半是有秘密了。可是他的秘密，带着悲凉的底色。

在图书馆里一坐下，邓海军就开始刷物理竞赛题，他丝毫不关注庄子昂的动作。直到要和庄子昂讨论题目，才发现这位老师口中的天才学生竟然拿着一本低龄儿童笑话书看得津津有味，脸上荡漾着春风般的笑容。

"你没事吧？"邓海军有些无法接受这个现实。

"以前我没发现，现在觉得看笑话书真是放松心情的好办法。"庄子昂并不理会邓海军的嘲笑。

邓海军想问的是一道关于速度的题，题目的确有难度，庄子昂在草稿纸上不断演算，两人探讨了很久，才终于解出来。

邓海军望着草稿纸上密密麻麻的公式，又看了一眼手边的资料书，忽然说道："庄子昂，你说世界上真的有时间旅行吗？"

时间旅行，历来在科学界就备受关注，无数科学家提出过各种假设和猜想，但直到现在也没有人能证明真的存在时光旅行。

"当然，人是可以穿越时间的。"庄子昂认为是存在时间旅行的。

"你见过穿越者？这么说的理论依据呢？"邓海军不愧是优等生，什么都要有理论支撑。

"我猜的，没有理论依据，那么多科学家都搞不明白的事，咱俩有讨论的必要吗？"庄子昂有些不耐烦。

"我听说有个地方叫蓝星，那上面住着成千上万的穿越者，以抄歌词和诗句为生。"邓海军说道。

庄子昂乐了，没想到这个不苟言笑的"书呆子"也看过网络文学。

结束对话，庄子昂继续看笑话书，邓海军也接着刷题，直到图书馆闭馆。

从图书馆出来以后，邓海军认真地问："庄子昂，你真不参加物理竞赛了？"

庄子昂望着多次并肩战斗的"战友"，拍了拍他的肩膀："海军，好好努力，以后你一定会实现理想，成为一位优秀的科学家。"

"那你呢？你抛弃我们了吗？"邓海军不明白庄子昂为什么不参加物理竞赛。

"就算我不能参加，也会在心里为你们加油。"庄子昂有些伤感地说。

邓海军就算再迟钝，也能察觉出庄子昂的不对劲。可无论他怎么追问，庄子昂都不肯多说。

"好吧，那我祝你能按自己的想法生活，过得开心。"邓海军向庄子昂挥挥手，转身离去。

庄子昂望着他的背影，有些难过："海军，如果你以后实现了时间旅行，麻烦去十八年前找到我妈，告诉她，我不愿意来这个世界。"

"你有病啊，说这种话。"邓海军回头骂道。

"是啊，我病得不轻。"庄子昂笑着挥手，自言自语。

图书馆离学校不算太远，庄子昂打算走路回去，吹一吹夜风。

远处的大桥上有彩色的灯光闪烁，倒映在水面上，形成了这座城市的一道美丽夜景。马路上的车辆川流不息，商店橱窗里透出明亮的灯光。虽然已经到了夜里，但世界依旧繁华喧闹。

庄子昂走上一座天桥，上面摆着很多地摊，有贴膜的小伙、给人干针线活的老奶奶，还有拿着吉他弹唱的流浪歌手。最引人注目的，是一个戴着老花镜的老人，他手里正举着布幡，招揽生意。

"年轻人，算一卦否？"老人叫住庄子昂。

庄子昂停下脚步，在看清那人后，惊讶道："怎么是你？"

老人也认出了庄子昂，笑呵呵道："年轻人，咱们还挺有缘的。"

原来这人正是那日在逍遥宫为庄子昂解签的工作人员。

庄子昂好奇道："您不在逍遥宫，怎么跑出来摆摊算命了？"

"现在行情不好，人心浮躁，不多干一份工作，难以养家糊口啊！"老人忧愁道。

庄子昂本就不信算命，也不想再花冤枉钱，客套一下就打算离开。

老人却一把抓住他，说："不准不要钱，你信不信我能算出你姓什么？"

"姓什么？"庄子昂来了一点儿兴趣。

"南望孤星眉月升。"老人摇头晃脑地说。

庄子昂眉头一皱，这不是一个字谜吗？

见庄子昂还在思考，老人生怕他跑了一样，迫不及待地解开谜底："上北下南左西右东，望字的下边是个王，孤星就是一点，眉月就是一撇，拼凑在一起，勉强能算个庄字。"

"小朋友，如何？"老人得意地问。

"咦，你真知道我姓什么！"庄子昂有些惊讶，忽然他又反应过来，一脸狐疑，"上次在逍遥宫，你是不是听到过我朋友叫我的名字？"

庄子昂跟邓海军的关系不错，他一直都叫邓海军"海军"，但邓海军那个家伙根本不懂人情味，每次都是连名带姓地叫他，一定是上次被这老人听到了。

"喀喀……"老人干咳两声,掩饰尴尬,"这些都是雕虫小技,不必深究。咱们是熟人了,收你十块钱,我帮你看个手相。"

庄子昂立即拒绝:"不,十块钱够我去吃碗牛肉面了。"

"那就五块钱,咱们交个朋友。"这人十分圆滑,当即打个五折。

"不,您忽悠别人吧。"庄子昂再次拒绝,他万分后悔上了这个天桥。

"你给我站住!"老人提高嗓门,绷着脸道,"我免费给你看,说准了再收钱,行不行?"

庄子昂依然摇头,他听了小蝴蝶的话,对这人有了警惕,害怕被他骗钱。

"天桥上这么多人看着,你好歹给点儿面子。"老人看庄子昂听进去了,低声说着。

庄子昂不禁动了恻隐之心:"那行吧,您要看左手还是右手?"

"左手。"

庄子昂伸出左手,这人应该是想利用自己当个托,卖弄一下相术招揽生意,不管他说什么,全当耳旁风就好。

老人捏着庄子昂的指尖,盯着他掌心的脉络,足足看了半分钟,最后幽幽地叹了一口气,说:"你的生命线太短,这是短命相啊!"

庄子昂不淡定了,如果是以前,算命先生对他说这种话,他肯定掉头就走,但如今确诊了不治之症,再听这种话,不由得有些心惊肉跳。

庄子昂舔舔嘴唇,有些紧张,正等着这人再说点儿什么。没想到,这人把庄子昂的手翻过来,说:"你这手有点儿干,我推荐你一款护手霜,滋润手部肌肤,延缓皮肤老化,只要二十块钱一支。"说着,就从身后掏出一盒护手霜。

庄子昂大跌眼镜,道:"您不是算命的吗?还兼职护肤品销售?"

老人呵呵笑道："多一份收入，养家糊口嘛！"

"真是不靠谱，我没工夫陪您瞎扯。"庄子昂抽回手，转身踏步离开。

小蝴蝶没说错，他果然是一个骗子。

老人对着庄子昂的背影道："小朋友，你会回来找我的。"

庄子昂头也不回道："我躲您都来不及。"

老人闻言，不紧不慢地从衣服口袋里掏出一个黑黢黢的玩意儿，状似牛角，上面有些大小不一的孔。

那是一支陶笛。

庄子昂大步走着，身后传来一段悠扬的音乐。

庄子昂表情凝固，再也迈不动步子。这段旋律，不就是他第一次遇见苏雨蝶时她吹的吗？

"来唆唆西哆西拉，唆拉西西西西拉西拉唆……"

"这首曲子叫什么名字？"庄子昂跑回老人的摊位。

老人放下陶笛，哈哈大笑："我就说你会回来。"

"这首曲子是什么？"庄子昂急切地追问。

老人伸出手，勾了勾手指，说："十块钱。"

庄子昂立即掏出十元钞票，递给了他。

老人笑嘻嘻地接过钱，假模假样地对着路灯一照，然后将钱揣进兜里，这才悠悠开口："它叫《梦蝶》，也有人叫它祭拜曲。"

"我能学吗？您能不能教我？"庄子昂请求道。

"不能。"老人想也没想就严词拒绝。

"您要多少钱才肯教我？"庄子昂边说边摸口袋，他拿出身上所有的钱。

"音乐这么高雅的艺术，你居然跟我谈钱，庸俗！"老人一本正经，忽然，他又一挑眉毛："你能给多少？"

庄子昂将手上的钱递过去，生怕老人嫌少，但他只有这么多了。自己那点儿家当，还得用两个多月呢！

这时，给手机贴膜的小哥忽然大喊一声："赶紧跑，城管来了。"

老人大惊失色，立即手忙脚乱地收拾摊子，还不忘抽空扫了庄子昂一眼："你愣着干吗？帮忙呀！"

"哦。"庄子昂连忙弯下腰，将地上的黄布一裹，把那些鸡零狗碎的东西打包。

老人挑起幢幡，带着庄子昂，慌慌张张地从另一侧的楼梯下去。为了躲避城管，两人在人群中快速穿梭。

别看老人年过半百，但跑起来一点儿不比年轻人慢，看来他平日没少被城管追赶。

跑着跑着，庄子昂反应过来，自己又没乱摆地摊，跟着跑个什么劲？

"你怎么不跑了？"老人喘着粗气。

"我又不是您的同伙，为什么要跑？"庄子昂将手里的黄布包裹交给他，想先走，以后再去逍遥宫找他，让他教自己那首曲子。

老人往天桥上望了望，见城管没追过来，才松了一口气。他笑着对庄子昂说："你这个小朋友挺有意思。你不是要吃牛肉面吗？我知道这附近有家地道的面馆。"

庄子昂还没吃晚饭，这一通折腾下来，肚子饿得咕咕叫。他也很想学那首《梦蝶》，便跟老人七拐八拐，来到一处老旧的居民区里的面馆。

店里的装潢很老旧，看上去有了些年头。可能是太晚了，店里没什么食客。

老人往餐桌边一坐，招呼老板："两碗大份牛肉面，其中一碗多加十块钱牛肉。"

庄子昂坐到对面，屁股刚挨着椅子，就见他一拍桌子，说："这家店是先买单，你傻坐着干什么？"

"怎么是我买单？"庄子昂有些不乐意。

"我这么大岁数了，你懂不懂尊老爱幼？"老人理直气壮。

庄子昂只好起身去买单。

很快，面端上来了，老人那碗面的牛肉堆得都要冒出来了。庄子昂虽然对道教文化了解甚少，但也知道有些道派是不允许吃牛肉的。看老人大口吃着牛肉，满嘴流油，庄子昂很想问问他是哪个道派的。

看老人吃得头也不抬，庄子昂也不想问了，夹起面条吃了起来，筋道的面条裹着汤汁滑入胃中，暖洋洋的。

连吃几口面，缓解了胃的"叫嚣"，庄子昂才细细品味出这汤的滋味很像奶奶的手艺。想到乡下的爷爷奶奶，庄子昂不由得泪眼模糊。他病发之时，该怎样面对两位老人？

"不就是吃你一碗面吗？至于心疼得掉眼泪？"老人撇了撇嘴，不情愿地夹了几片牛肉放进庄子昂的碗里，然后有些舍不得又夹了一片回去。

庄子昂一脸悲凉道："我要死了。"

这段时间，这个秘密压得他喘不过气，如今面对一个陌生人，他再也忍不住了，想说出来。

"死了好呀，我刚才就看了你是短命相，生亦何欢，死亦何惧。"老人非但没有安慰庄子昂，还跟说风凉话一样，将面条嘬得吱吱响。

庄子昂以为他不信，认真地说："我确诊了癌症晚期，还能活两个多月。"

老人头也不抬，吃着面条："等你死了，需要我帮你料理后事吗？

我收费很便宜的。"

"喂，你这人有没有一点儿人情味？"庄子昂气恼。

"每个人都是要死的，又不是只有你独一份，你嘚瑟个什么劲？"老人谈起生死，很是淡漠。

庄子昂刚才眼泪都快掉下来了，在他口中却成了"嘚瑟"。

庄子昂不再说自己的事情，转而问起那首曲子："您怎么知道吹起那首《梦蝶》，我就会回来找您？您是不是认识小蝴蝶？"

老人没有正面回答，而是盯着他的手腕问："手上的红绳呢？"

"还给她了。"前天在河边的草地上，庄子昂将红绳当作发带系在了苏雨蝶的麻花辫上。

老人也不意外，说："你上次让我解签就是为了找人，看来你已经找到她了。"

"是啊，她回来了。"庄子昂点点头。

"重逢，意味着分别。"老人感叹了一句。

庄子昂眉头一紧，忍住甩袖子走人的冲动，放低姿态问："您教我那首曲子吧，我觉得挺好听的。"

老人果断摇头："不能教，那是在害你。"

"一首曲子而已，怎么会害我？"庄子昂一脸惊讶。

"从你第一次听到这首曲子便已入了梦中，生离死别，疑似庄周梦蝶，蝶梦庄周。"老人又开始说些让人不知所云的话。

庄子昂用力掐了一下大腿，明明特别疼，自己没有做梦啊！

"谢谢你的面条，我怕你知道真相后承受不住。如果到时候你还愿意学这首曲子，再来逍遥宫找我，不过要收费的。"老人将面碗一推，扛起包袱，拿起幢幡，抬步走出面馆。夜色苍凉，他瘦削的背影飘然如风。

庄子昂追出门口，却只能看着他越走越远。夜空中，远远传来老人大声吟诵的诗句："濯足夜滩急，晞发北风凉。吴山楚泽行遍，只欠到潇湘。买得扁舟归去，此事天公付我，六月下沧浪。蝉蜕尘埃外，蝶梦水云乡……"

后面的句子，渐不可闻。

"蝉蜕尘埃外，蝶梦水云乡。"庄子昂轻声重复了一遍，一个大大的问号在脑海里盘旋，到底还有什么事是自己不知道的？这人说的"入了梦中"，又是什么意思？

庄子昂走出面馆，拿出手机上网搜，可惜没有一首叫《梦蝶》的祭祀曲。

"小蝴蝶说得真对，他就是一个老骗子。"庄子昂有些愤愤。

庄子昂回到出租屋时，夜已深沉，他简单洗漱一下，便早早入睡，对明天充满期待。

一夜好梦。

次日一早，枕边的手机铃声大作，来电的正是他心心念念的那个人。

"喂，大懒猪，起床了，咱们今天不是要出去玩吗？我都到你家门口了。"接通电话后，小蝴蝶充满活力的声音传来。

庄子昂连忙起床，套上衣服，抓了抓乱糟糟的头发，便去开门。门口的小蝴蝶如一尘不染的仙女，笑容干净澄澈。

她的手里提着袋子，是给庄子昂买的早餐。

"你等我一会儿，我先洗个澡。"庄子昂不等苏雨蝶回话，就钻进了浴室，生怕小蝴蝶看到自己刚起床的样子，会影响自己的形象。

男生洗澡的速度都很快，庄子昂用毛巾擦着湿漉漉的头发，从浴室出来，身上残留着沐浴露的香味。

小蝴蝶坐在沙发上，小腿晃晃荡荡，她看见庄子昂，甜甜一笑："大笨蛋，过来，我帮你吹头发。"

"不用，我的头发短，很快就干了。"庄子昂有些不好意思。

"头发湿着，会生病的。"小蝴蝶固执地说。

庄子昂只好乖乖地坐到沙发上，虽然他现在一点儿也不怕生病。

小蝴蝶将吹风机插上电，先在自己的掌心试了下温度，才开始帮庄子昂吹。

温暖的风吹在庄子昂乌黑的头发上，也吹暖了他的心。长这么大，除了理发师，还没有人帮他吹过头发。

小蝴蝶的动作很轻柔，手指在庄子昂的发间穿梭，将头发分出清晰的纹路。

突然，庄子昂的鼻孔一阵痒，温热鲜红的液体滴落。

"啊，你怎么又流鼻血了？"小蝴蝶手忙脚乱地去找纸巾。

庄子昂连忙捂住鼻子，冲到浴室清洗。这一次流鼻血的感觉，怎么跟之前都不一样，难道是病情恶化了？

庄子昂在浴室整理好自己，头发也干了。两人坐在桌子前，打开早餐，一股香味飘来。

这个小吃货，买得还真不少。

庄子昂咬了一口酱肉包，然后发出夸张的赞美："哇，这包子也太好吃了，你真的不吃？"

苏雨蝶看了看庄子昂手中的包子，咽了咽口水，又哼了一声，别过头去："不吃。"

庄子昂拿起一个包子，递到她嘴边："你要是不吃，我就全吃光了。"

"你敢！"苏雨蝶转过头来，狠狠地咬了一口包子，差点儿咬到庄子昂的手指。

看苏雨蝶吃了包子，庄子昂打开瘦肉粥，舀起一勺，吹了吹，喂到小蝴蝶嘴边："啊！"

苏雨蝶乖乖地张开小嘴，接受他的投喂。没有一个吃货能抗拒美食的诱惑。

庄子昂的嘴角露出笑意："这才乖嘛！"

投喂小蝴蝶的快乐，让他很享受。

被喂了几勺粥，苏雨蝶有些不好意思，她接过碗自己吃了起来，庄子昂也只好吃起自己的。

"对了，昨晚我又遇见你说的那个骗子，他在天桥上摆摊。"庄子昂随口道。

"他跟你说什么了？"苏雨蝶忽然有些紧张。

"他满口胡言乱语，我就没听懂几句话，还被他坑了一碗牛肉面。"庄子昂笑道。

苏雨蝶闻言，松了一口气。

"不过，我想跟他学一首曲子，就是第一次见你的时候，不知从哪儿传来的。"庄子昂接着说。

苏雨蝶一脸疑惑："有吗？我怎么没听到？"

"有啊，我记得开头的一点点旋律，我吹给你听。"庄子昂拿起竹笛，吹出了《梦蝶》的前奏。因为太久没练，他吹错了几个音，并不好听。

苏雨蝶咯咯笑道："吹得很好，下次别吹了。"

"你真的不知道这首曲子吗？我还以为它跟你有什么关系呢！"庄子昂一脸沮丧，放下竹笛。

苏雨蝶低下头继续吃东西，过了一会儿她才抬起头，漂亮有神的双眼有些发红，她叮嘱道："你离那个骗子远一点儿，他说什么你都别信。"

庄子昂用力点头："嗯，我都听你的。"

吃完早饭，两人便出门坐公交车。

清晨，阳光照耀着大地，小蝴蝶湛蓝色的百褶裙犹如海水一般，显得格外美丽。

从城里去南华村，需要转三次车。一路上，苏雨蝶一直跟庄子昂说着自己看的冷笑话。

说得累了，她才将脑袋靠在庄子昂的肩膀上，眯了一会儿。微风撩起她的几根发丝，拂在庄子昂脸上，一阵酥麻。

最后一次转车是在一个小镇上，庄子昂买了一大堆营养品，准备送给爷爷奶奶。

苏雨蝶这才反应过来，说："咱们不是去玩吗？到底是去哪儿？"

庄子昂笑着回答："去我家。"

小蝴蝶有些紧张，但在得知家里只有两位和善的老人后，才略微心安，坚持用自己的钱给老人买了点儿小礼物。

第十六章
重回南华村

南华村是一个美丽宁静的小乡村，村民们大多姓庄，或许南华村这个村名就是为了纪念两千多年前的那位南华真人。

村口有一条小溪，溪水潺潺，清澈见底。不远处，是漫山遍野的火红杜鹃花，一群群蝴蝶在翩翩起舞。山林间，传来杜鹃独特的鸣叫声。

此情此景，恰如《锦瑟》中的名句："庄生晓梦迷蝴蝶，望帝春心托杜鹃。"

苏雨蝶走上村口的石桥，桥下流动的溪水中，鱼儿清晰可见。小蝴蝶身上海水般的裙裾，被风吹得飘飘荡荡。

她兴奋地大喊："大笨蛋，这里好漂亮呀！"

庄子昂微笑着看向她，想起那句话：我愿化身石桥，受五百年风吹，五百年雨打，五百年日晒，只求此少女从桥上走过。

走过石桥，便看到村里的房屋，再往村子深处走，有一户平房小院，庄建国正站在门口翘首以盼。

"爷爷！"庄子昂远远地向庄建国挥手。

"子昂。"庄建国激动地迎了上去。

别看苏雨蝶平日大大咧咧、叽叽喳喳的，见到庄子昂的爷爷，却有些腼腆。

庄子昂对庄建国说："爷爷，我给您介绍，这是……"

"不用介绍，这是小蝴蝶。"庄建国不等庄子昂说完，就乐呵呵地接过话，笑得皱纹舒展。

"爷爷，您知道我？"苏雨蝶好奇地问。

"我在子昂的手机上见过你的样子。"庄建国温和地说着，眼中满是喜悦。

上次的监控视频只看到小蝴蝶模糊的影子，但庄子昂带回来的却是一个漂亮的姑娘，他猜也能猜到。

林素珍得知庄子昂要回来，一大早便在厨房里忙碌，她听见外面的说话声，连忙走出来，欢喜地叫道："子昂！"

庄子昂快步上前，紧紧地抱住奶奶："奶奶，我好想您。"

林素珍从庄建国口中得知庄子昂受了诸多委屈，十分心疼，此刻她怜爱地摸着孙儿的后背，眼泪止不住地往下流。

苏雨蝶则将手中的礼物送给庄建国。

庄建国欢喜道："你们回来就好，不用买东西的。"

两位老人沉浸在孙子回来的喜悦中，他们万万想不到，庄子昂这次回来是向他们做最后的道别的。想到两个多月以后，自己就要和慈爱的爷爷奶奶天人永隔，大颗大颗的眼泪从庄子昂的眼角滑落，无声地坠入林素珍的衣襟。

林素珍年近七旬，早已满头白发，腰背也因为早年过于劳累有些驼了，所以不得不昂头才能看到庄子昂的脸，此刻她的眼里满是疼爱。

"子昂，你爸要是再欺负你，你就跟奶奶讲，奶奶帮你揍他。"林素珍拉着庄子昂的手叮嘱。

庄子昂含泪点头："嗯，我知道了，谢谢奶奶。"

事实上，在庄文昭看来，自己的父母早就年老昏聩，哪里听得进他们半句劝告？

"小蝴蝶，欢迎你来我们家做客。"林素珍笑眯眯地看着苏雨蝶，"你跟我们家子昂，是在谈对象吗？"

苏雨蝶俏脸一红，说："没有，奶奶，我们只是好朋友。"

庄建国故意板起脸，说："你这老太婆真是糊涂了，孩子们还在念书呢！"

林素珍连忙道歉："对不起，我乡下老太婆没见识，不太会说话。"

"没关系的，奶奶。"苏雨蝶回答。

看着苏雨蝶和爷爷奶奶谈笑风生的场景，庄子昂的心情格外沉重，爷爷奶奶的期望怕是要落空了。

小院不大，但被打扫得格外整洁，屋前屋后，鸡犬相闻，富有田园气息。

两位老人将庄子昂和小蝴蝶迎进屋后，又是倒茶水，又是拿水果："小蝴蝶，别客气，把这里当自己家。"

"子昂，你别愣着，给小蝴蝶削水果。"

"你爱吃什么菜？让奶奶给你做……"

庄子昂和苏雨蝶出发得早，现在也不过十点多，离吃午饭还有段时间，四人便坐在客厅里看电视。

庄子昂知道爷爷奶奶喜欢听戏，特意将电视调到戏曲频道。

电视上正在播放越剧《梁祝》，一听到戏腔，爷爷奶奶便不再说话，津津有味地看着。

庄子昂压低嗓门，对小蝴蝶说："年轻人都不爱听这个，要委屈你一下，陪陪他们。"

小蝴蝶却一脸认真道："我觉得挺好听的呀！"

庄子昂不置可否，只当她是随便一说。过了一会儿，庄子昂才发现苏雨蝶是真的喜欢戏曲，不仅全身心投入，脸上的表情也跟着情节不断变化。当她看到真心相爱的梁山伯与祝英台双双化蝶，竟泪流满面。

这下，不仅庄子昂感到惊讶，就连认真听戏的庄建国和林素珍也都一脸惊讶，他们还没见过听戏把自己听哭的女孩子呢。

这小丫头听个戏而已，怎么这么认真？庄子昂拿起纸巾，轻轻地为苏雨蝶拭去眼泪。

"大笨蛋，人死后真能变成蝴蝶吗？"苏雨蝶带着哭腔问。

"会呀，可以自由自在，无忧无虑，每天在花丛中飞舞。"庄子昂温柔地回答，他望着苏雨蝶含泪的双眼，在心中暗道：等我死了，化成一只蝴蝶，栖在你的发端，你还会认得我吗？可蝴蝶的寿命太短，我陪不了你多久。小蝴蝶，到那时候，你早点儿忘记我吧！

快到中午时，林素珍去厨房做饭，苏雨蝶不肯当闲人，一定要去帮忙烧火。厨房里还用着土灶，灶膛里燃起的火焰将苏雨蝶的脸蛋映得通红。

烧火的苏雨蝶很快就忘记了刚才的伤感情绪，兴致勃勃地说："爷爷奶奶，我可以唱戏给你们听。"

"你还会唱戏？"林素珍惊喜地问。

"我本来不会，但刚才不是听了吗，所以现在会了。"苏雨蝶有些骄傲。

庄子昂格外诧异，两人相处了这么久，他竟然不知道苏雨蝶有这般本事。

苏雨蝶清了清嗓子，唱了起来："我叫梁兄兄不应，英台好比箭穿心，你多愁多恨成千古，我形单影只何以生，我与你海誓山盟生前订，地老天荒永不分……"

这腔调，这歌词，竟与电视上的分毫不差，庄建国和林素珍两位老人也听得如痴如醉。

待苏雨蝶唱完，庄子昂好奇地问："你以前学过这段戏曲？"

苏雨蝶摇头道："没有啊，刚才是第一遍听。"

"你听一遍就会？"庄子昂傻眼了。

"当然，难道你不会吗？你不是每次都考年级第一，不会这么笨吧？"苏雨蝶笑着反问。

庄子昂无言以对，难怪她天天叫自己大笨蛋，和她相比，自己可不就是大笨蛋。

看着苏雨蝶乖巧地和奶奶聊天，庄子昂突发奇想，要是带她去听一次《梦蝶》，那她是不是就能把旋律记下来？

土灶炒出来的菜比城市里天然气炒出来的香。

林素珍做了一辈子的饭，厨艺相当了得，一道道色香味俱全的菜肴馋得苏雨蝶直流口水。

两位老人日子过得俭朴，今天却做了六道菜，还炖了一锅鸡汤。

苏雨蝶在餐桌旁落座，狠狠地闻了闻："好香啊，奶奶，您的厨艺真好。"

林素珍扯下两个鸡腿，一人一个："子昂，这鸡是从隔壁徐老太那儿买的，奶奶养的鸡过几个月就长大了，等你放暑假，一定要再带小蝴蝶回来。"

庄子昂低着头，紧紧地咬着下唇，不知如何回答。

吃饭的时候，林素珍不停地给苏雨蝶夹菜，比对庄子昂还好。

庄建国倒了一杯白酒，一口一口地抿着，他随意地问着他们在学校的情况，苏雨蝶伶牙俐齿，妙语连珠，逗得两位老人直乐呵。

"小蝴蝶，我爷爷以前是打铁的，他有一项绝技，轻易不出手，一出手就让人叹为观止。"庄子昂笑着说。

"什么绝技呀？"小蝴蝶好奇地问。

"打铁花。"庄子昂回答。

庄建国的脸上浮现出自豪的表情。

"哇，爷爷好厉害！"苏雨蝶没看过打铁花的壮观景象，但从他们的表情知道这应该不是一件容易的事。

"你要是想看，我晚上给你打。"庄建国兴致勃勃道。

"对不起，爷爷，我在天黑之前要回去的。"苏雨蝶有些歉疚。

"那么着急干什么？住一晚再回去呀！"林素珍挽留。

苏雨蝶面露难色，欲言又止，她有不得不走的理由。

庄子昂连忙解围："没事的，以后再看嘛！"

庄建国也道："那就下次回来看，反正机会多的是。"

苏雨蝶的目光中流露出惋惜的情绪，庄子昂也强忍悲伤，他没有机了，不能陪着小蝴蝶一起看那千年前的极致浪漫了。

"大笨蛋，你怎么眼泪汪汪的？"苏雨蝶发现了庄子昂的异样。

"油溅到眼睛里了。"庄子昂找了一个借口。

"我看看。"苏雨蝶一脸关切，凑了上去。

见二人如此要好，林素珍笑道："小蝴蝶，原来你管我们家子昂叫'大笨蛋'啊。"

苏雨蝶闻言，有些不好意思，刚才她一时着急，说顺嘴了。当着老人的面叫人家孙子大笨蛋，好像不太合适。

庄建国对林素珍说："年轻人就爱这么叫，跟你管我叫'老不死的'是一个道理。"一句话，逗得所有人哈哈大笑，饭桌上的气氛变得格外欢乐。

收拾好心情，庄子昂挤出笑容，陪他们说说笑笑。面对最疼爱自己的两位亲人，他能做的只有这么多了。

吃过饭后，苏雨蝶要帮林素珍洗碗，被拒绝了，苏雨蝶去擦桌子、扫地，最后又进了厨房。这副乖巧勤劳的模样，让庄子昂诧异不已。

院子里，庄建国喝得脸颊微红，坐在摇椅上抽烟。

庄子昂帮他捶着腿，劝道："爷爷，您这么大岁数了，少抽点儿烟吧！"

"我今天高兴，以后少抽。"庄建国小声道，"子昂，小蝴蝶可真是一个好女孩，你以后不要辜负了人家。"

庄子昂脸一红，说："爷爷，我们只是朋友。"

庄建国乐呵呵地说："你这孩子打小就实诚，心思全写在脸上。你看小蝴蝶的眼神，跟我当年看老太婆的一模一样！"

"爷爷，我……"庄子昂语塞。

他当然明白自己的心意，但不能说出口。

"小蝴蝶愿意跟你来这儿，真好！你可不许学你爸花心，要一心一意对人家姑娘好。我老头子没几年好活了，唯一的盼头就是看你成家……"庄建国躺在摇椅上，絮絮叨叨，都是对孙子的拳拳之心。

可庄建国的每一个字都犹如一根针刺在庄子昂心上，他紧紧地咬着下唇，直到尝到了一丝腥味，才发现咬破了皮。

这小小院子中的三个人便是他最不舍的牵挂，他不明白，自己到底做错了什么，要被命运如此玩弄。

厨房里，林素珍也在和苏雨蝶说着庄子昂小时候的"傻事"："他小时候可调皮了，四岁那年，被徐老太家的狗追得满山跑；七岁时，非要骑我养的大肥猪，当时正在换牙，摔下来掉了两颗门牙；九岁时，他把屎壳郎带进被子里玩，气得老头子差点儿揍他……"

苏雨蝶听了捧腹大笑，没想到现在这么稳重的庄子昂，小时候那么顽皮。

她也把庄子昂时而犯傻的事讲给林素珍听。小小的厨房里，笑声一直没有停歇。

摇椅上，庄建国的酒意上涌，渐渐睡去。

庄子昂来到厨房，说："你们笑得这么开心，说我什么坏话呢？"

"庄子昂同学，请问屎壳郎要怎么灌？"苏雨蝶捂着嘴偷笑。

"奶奶，您怎么什么话都跟她说？"庄子昂涨红了脸，早知道会被扒出黑历史，就不让她俩待在一起了。

林素珍笑道："小蝴蝶，要是在学校里子昂欺负你，你就回来跟我说，我帮你打他屁股。"

苏雨蝶作可怜样，道："奶奶，庄子昂他经常骂我。"

"你别胡说，我哪有骂你？"庄子昂不服气。

"你骂我是小傻瓜，喊得那么大声，还写在风筝上。"苏雨蝶如今有人撑腰，底气很足。

"是你先骂我大笨蛋的，"庄子昂看向林素珍，"奶奶，您给评评理。"

林素珍板起脸道："小蝴蝶可以骂你，你不许骂她。"

庄子昂苦着脸道："奶奶，您好偏心啊！"

"我就是偏心，我就是喜欢小蝴蝶，你能拿我怎么样？"林素珍理直气壮。

"不敢，您开心就好。"庄子昂只能认输。

小蝴蝶得意扬扬，冲庄子昂做鬼脸："奶奶您真好，走，我给您削水果。"

"好好好，小蝴蝶你可真贴心。"两人走出厨房，留下一串笑声。

庄子昂站在原地，望着两人的背影，泪水悄然滑落，这样的幸福就要落幕了。

林素珍年纪大了，忙活一上午身体有些受不住，要午睡一会儿，便让庄子昂带苏雨蝶去村里转转。

两人从小院出来，顶着午后的暖阳，向后山走去。路上，庄子昂见到一些长辈，主动上前打招呼。

大家见他身旁跟着一个漂亮姑娘，纷纷出言调侃：

"子昂有出息，这么小就找到对象了。"

"这姑娘长得可真水灵，跟画上的人一样。"

"早点儿办喜事，叔等着喝喜酒。"

……

庄子昂的脸通红，勉强应付。

苏雨蝶站在远处，等他回来才小声问："他们在说什么？"

庄子昂板着脸说："大人说话，小孩子少打听。"

"我才不小。"苏雨蝶噘着嘴。

"你怎么不小？小学妹。"庄子昂调侃。

"大笨蛋，你找打，谁是你的小学妹？"苏雨蝶冲上去挥起粉拳，对着庄子昂一通乱捶。

庄子昂哈哈直笑，连连求饶。

闹着笑着，两人来到山前，山路陡峭崎岖，杂草遍布，很不好走。

庄子昂犹豫了半天，把右手在裤子上反复蹭了几下，才小心翼翼地递过去，苏雨蝶与他对视一眼，笑着牵住他的手。

爬到山顶，苏雨蝶累得气喘吁吁，脸颊发红，额头也渗出细密的汗珠，庄子昂拿出纸巾，给她擦了擦汗。

山风忽来，吹起苏雨蝶海水般的裙裾，露出两截小腿。

"好看吗？"苏雨蝶问。

"当然好看。"庄子昂盯着苏雨蝶说。当他回过神来，才发现小蝴蝶正目不转睛地盯着近处的一大簇杜鹃，问的也是杜鹃好不好看。

苏雨蝶兴致很高，站在一块大石头上，将双手放在嘴边，对着幽深的山谷大喊："喂，大笨蛋，你听得到吗？"她的声音在山谷里一遍遍回荡。

庄子昂捂住耳朵，说："你有病啊，喊那么大声干吗？"

苏雨蝶向他招手，说："你也喊两声，把心里的话喊出来就会特别舒服。"

"我才不干那么幼稚的事。"庄子昂撇了撇嘴。

苏雨蝶跳下来，一把拉住庄子昂的手，强行拉上大石头。

风更大了，吹得她的发丝乱舞。

苏雨蝶再次大喊："对呀，我有病呀，你有药吗？"

庄子昂被她的情绪感染，终于鼓起勇气，放声大喊："我没有药，但是我也有病呀！"

两个人的声音在山谷间融合碰撞，有着二重奏的奇妙效果。

"你是不是有大病呀？"

"你才有大病呢！"

两人又各自喊了一嗓子。

庄子昂用这种方式喊出深埋在心中的秘密，突然如释重负。

"怎么样？是不是很舒服？"

庄子昂畅快地笑出声："被山下的人听到，会以为我们是疯子。"

"我才不管别人怎么想，自己开心就好。"苏雨蝶并不在意别人的想法。

庄子昂被这句话轻易打动。从小到大，他就是太在意别人的看法，总想要获得所有人的认可，才努力做一个乖孩子，可是他一点儿都不快乐。

直到遇见小蝴蝶，她的特立独行、随心所欲，都极富感染力，虽然她自己也在黑暗和泥淖中行走。或许小蝴蝶的出现，就是上帝赐给自己的最后一道光。

"小蝴蝶，我好想你——"这一次，庄子昂用上了全身力气，喊到用尽最后一口气，才弯着腰停下来。

山谷里，全是他的回音。

"你真是笨蛋，我就在你面前，为什么要想我？"苏雨蝶疑惑地问。

"就算面对面，我还是会想你。"庄子昂凝望着她清澈的眼眸。

"大笨蛋，我也好想你——"苏雨蝶的声音在山谷间回荡，层层叠叠，不绝于耳，这是她给庄子昂的回答。

庄子昂静静地看着女孩，她美得像一尘不染的仙子。

我没有天大的福气，配得上这么好的姑娘。等我离开后，不要想我太久，就三个月吧，跟我们认识的时间一样长。三个月后，请你彻底把我忘记，去拥抱快乐的人生，永远别再想起我。庄子昂默默地想着，却不敢说出口。

庄子昂来到开得最好的那簇杜鹃中，摘下最漂亮的一朵，说："小蝴蝶，第一次见你的时候，你戴着一朵桃花，现在介意换一朵吗？"

苏雨蝶没有说话，只是将脑袋微微倾斜，庄子昂小心翼翼地将那朵花插在她如云的鬓发中。

一只彩色的蝴蝶飞了过来，停在花朵上。苏雨蝶抬起头，眼波流转，人比花娇。

庄子昂和苏雨蝶在山上看日光照耀着树梢，看山风吹起了麦浪，感受珍贵的时光一点点悄然流走，太阳一点点西沉。

"时间不早了，咱们下山吧！"苏雨蝶望着天际的浮云说。

"再待一会儿，五分钟就好。"庄子昂恋恋不舍，这满山的杜鹃，是他最后一次看了。

他们从山上下来，回到小院，也到了离别的时候。

听说他们要回去了，庄建国和林素珍有些不舍，但也没有多挽留，反正三个月后他们还会再回来。

"爷爷，你少抽点儿烟，少喝点儿酒，要保重身体。"

"奶奶，你的腰不好，别干太重的活。"

"你们的钱该花就花，千万别给我攒着……"

庄子昂拉着两位老人的手，不禁哽咽失语，眼泪滚滚而下。

庄建国觉得奇怪，以往庄子昂离开的时候，虽然也挺舍不得，但不会说这么多话，更不会哭成这样。他以为是庄文昭让庄子昂受了太多委屈，道："子昂，你不想回家，就先在外面住着，要好好照顾自己。"

林素珍殷切叮嘱："你要好好吃饭，好好睡觉，学习别太累，天冷要知道加衣服，缺钱了就给家里打电话。"

类似的话，几乎每个老人都会跟儿孙讲，一遍又一遍，不厌其烦。

以前庄子昂会觉得奶奶有些啰唆，自己又不是小孩子了，会照顾好自己，但现在这话他想再听一千遍、一万遍。

林素珍又看向苏雨蝶，说："小蝴蝶，你第一次来家里，我老太婆也没啥东西送你，给你包一个红包。"

“奶奶，我不能要红包。”苏雨蝶连忙推辞。

林素珍执意要给，苏雨蝶觉得十分为难，看向庄子昂。

庄子昂抹了把眼泪，深深地吸了一口气，说："这是奶奶的一片心意，你拿着吧！"

苏雨蝶只好收下。

林素珍笑逐颜开，道："等放暑假，你跟子昂再来家里玩，我给你做好吃的。"

苏雨蝶用力点点头，说："好，谢谢奶奶。"

庄子昂又分别抱了抱两位老人，才终于鼓起勇气，毅然转身。

庄建国笑着说："快走吧，晚了赶不上车，又不是不回来了。"

林素珍不断挥手，说："等放假了，早点儿回来呀！"

庄子昂的步伐格外沉重，但他不敢再回头，怕自己忍不住要说出那件瞒着他们的事。

从石桥出村，两人在站台候车，苏雨蝶说："你跟爷爷奶奶的感情真好，看到他们我也会想到我奶奶。"

庄子昂从李俊楠那儿得知，苏雨蝶自幼跟奶奶相依为命，只有这一个亲人。

他问道："你奶奶是什么样的人呀？"

"她可厉害了，什么都会，我好多东西都是跟她学的。"苏雨蝶满脸骄傲。

"上次的青团，你就说是奶奶教的。"

"对呀，是不是很好吃？"

苏雨蝶上次带的青团是豆沙馅的，带着浓浓的艾草香，清甜可口，吃完齿颊留香，独特的味道让庄子昂记忆深刻："确实好吃。"

"你这么漂亮，奶奶年轻的时候肯定也是大美人。"庄子昂说。

苏雨蝶认真地点头："我奶奶现在也很好看，几乎没有白头发，皱纹也很少，两只眼睛特别有神。"

听她描述，一个神采奕奕的老奶奶形象在庄子昂的脑海中浮现，等小蝴蝶老了，应该就是那个样子吧？

苏雨蝶一直惦记着打铁花，上车以后，她让庄子昂拿出手机，从网上搜视频看，视频中的画面极具视觉冲击。

一千六百度的铁水，在空中散成漫天华彩，遍地生金。那转瞬即逝的极致美丽，让人心生向往。

"哇，这也太美了！"苏雨蝶情不自禁地赞叹。

"现场观看会更震撼！我第一次看爷爷打铁花时，简直不敢相信这是人间的场景。"庄子昂极力向苏雨蝶描绘那个场景。

"这个只能晚上看吗？"苏雨蝶问。

"白天光线太亮了，看不清。"庄子昂解答。

苏雨蝶动了动嘴唇，忍住没有说话，庄子昂也没有再问。

上次在教学楼天台，跟李俊楠老师的谈话，让他解开了一些疑惑。小蝴蝶必须在天黑前回去，有迫不得已的理由。

车子摇摇晃晃，窗外的风景迅速倒退，苏雨蝶有些累了，靠在庄子昂的肩上小憩，斜阳洒下来，给她长长的睫毛镀上一层金边。

三次转车，一路奔波，终于在六点十分之前，他们赶到了学校门口的公交站。

今天的晚霞分外美丽。

苏雨蝶拿出红包，递给庄子昂："你奶奶给的，还给你。"

庄子昂拒绝："这是奶奶给你的，我才不要。"

"我拿着这个，感觉怪怪的。"苏雨蝶拧着眉毛。

"这个东西，有时候是有点儿烫手。"庄子昂的嘴角上扬，看小蝴蝶的表情，她根本不知道老人送她红包的意思。

　　"这样吧，咱们一起把里面的钱花掉，免得你为难。"庄子昂提议。

　　"怎么花呀？"苏雨蝶一脸疑惑，用来吃饭会不会不太好？

　　"吃喝玩乐，你应该比我更专业吧？"庄子昂提议道。

　　苏雨蝶闻言，露出笑容，那就用它来吃喝玩乐吧。

　　很快，公交车来了。上车之前，苏雨蝶问："明天早上我来找你，让你尝尝我做的豆腐脑，你要吃甜的还是咸的？"

　　"当然是咸的。"庄子昂笑着说。

　　明天，真让人期待。

第十七章
特色豆腐脑

第二天，阴云密布，下起了淅淅沥沥的小雨。

庄子昂起了个大早，听着春雨打窗，有些担心。虽然他很想和小蝴蝶见面，但还是发了一条信息过去：今天天气不太好，要不你别来了。

这一次，小蝴蝶回复得很快：无论是刮风还是下雨，我都想去见你。

庄子昂盯着屏幕上这段文字，心像被什么东西猛烈地撞击了一下，有人愿意风雨无阻地来见自己，这是多么大的幸福。

今天虽然没有太阳，但只要她来了，就是阳光万里。

刚过九点，敲门声响起。

庄子昂立即去开门，果然是小蝴蝶。天气有些凉了，她依然穿着那件薄薄的白衬衫。准确地说，两人认识了半个多月，庄子昂从来没见她穿过别的衣服。

小蝴蝶的刘海被雨水打湿，让她平添了几分柔弱的气质。她拿着一把碎花雨伞，吊牌还没撕掉，应该是下车后才买的。

庄子昂一把将她拉进来，说："这么冷的天气，你怎么穿这么少？"

苏雨蝶嘟囔："我出门的时候还没有下雨嘛！"

庄子昂拿来干毛巾，又找了一件外套披在她身上。外套有些大，把她衬托得越发娇小玲珑，楚楚可人。

苏雨蝶小心翼翼地从背包里拿出一个保温桶，放到庄子昂面前："我做了很久的，不好吃你也要说好吃！"

庄子昂打开盖子，透过缭绕的热气，能看到白白嫩嫩的豆腐脑和各种佐料，颜色很好看。

庄子昂拿起勺子，舀了一勺豆腐脑，吹了一下，送到小蝴蝶嘴边："第一勺给你吃。"

小蝴蝶乖乖张嘴，眼睛笑成了月牙："嗯，真好吃，我可真是一个小天才。"

听见小蝴蝶自吹自擂，庄子昂失笑了，也迫不及待地吃了一口。豆腐脑入口顺滑，一股熟悉的味道在舌尖慢慢荡开。

庄子昂有些惊讶，"咦"了一声。

"你吃不惯？"苏雨蝶有些紧张地问。

"不是，"庄子昂摇摇头，说，"还记得我上次给你发信息，说我吃到一种很好吃的豆腐脑吗？"

苏雨蝶点点头，说："记得呀，怎么了？"

"你做的豆腐脑和那个老奶奶做的味道一模一样。"庄子昂有些难以置信。

苏雨蝶的笑容忽然凝固，直愣愣地看着他，漂亮的眼眸渐渐有些失焦。

上次在逍遥宫，庄子昂买了一位老奶奶的豆腐脑，那里面的辣椒油香味非常独特。原本他还想带小蝴蝶去尝尝，没想到小蝴蝶自己就会做。

"你怎么了？"庄子昂在苏雨蝶的眼前挥了挥手。

"那个老奶奶长什么样？"苏雨蝶渐渐回神，嗓音颤抖。

"听说是一个孤寡老人，没有亲人，一头白发，满脸皱纹，"庄子昂叹道，"她的眼神很浑浊，好像对生活没什么希望，看了让人心疼……"

不等他说完，苏雨蝶突然"哇"地哭了出来，两行珠泪，簌簌坠落。

"小蝴蝶，你怎么了？那个老奶奶是谁呀？"庄子昂慌乱不已。

"都怪我，都怪我，我对不起她……"小蝴蝶边哭边说。

庄子昂有些不知所措，还满心疑惑，但看小蝴蝶这么伤心，他隐隐猜到，或许那个老奶奶就是她的奶奶。

可是小蝴蝶昨天才说过，她的奶奶几乎没有白头发，皱纹也很少，两只眼睛特别有神。

这样截然不同的外表，会是同一个人吗？

上次在河边的草地上，小蝴蝶也说过，她并不认识卖豆腐脑的老奶奶。

这到底是怎么回事？庄子昂一头雾水。

"等你知道真相以后，我怕你承受不住！"庄子昂突然想起那天老人的话。当时他只当对方胡言乱语，现在想来，一定是有什么地方自己没弄明白。

小蝴蝶还在哭着，庄子昂无暇深思，手忙脚乱地帮小蝴蝶擦眼泪。

"我要去找她！"小蝴蝶猛地从椅子上弹起来，拉开门，跑了出去。庄子昂连忙拿起伞，追了出去，但哪里还有小蝴蝶的踪影。

马路上罕有行人，唯有车子来来往往。

一辆车快速驶过，地上的雨水溅了庄子昂一身，彻骨的寒意在全身蔓延。

庄子昂拿出手机，拨打小蝴蝶的电话，却无人接听。

一辆出租车在路边放慢速度，庄子昂果断招手："师傅，去逍遥宫。"

出租车平稳地行驶在路上，庄子昂心乱如麻。

小蝴蝶对奶奶的外貌描述，难道是刻意的美化？可明明有个孙女，老奶奶为什么会说没有家人？

本就身患绝症，又淋了雨，庄子昂的身体一阵阵发烫，脑袋也炸裂似的疼。

因为是雨天，逍遥宫没有游客，山门寂寥，那个卖小吃的老奶奶肯定也不会出来摆摊。

庄子昂冒着雨，在道观外找了许久，才在一棵菩提树下看到那个娇柔的身影。小蝴蝶浑身湿透，蹲在地上，双手抱膝，瑟瑟发抖。

庄子昂快步上前，轻轻抱住小蝴蝶的肩膀，说："跟我回去吧，会着凉的。"

小蝴蝶一把搂住庄子昂，将脸埋在他的胸口，哭泣道："我找不到她，找不到她……"

声音悲切。

"先回去，等雨停了以后，我陪你一起找她。"庄子昂将小蝴蝶扶起来。

雨水顺着她湿透的裙摆不断滴落。不知是因为寒冷，还是惊慌，小蝴蝶的身体一直在颤抖。

回到出租屋，庄子昂让小蝴蝶先去浴室洗个热水澡，自己到最近的服装店给她买了身衣服。回来的路上，庄子昂步子踉跄，浑身发烫，身体再一次敲响了警钟。

庄子昂回到出租屋，将衣服放在浴室外面，说："小蝴蝶，衣服放外面了，我有点儿困，去床上睡一会儿。"听到苏雨蝶应了一声，庄子昂才走回卧室。

因为感冒，庄子昂有些发烧，脑袋也昏昏沉沉的。过了一会儿，苏雨蝶从浴室里出来，换上衣服，双眼还有些红肿。

她来到卧室，发现庄子昂躺在床上，面色苍白，不太对劲。

"大笨蛋，你怎么了？"苏雨蝶摇晃了庄子昂一下。

"我没事，睡一觉就好了。"庄子昂含糊地回答，带着浓重的鼻音。

苏雨蝶伸出手，在他额头上摸了摸，发现烫得吓人，她缩回手，心中无比自责："对不起，都是我不好，总是让身边的人担心。"

雨渐渐停了，苏雨蝶买了一些退烧药回来，喂庄子昂服下，又把凉毛巾贴在他的额头上，庄子昂迷迷糊糊地感受着女孩的温柔。从小到大，他每次生病都靠自己硬扛，被人这般照顾，不知道是多遥远的回忆了。

不知过了多久，小蝴蝶低低的声音从耳畔传来："大笨蛋，你要好好照顾自己，快点儿好起来。我不能那么自私，只顾自己贪玩。我要回去陪奶奶了，我不在的日子，你也要天天开心。"

庄子昂意识模糊，只听到"回去""开心"，他用力睁开眼，说："小蝴蝶，你说什么？"

小蝴蝶抬起头，一滴泪落在庄子昂的脸颊上："大笨蛋，我会很想你的，你要等我回来。"说完，她最后看了庄子昂一眼，转身冲出卧室。

庄子昂有些慌张，嘶哑地大喊："小蝴蝶，你要去哪儿？"

回答他的，只有重重的关门声。

整个世界，仿佛都安静了。

庄子昂挣扎着下床，他拖着虚弱的身子，打开房门往楼下张望，那道倩影早已消失得无影无踪。他拿起手机，拨打着小蝴蝶的电话，只能听到无情的"嘟嘟"声，她的手机关机了。

"小蝴蝶，小蝴蝶……"

庄子昂背靠着墙壁，一点点滑到地上，嘴里喃喃念叨着小蝴蝶的名字。

这一次，你又要消失多久？我到底还能不能等到你回来？

少年的世界又陷入了一片死寂。

玻璃鱼缸里的金鱼正成双成对、无忧无虑地游动。庄子昂呆呆地望着它们，在地板上坐了很久。

得成比目何辞死，愿作鸳鸯不羡仙。

这一天，庄子昂犹如一具行尸走肉，与心中的悲伤相比，身体上这点儿病痛又算得了什么？

死亡，到底是一种折磨，还是一种解脱？

第二天是星期一，庄子昂退了烧，但脑袋还是昏昏沉沉的。他强撑着病体去学校上课，最后这点儿时间，庄子昂还是想跟老师和同学在一起，不想孤零零一个人。

庄子昂的病情，只有张志远和林慕诗知道。他们看到庄子昂脸色不对，都格外关心，说了许多安慰的话。

庄子昂努力装作风轻云淡的样子，让他们别担心。他打算中午休息的时候，去西校区那边看看小蝴蝶有没有来上课。哪怕一句话不说，只远远看她一眼也好。

"庄子昂，你没事吧？怎么一直愁眉不展？"课间休息的时候，李黄轩关切地问。虽然他大大咧咧的，但还是能察觉到庄子昂的情绪格外消沉。

庄子昂找了一个借口："我周末看了一部悲情电影，心里堵得慌。"

"电影都是假的，你一个大男人还能看哭不成？"李黄轩不太相信。

庄子昂看着最好的哥们儿，不想再瞒着他了："那部电影的男主角患上绝症，医生说他最多还能活三个月，他本来只想从容赴死，却意外喜欢上一个女孩。你说这份喜欢，到底该藏在心里，还是勇敢地表达出来？"

李黄轩的眉头深锁，他这个没有对象的人，怎么可能知道该怎么办。庄子昂见他欲言又止，挤出笑容："随便讨论一下嘛，你就说遇到这种情况，你会怎么办？"

"我觉得既然没几天好活的了，还是安静地一个人待着，就别祸害人了吧！"李黄轩摸着下巴说。

庄子昂的心脏猛然一颤，连李黄轩都这么认为啊。

前排的林慕诗忽然转过身来，眼中噙满泪水，她瞪着李黄轩呵斥道："你在胡说八道什么？"

李黄轩不知道自己哪里胡说了，再加上他对林慕诗一直怀有怨气，故意跟她唱反调："我哪里说错了？都要死的人了，还谈什么恋爱？给不了人家未来，还去招惹人家干什么？那个男的要是真的喜欢那个女生，就应该主动放手，让女生重新去寻找幸福……"

为了反驳林慕诗，李黄轩的语气非常强硬。然而他却不知道，这些话像一把把刀子狠狠扎在了最好的哥们儿心上。

庄子昂的表情僵在脸上，他紧紧地攥着拳头，难受得无法呼吸。

"庄子昂，你别听他乱说，他根本不懂。"林慕诗小心翼翼地安慰着。

"不，他说得对。"庄子昂的声音沙哑，眼睛里也没有了光彩。

是啊，他都要死了，还去招惹她干什么？真正的喜欢，是设身处地为对方考虑，他不想再看到小蝴蝶伤心了。

中午，庄子昂放弃了去西校区的念头，他忍住了，没有给小蝴蝶打电话或发信息。

如果这一次自己等不到她回来，那就正好一刀两断。

小蝴蝶，忘记我，快乐地活下去吧！

下午放学，庄子昂走出学校大门，习惯性地看了一眼公交站台，心中空荡荡的。

马路边停着一辆白色轿车，车牌号很眼熟，庄子昂假装没看到，径直离开。但庄文昭已经打开车门走了下来，身上带着烟味，头发也有些油腻，看样子是刚从麻将馆出来。另一边，浓妆艳抹的秦淑兰也探出了脑袋。

"庄子昂，我给你打电话，你怎么一直关机？"庄文昭厉声质问。

"我把你的号码拉黑了。"庄子昂道，"你有话快说，不要耽误我的时间。"

"村里有人给我打电话，说你周末回了老家，还带了一个女生回去，是不是就是上次跟你吃米线的女生？"庄文昭的表情严肃。

"是有这么回事，怎么了？"庄子昂十分从容。他现在已经不用讨任何人的欢心，说话不再小心翼翼，什么亲情，什么父亲，他不需要了。

庄文昭看不惯他这副表情，劈头盖脸一通责骂："你才多大？就把女生往老家带，不嫌丢人？我倒要问问你那个班主任，到底是怎么教你……"

庄文昭这几天接了好几个从老家打来的电话，都是调侃他的。好不容易弄清事情原委，他气不打一处来，庄子昂竟然背着他将女孩带回老家招摇，实在有辱门风。

待庄文昭发泄完，庄子昂才平静地说："我已经十八岁了，是成年人了，做事有自己的分寸，没必要向你解释。"

"你就算八十岁了，我也是你爹，还管不了你？"庄文昭怒极。

"那我爷爷跟你说话，你听过吗？"庄子昂反唇相讥。

庄文昭无言以对，习惯性地撸起袖子，想要动手。

父子二人在校门口争吵，引来不少学生围观。

"次次都考第一的庄子昂，跟他爸说话居然这种态度。"

"我要有他那么好的成绩，我就可劲儿地折腾我爸。"

……

若在以前，庄子昂会很在意别人的议论，但是现在，无所谓了。

"我没有谈恋爱，只是带朋友回去看看爷爷奶奶。你如果为这事专门来一趟学校，说明你还真挺闲的。"庄子昂嘲讽地说。

"你天天跟那个女生混在一起，老实交代，到底想干什么？"庄文昭问。

"和朋友一起玩也有错吗？"庄子昂说得平静，但四周看热闹的学生却一片哗然："原来优等生也跟咱们一样。"

庄文昭被这么多人盯着，面子上有些挂不住，愤愤道："一个女生，不懂洁身自好，靦着脸跟你乱跑，也不是什么正经女生。"

"住口！"庄子昂动怒了，"我不许你说她的坏话。"

小蝴蝶是那样纯洁无瑕，他绝不容许任何人诋毁她。

庄文昭看见庄子昂的眼神，心底竟然有一丝惧意。

"子昂，这就是你不对了，怎么用这种口气跟你爸说话？"秦淑兰插话。

"你也闭嘴，这不关你的事。"庄子昂冷冷道。

"你……"秦淑兰气得说不出话来。

庄子昂丝毫不在意围观人的眼光，紧紧地盯着庄文昭的双眼，说："人就应该跟喜欢的人在一起。不像你，明明不喜欢我妈，还要让她怀孕，那五年一地鸡毛的婚姻生活，一定让你不堪回首吧？"

庄文昭被问得有些心虚，不由得倒退了半步："庄子昂，你知不知道你在说什么？"

庄子昂又逼近一步，依然目光如炬，他伸手指着秦淑兰说："这个女人，你应该也不喜欢吧？"

庄文昭大怒："你胡说八道些什么！"

"你一个二婚男人，还带着一个拖油瓶，只能随便找个女人凑合。你不喜欢她，所以才会沉迷赌博，不愿回家。你都四十多岁了，却连个真心喜欢的人都没有，活得还真失败呢！"庄子昂的这番话戳中了庄文昭的痛处，他忍无可忍，一脚踹了过去。庄子昂一个踉跄，重重地摔倒在地上，他本就患有重疾，昨天又发了烧，身体绵软无力，再也爬不起来。

秦淑兰尖着嗓子说："文昭，赶紧走吧，太丢人了。你要打就带回家再打，家丑不可外扬。"

"他这么大逆不道，打死都不过分。"庄文昭余怒未消。

一辆黑色豪车在旁边停下，林慕诗从车上冲下来，一把扶起庄子昂："你怎么样？"

庄子昂吃力地摇头："我没事。"

林慕诗瞪着庄文昭，说："你怎么还打他？你知不知道他已经……"

"慕诗！"庄子昂出声打断她。

他睨着庄文昭，说："我的命是你给的，你打死我，就两不相欠了。"

围观的人群不忍再看下去，原来他们一直羡慕的人，竟然活得如此悲苦。

庄子昂浑身骨裂般地疼，大脑一片混沌，眼皮也越来越沉重，眼前每个人的脸都变得扭曲模糊，他双腿一软，天旋地转。

"庄子昂，你怎么样？"林慕诗焦急地喊来司机，将庄子昂送去了医院。

庄文昭在原地愣了一阵，继续骂骂咧咧："这么大的人了，踹一脚而已，还跟我装死，演技这么好，干脆考电影学院。"

回去的路上，庄文昭开着车，心情格外烦躁。

秦淑兰坐在副驾驶座上，忽然开口问："你是不是像他说的，从来没有喜欢过我？"

庄文昭不耐烦地说："什么喜欢不喜欢的，那是小孩子才计较的事，我们这么大岁数的人了，不都是凑合过日子吗？"

爱情这个东西，人人都听说过，又有谁见过？

"小蝴蝶！"

庄子昂做了一个噩梦，猛然睁开眼睛，四周一片雪白，白色的床单，白色的枕头，白色的天花板。空气中，飘浮着消毒水刺鼻的气味，耳畔传来医疗仪器机械的嘀答声。

"庄子昂，你醒了。"林慕诗站在床边，面露欣喜。

庄子昂想起来了，自己在学校门口被庄文昭踹了一脚，陷入了昏迷，是林慕诗送他来的医院。

他感激道："慕诗，谢谢你。"

林慕诗摇摇头，说："没事的，你以前对我那么好，这都是我应该做的。之前是我太任性，对不起。"林慕诗已经下定决心，在这段时间要尽力照顾好他。

　　一向高傲的人变得这么温柔，庄子昂有些不好意思："我昏迷了多久？"窗外已经完全黑了。

　　"两个小时吧！"林慕诗问，"你饿不饿？我出去给你买吃的。"

　　庄子昂抬起手，见手背上插着针管，又问道："这个什么时候能结束？我想回家。"

　　林慕诗忧心忡忡道："医生说你必须住院，至少要观察三天。"

　　"住院有什么用呢？反正都治不好。"庄子昂不想在医院多待。

　　林慕诗看穿他的心思，安慰了几句，让他别耍性子，配合治疗。

　　庄子昂叹了一口气，说："那你帮我办一件事。"

　　林慕诗立即点头，说："没问题。"

　　庄子昂指了指口袋，说："这是我出租屋的钥匙，那里有两条金鱼，你先帮我养着，等我出院再还给我，要是我出不了院……"说到这里，他有些哽咽。

　　林慕诗也闪着泪光说："都什么时候了，你还惦记着两条鱼。"

　　"那是小蝴蝶送给我的，不能养死了。要是我出不了院，你就去西校区二十三班，帮我把鱼还给她。"庄子昂语气沉重，有点儿像在说遗言。

　　"你别听李黄轩胡说八道，你真的不打算再见她？"林慕诗既悲伤又惊讶。

　　"她看到我这个样子会伤心的，我只希望她快乐。"庄子昂心如刀绞。白天李黄轩的话深深地触动了他，如果注定不能有结果，就不该越陷越深。

庄子昂的身体还很虚弱，说了一会儿话便昏昏欲睡。

林慕诗从他的口袋里拿出钥匙，问清楚地址后，忍着眼泪离开了病房。

林慕诗离开以后，庄子昂一直呆呆地望着天花板，与苏雨蝶相识以来的一幕幕像电影一样在他的脑海中回放。

"小蝴蝶，原来我们一起经历过那么多事，一起分享过那么多快乐。谢谢你出现在我生命的最后时刻，但是现在，分开才是对彼此最好的选择。你还有很长的路要走，而我只能到此为止了……"

林慕诗来到庄子昂的出租屋，房间虽然很小，却打扫得干净整洁。窗台上有个可乐瓶子，插着一枝枯萎的桃花，桌上的鱼缸里，两条红色的金鱼游得正欢。林慕诗给鱼缸换了一次水，又放了些鱼食。

考虑到庄子昂可能会在医院住好几天，林慕诗来到卧室，从衣柜里找了几件换洗衣物。

衣柜的角落里有个皱巴巴的纸团，是上次她在医院巧遇庄子昂时，他手上拿的那张检查报告，"癌细胞扩散"几个字非常刺眼。林慕诗将检查报告抚平，折好收了起来，心想以后可能会用到它。

回医院的路上，她又买了一些食物。

"慕诗，真的很谢谢你，没想到这种时候，会是你陪在我身边。"庄子昂发自内心地感激她。

"你别那么说，我们还是很好的朋友。"林慕诗的心眼并不坏，只是被宠坏了，"我给你请了个护工，晚上照顾你。明天我会帮你跟张老师请假，放学后我再来看你。"

庄子昂叮嘱道："只有张老师知道我的病情，你先别告诉其他人，尤其是李黄轩，大男人哭哭啼啼的不好看。"毕竟只是暂时住院，他还可以撑一段时间，等到真正的最后时刻，他会跟李黄轩这个好兄弟好好道别，他还指望他告诉自己《名侦探柯南》的大结局呢！

林慕诗请的护工，是一个三十多岁的大哥。晚上，庄子昂便有一搭没一搭地跟大哥聊天。

聊到大哥都打盹了，他还没有睡意。他有些怕自己一闭眼，就再也醒不过来了。

第二天早上，陈医生照例来查房，他还特意给庄子昂带了一枝花，是一枝杜鹃。

"小伙子，感觉怎么样？"陈医生面带微笑。

"闷死了，我什么时候能出院？"庄子昂也笑了。

"着什么急，再观察两天。"陈医生好脾气地下着医嘱。

"反正治不好，我在这儿不是浪费医院资源吗？"庄子昂的语气轻松，好像在说一件很平常的事。

看他的状态，陈医生觉得自己的担心有些多余："你让我想起那个送我桃花的病人，她跟你一样乐观。"

庄子昂伸了一个懒腰，说："有个女孩跟我说过，开心也是一天，不开心也是一天，为什么不天天开心呢？所以我现在每天都开心。"

陈医生叮嘱了几句，将杜鹃花留在床头，便去了下一个病房。

红艳艳的花朵，为一片雪白的病房带来了一丝生机。庄子昂看着那朵花，想起那日在山顶的呼喊。

"小蝴蝶，我好想你——"

第十八章

没有奇迹发生

放学后，林慕诗来探望庄子昂，跟她一起来的，还有班主任张志远。

师生见面，气氛十分伤感。

看到病床上憔悴的庄子昂，张志远眼圈一红："你还好吧？"

庄子昂笑着说："张老师，谢谢您来看我，我一点儿事都没有，您能不能跟医生说一下，让我现在就出院？"

"不行，你不能再任性了，必须听医生的话。"张志远断然拒绝。接着，他又一脸凝重道："作为你的老师，我必须对你负责，这件事不能再隐瞒了，今晚我就通知你的家长。"

"张老师，别！"庄子昂焦急地阻止。

林慕诗有些气愤地插话："庄子昂在这里住院，就是被他爸一脚踹的，通知家长又有什么用？"

张志远长叹一声，有这样的父母，真是不幸。

庄子昂向张志远解释："我不是怕我爸知道，是怕我爷爷知道，您见过他老人家，七十多岁了，我怕他承受不住。"

张志远想起庄建国，那是一个善良朴实的老人。要是他知道孙子危在旦夕，只怕会悲痛欲绝。

"那你到底打算瞒到什么时候？"张志远今天一定要知道庄子昂的打算。

"陈医生说了，我还有出院的机会。等最终审判来临，我会对所有人做最后的交代。"

庄子昂平静地说着，仿佛他只是决定晚上去哪儿吃饭，但病房里的气氛却悲伤得有些凝滞。

张志远今年四十六岁，却要听一个十八岁的少年托付自己的后事。这种锥心般的疼痛，非亲历者难以体会。

林慕诗早已哭得满脸泪痕。

张志远离开之前，拉着庄子昂的手叮嘱："你一定要配合医生治疗，要相信会有奇迹发生，无论什么时候都不许放弃。"

庄子昂用力地点头："张老师，能做您的学生，我感到很幸运。"

"有你这个学生，我也很骄傲。"张志远转过身，偷偷地抹了一把泪。离开病房后，他又去了陈医生那里，想了解有没有其他治疗方法，但最终失望而归。

庄子昂劝林慕诗早点儿回去，但她执意不肯，要留下来多陪他一会儿。她也生过病，住过院，知道躺在病床上是多么苦闷枯燥。

"庄子昂，给我讲讲你们的故事吧！"

庄子昂的嘴角浮现出一抹笑意，他望着雪白的天花板，将他们的故事娓娓道来。

林慕诗潸然泪下，原来真正的爱是这样的，不是索取，而是付出，是心甘情愿被对方影响，变成更好的自己。

如果说前些天，林慕诗一度想要将庄子昂从小蝴蝶身边抢回来，满足自己的虚荣心，那现在她明白了自己的这个想法多么可笑。

他是庄周，她就是蝶。

夜深了，林慕诗不得不离开。走出病房前，她回头问："如果最后这两个月，她愿意陪你到最后一刻，你愿意吗？"

庄子昂咬住嘴唇，久久没有说话。

林慕诗没等他回答，悄然离去。

庄子昂清晰地听见自己内心的声音，当然愿意，但他不能那么自私，贪图两个月的快乐，给小蝴蝶留下一生无穷无尽的悲痛。

庄子昂又在病床上躺了三天，只能靠刷手机打发时间。他以极大的毅力克制了联系小蝴蝶的冲动，但内心却又隐隐期待着小蝴蝶能给他发消息，但他却一次次失望地关闭手机，小蝴蝶也没有联系他。

这种矛盾、纠结的心理，让庄子昂备受折磨，他很想不顾一切，拔掉身上的针管，逃离这个地方。

住院期间，李黄轩打来电话，问庄子昂为什么没去上课，庄子昂随意编了一个借口，说参加竞赛集训，要一周的时间。以前也有过这种事，李黄轩没问多问，让他好好表现。挂电话前，庄子昂还是忍不住问道："这几天有人找我吗？"

"没有啊，怎么了？"

"没事，挂了。"庄子昂有些失望地挂断电话。

终于，在第四天傍晚，陈医生带来了他的最终意见："我建议你一直住院治疗，但如果你执意出院，那就去办手续吧！"

这句话既给了庄子昂自由，也变相地宣布没有奇迹发生，甚至之前三个月的判断都过于乐观，最后时刻的到来很可能会提前。他的自由将会以生命作为代价。

出院后刚好是周末，庄子昂一连两天都在河畔那片青草地上坐着。

看浮云落日，听流水松风，天际仿佛还飞着一只蝴蝶风筝，桥洞中还回荡着少男少女的呼喊……

星期天下午，林慕诗有些不放心，特意过来陪他。

"慕诗，谢谢你对我的好。"庄子昂静静地盯着眼前的流水。

"如……如果你真的不在了，她来找你的时候，我该怎么说？"林慕诗的眼里含着泪。

"那你就告诉她，我从来都不喜欢她，我学习那么好，当然要离开这里，追求更好的前程。"庄子昂哽咽道。

"真的要这么残忍吗？"林慕诗有些不忍心。

"这样她或许会痛几天，总比痛一辈子好。"

一阵风吹来，吹皱了河面，河水变得湍急了，有些撞在了桥墩上，桥洞里的回音像是低沉的呜咽。

流水仿佛也在悲鸣。

第十九章

班级的温暖

星期一，庄子昂回学校上课，他瘦了不少，病容明显。

"庄子昂，你怎么了？看上去不好。"一见面，李黄轩就看出了庄子昂的不对劲。

"我没事，集训营的伙食太差。"庄子昂说出早就想好的借口。

"那中午我请你吃好吃的，给你补回来。"李黄轩一把搂住庄子昂的肩膀。

林慕诗从前排转过身，说："中午我跟你们一起吃，不，以后我每天都跟庄子昂一起吃饭。"

李黄轩撇着嘴，道："我们吃饭，你掺和什么？"

庄子昂却道："让慕诗跟我们一起吧！"

李黄轩一愣，说："你俩什么时候这么要好了？"

庄子昂没说话，整个学校只有张志远和林慕诗知道他的情况，有很多话他只适合跟林慕诗说。至于李黄轩，他真的还没做好告诉他的心理准备。

课间休息时，趁着庄子昂去卫生间，林慕诗一把拽过李黄轩，说："我警告你，以后别在他面前提小蝴蝶。"

"为什么呀？"李黄轩有些蒙，随即又恍然大悟，"他俩闹别扭了？"

林慕诗含糊其辞："差不多吧，他现在就像失恋一样，失恋的滋味，你懂吧？"

李黄轩挠了挠头，说："我都没谈过恋爱，怎么可能知道失恋的滋味。"

"就是心如刀割、肝肠寸断。反正你别再提小蝴蝶就是了。"林慕诗叮嘱。

"你怎么知道得这么清楚？"李黄轩不明白只是几天没见，林慕诗怎么什么都知道。

"你要是想让他好好的，就照我说的做，其他事少打听。"林慕诗也没法解释得更详细。

李黄轩很为庄子昂惋惜，小蝴蝶那么好的女孩！

回到教室后，庄子昂才发现流动红旗重新挂回来了。

看来过去一周，谢文勇做得卓有成效，同学们也开始支持他的工作了。庄子昂释然一笑，这样也好，他也能放心地把九班交给谢文勇了。

上午第四节课，照旧是一周一节的班会，谢文勇走上讲台，颇有些意气风发，流利地总结了上周的各项事务。他停顿了一会儿，又说道："流动红旗能再次回来，我感谢所有同学的付出，正是有你们的努力，才让我们的班级越来越好。最后，我还要特别感谢一个人。"说到这里，谢文勇的目光转移到庄子昂身上，其他同学也自发地鼓起掌。

"庄子昂，谢谢你教会了我用心地付出才会有收获。我以前总想跟你较劲，想要赢过你，实在是太狭隘了。我需要向你学习的地方还有很多，也请你监督我的工作。"谢文勇感情真挚地在讲台上说着，台下的同学都全神贯注地听着。

庄子昂倒有些不好意思，低声问李黄轩："这家伙吃错药了？今天说话好肉麻。"

"上周老张用了半节语文课总结了你为班级付出的辛劳和做出的贡献，同学们都特别感动，跟开表彰大会似的。"李黄轩也压低声音解释。

"听着更像追悼大会。"庄子昂有些没想到，张志远还弄了这一出。

"呸呸呸，乌鸦嘴。"李黄轩白他一眼，全然没有听出庄子昂话里的深意。

"庄子昂，咱们班有你真好。"

"能跟你当同学，我感到很荣幸。"

"对呀，我一直跟外班人炫耀，年级第一是我朋友。"

"要不是张老师说，我们都不知道你为班级付出了那么多。"

……

虽然庄子昂在心里埋怨张志远有些夸张，但同学们的话还是轻易击中了庄子昂柔软的内心，他泪光闪闪，道："谢谢，谢谢大家！"

这时，张志远走进教室。

庄子昂出声问道："张老师，好端端的，您怎么突然说起我以前的事？有点儿太煽情了。"

张志远挤出笑容，说："你要去参加物理竞赛了，如果拿了金牌，就要被保送了。我这不是怕你提前毕业，见不到大家了吗？就让大家提前庆祝一下嘛！"为了不让同学们疑心，张志远帮庄子昂找了个借口。

作为老师，他能为庄子昂做的事并不多，就让他在生命最后的日子里感受一下班级的温暖吧！

中午放学，林慕诗果然跟着庄子昂和李黄轩去食堂吃饭，还抢着刷饭卡，付了三个人的饭钱。

李黄轩满脸疑惑："你们两个，到底搞什么？尤其是你林慕诗，你之前可不是这样的。"

林慕诗主动向李黄轩示好："我知道自己以前有些任性，但现在我知道错了，你应该不会生我气吧？"

人家女生都这么说了，李黄轩也不好意思斤斤计较，憨笑道："我以前说话也有些冲，你别放在心上。"

看到两人握手言和，庄子昂颇有些开心。

接下来的几天，生活平静得没有一丝波澜。

李黄轩大大咧咧，没心没肺，没发现有什么异样。只有林慕诗知道，庄子昂的强颜欢笑下藏着的悲凉。

她经常能看到庄子昂站在走廊上，看着篮球场西北角的银杏树；从食堂回来，他也会在开满风信子和紫藤花的花坛边驻足良久；甚至有两三次，他都走到了通往西校区的阶梯前，却又落寞地转身回来。

小蝴蝶从来没有在他的心里消失。

原本以为，这一周就会这样平静地过去，直到星期五中午放学，庄子昂和李黄轩、林慕诗走出教室，从二楼下来，庄子昂习惯性地往花坛那里看了一眼，整个人如遭雷击，僵在了原地。

花坛边坐着那个让他魂牵梦萦的女孩。

还是一尘不染的白衬衫，海水一样湛蓝的百褶裙，她正冲着自己笑。

这些日子，庄子昂想象过成百上千次再见到小蝴蝶的场景，然而，当想象变成现实，他却有些不知所措。病入膏肓的自己，已经没有资格说出那句"我好想你"。

"大笨蛋，你过来呀！"苏雨蝶蹦跳着向庄子昂挥手，喊道。

庄子昂站在原地，紧咬牙关，克制着胸中汹涌的情绪。他一遍又一遍地告诫自己：别再靠近她，不然只会给她带来伤害。

苏雨蝶见庄子昂呆立在原地，只好主动迈开脚步，一步步向他走来。

庄子昂怔怔地望着她，将下唇咬出了血痕。

"这些天，你过得好不好？你为什么变得这么瘦？"苏雨蝶看着憔悴的庄子昂，心疼地问。

庄子昂看着近在咫尺的苏雨蝶，突然歇斯底里地大喊："你不是走了吗？还回来干什么？"

庄子昂突然的怒吼把苏雨蝶吓了一跳，她止住了脚步，站在不远不近的地方看着庄子昂，泪水犹如断线的珠子，簌簌而落。

"你知道你这次消失了多久吗？整整十二天！你想来就来，想走就走，到底把我当成什么了？既然你这么喜欢玩失踪，那就消失得彻底一点儿，别再回来，我不想再见到你了。"庄子昂双目赤红，再也没有平日的云淡风轻，连站在旁边的李黄轩和林慕诗都被他吓了一大跳。

他们印象中的庄子昂，温文尔雅，现在却像一个疯子。

"庄子昂，你在胡说八道什么？"李黄轩使劲推了庄子昂一把，又连忙安慰苏雨蝶，"小蝴蝶，他可能见到你有点儿激动，说话大声了一点儿，你别放在心上。"

林慕诗红着眼眶，没有说话。她知道庄子昂对小蝴蝶说的每一个字都犹如一把刀子，割在他自己的心上。

苏雨蝶走上前，轻轻地拉住庄子昂的手晃了晃，带着哭腔道："大笨蛋，对不起，这些天我一直好想你，每天都想来看你……"

"够了！"庄子昂狠狠心，一把甩开苏雨蝶的手，"你消失那么久，现在再假惺惺道个歉，有意思吗？我已经看穿你这些伎俩，所以请你别来烦我了。"

苏雨蝶愣在原地，她万万没想到，自己心心念念了十多天的大笨蛋，会变得如此陌生。

李黄轩看不过去了，一把抓住庄子昂的衣领，大骂道："你到底在发什么神经？这是小蝴蝶啊！"

林慕诗忍不住流泪，她宁愿自己也像李黄轩一样毫不知情，那样她就可以像李黄轩那样大声质问他，可以心安理得地骂他薄情寡义。

苏雨蝶泪流满面，从背包里拿出一个保鲜盒："我知道错了，你原谅我，好不好？我真的是有迫不得已的原因。你看，我给你做了青团，你吃一口，就吃一小口，好不好？"

庄子昂看着小蝴蝶泪流满面的样子，忍住自己想要抱抱她的冲动，将保鲜盒打翻在地，一个个玲珑碧绿的团子骨碌碌滚了一地，沾上了灰尘："咱俩又没什么关系，顶多一起吃过几次饭，算个朋友而已，你千万不要以为我对你有其他意思。现在我身边有慕诗了，希望你以后不要再缠着我了。"庄子昂说着，拉过一旁的林慕诗挽住她，林慕诗只能配合他的表演。

李黄轩一脸惊讶："不是，你俩什么情况？"但没人回答他。

苏雨蝶看着沾满灰尘的青团，又看着庄子昂决绝的表情，哭成了泪人，她怔怔地看着林慕诗，说："是真的吗？"

林慕诗不敢看她的眼睛，只能将目光移向别处，狠心道："没错。"

"大笨蛋，我恨你一辈子，我永远不想再见到你！"苏雨蝶眼中最后一丝希冀也没了，她绝望地看了庄子昂最后一眼，决然转身，踉跄着向校门外跑去。她垂在身后的麻花辫上，还绑着那条据说能带来好运的红绳。

红色的蝴蝶结像一只蝴蝶，在庄子昂的眼前翩翩舞动。庄子昂的视线变得模糊，直到那个背影完全消失，他才犹如被抽干了全身力量，重重地摔倒在地上。

李黄轩和林慕诗吓得连忙去扶他，他推开他们的手，趴在地上，巨大的悲伤再也无法压抑，号啕大哭起来："小蝴蝶，小蝴蝶……"

他慢慢地往前爬去，将那一个个沾满灰尘的青团小心翼翼地捡起来，放进保鲜盒里，然后将整个盒子抱在怀里，哭到声嘶力竭。

"林慕诗，这到底是怎么回事？"李黄轩厉声质问。

"别问我，让他自己跟你解释吧！"林慕诗也哭得梨花带雨。女孩子本就感性，现场见证了这样的悲剧，林慕诗都不敢去回忆，小蝴蝶最后那个绝望的眼神。

李黄轩一把将庄子昂拽起来，说："你为什么要这么做？"

庄子昂悲不可抑，忽然喉头一甜，喷出一口鲜血来，溅得李黄轩满身都是。

李黄轩被吓得六神无主，说："庄子昂，你怎么了？我送你去医务室。"

林慕诗赶紧上前，帮忙扶住庄子昂，对李黄轩大喊："医务室不行，送他去医院，快点儿！"

李黄轩将庄子昂背在背上，冲出校门，拦下一辆出租车。司机看着他们这副模样，不敢耽误，载着他们向医院飞驰。

"林慕诗，都这个时候了，你还要瞒着我吗？"出租车上，李黄轩失去理智般大吼。

林慕诗带着哭腔道："我答应过他，不能告诉任何人。"

"你别吵，我有点儿累，先睡一觉，等我睡醒以后，把事情全部告诉你。"庄子昂一脸虚弱地说。

等庄子昂再次睁开眼睛，看到的便是李黄轩担忧的脸。他躺在医院里，身上还插着几根莫名其妙的管子。

"庄子昂，你终于醒了，你知不知道你昏迷了一天一夜？都吓死我了！"见庄子昂醒过来，李黄轩抖着嗓子说。庄子昂突然吐血和昏迷不醒吓坏了这个还没经历过大风浪的少年。

"兄弟，你放心，我还没向你交代遗言呢，不会那么早死的。"庄子昂用力挤出一丝笑容。

李黄轩的头发乱糟糟的，双目布满血丝，他在病床前守了整整一夜，片刻未曾合眼。他心中藏着千言万语，想要问个明白，但此刻却如鲠在喉，什么也问不出来，他害怕答案是自己无法承受的。

这时，病房门被推开，林慕诗走了进来，手中还提着一个保温桶，她是过来替换李黄轩的："庄子昂，你醒了，感觉怎么样？"

"还好，暂时死不了。"庄子昂玩笑道，他忽然觉得自己的人生也没有那么糟糕，至少还有友情。

李黄轩深吸一口气，说："庄子昂，你说吧，我准备好了，无论你说什么我都承受得住。"

庄子昂平静地说："我快要死了，应该只剩一个多月了。"

李黄轩瞬间泪如泉涌，虽然他早已猜到这个答案，但没有亲耳听到，总还抱着侥幸心理。

"浑蛋，你为什么要瞒着我？为什么到现在才说？"李黄轩说。

"我就是不想看到你这样，大男人哭哭啼啼的多不好看。"庄子昂苦笑道。

李黄轩的反应果然跟他想象的一模一样，一点儿也不潇洒。

"不可能，一定是误诊，咱们再去复查。"李黄轩不肯相信，"咱们说好了，要当一辈子兄弟，你怎么能食言？我还要看你成家立业呢。"

李黄轩悲痛至极，语无伦次。

直到林慕诗狠狠掐了他一下才反应过来，他懊悔不已，不该在庄子昂面前再提小蝴蝶。

庄子昂看穿他们的心思，眼望虚空，说："没事的，就算你们不提她，我也无时无刻不在想她。"

在他昏迷期间，小蝴蝶那绝望的眼神和最后的话，一直缠绕着他，"大笨蛋，我恨你一辈子，我永远不想再见到你"。

那种情况下，你还愿意叫我大笨蛋，你真的好善良。

恨我一辈子，总比爱我一辈子好吧！

对不起，真的对不起。

林慕诗不愿气氛太过悲伤，连忙岔开话题，打开保温桶说："我让家里的阿姨炖了鸡汤，你先别想那么多，填饱肚子再说。"

"好呀，爱与美食不可辜负。"庄子昂笑道。

李黄轩擦了擦眼泪，将庄子昂扶起来，让他半躺在病床上。

林慕诗本想喂他吃东西，被他拒绝了，他不喜欢生活不能自理的感觉。

吃饭的时候，庄子昂断断续续地向李黄轩交代："兄弟，等'柯南'大结局后，麻烦给我一套，我想看柯南到底跟谁在一起了。"

"清明节前后，刚好是桃花盛开的时候，如果你去看我，别带菊花，我不喜欢，你给我带一枝桃花吧。"

"你要努力加油，把人生活得精彩些，连同我那份一起活了。"

……

李黄轩泣不成声："你别说了，咱们好好治病，一定还会有希望的。"

吃完饭，林慕诗看着李黄轩憔悴的样子，说："李黄轩，你回去睡

233

觉吧，晚上再来换我。"

"不，我就在这儿陪他。"李黄轩摇头，他怕自己回去了，就再也见不到活的庄子昂了。

"回去吧，你要是累病了，谁来陪我说话？"庄子昂也催促着。

"那行，我晚上给你带好吃的。"李黄轩这才同意，然后一步三回头地走出病房。

出了病房后，李黄轩走到楼梯间，号啕大哭起来。他一直以为，可以跟庄子昂当一辈子兄弟，原来一辈子竟然这么短。

病房里，林慕诗将窗帘拉开了一些，让更多阳光照进来。

"慕诗，我昨天说的那些话是不是伤她很深？"庄子昂含着泪说。

"我没有很喜欢过一个人，不太能感同身受，但你说的那些话确实很过分，她应该很伤心。"林慕诗坦诚地说，她想了想，又说道，"或者这么说，你自己有多心痛，她应该跟你差不多。"

庄子昂默然地坐在病床上，脸上没有一丝血色。

林慕诗犹豫了一会儿，还是问了庄子昂："你真的不打算告诉小蝴蝶真相吗？这样会不会对她不公平？"

"让她恨我，就是我保护她的方式。"庄子昂坚信，这么做才是保护小蝴蝶最好的方式。

恨一个人，远比爱一个人要容易。多年以后，若小蝴蝶还能想起自己，或许只会淡然一笑，只当自己涉世未深，遇到了坏男人。如果她知道了真相，指不定要伤心成什么样。在生命的尽头，他能与她相识，共度一段快乐的时光，已经是上天的恩赐了，他不能那么自私。

林慕诗又问："要是我去送的那一对金鱼，她不肯收怎么办？"

庄子昂沉默片刻，方道："那你就去学校旁边的河边，把它们放生了吧！"

相濡以沫，不如相忘于江湖。如果是那样，就让那两条鱼也各自相忘吧。

"我好羡慕她，有一个男生这么爱护她。"虽然不合时宜，但林慕诗还是感叹道。

"慕诗，你以后一定也会遇到一个真心保护你的人。"庄子昂送上祝福。

"庄子昂，谢谢你，你教会了我怎样去爱。"林慕诗发自内心地感激。当初她意外得知庄子昂的病情，的确是带着同情的，但经过这段时间的相处，她已经被庄子昂和小蝴蝶的故事深深地打动了。原来这个世上，真有如此感人肺腑的感情，只是女主角本人却无法得知。

"你好，庄先生，我是庄子昂的班主任，现在有一件非常严肃的事，我必须通知你。"

张志远认为到了不得不说出真相的时候，于是拨通了庄子昂父亲的电话。

庄文昭再混账，他终究是庄子昂的父亲，这件事他有知情权。

接到电话的时候，庄文昭正坐在麻将桌上，说话很不耐烦："你们学校怎么破事儿这么多？你长话短说，我这边忙着呢！八条，别动，我要碰。"

张志远听见那边人声嘈杂，只好长话短说："请您马上到市中心医院来，庄子昂在住院大楼 8 楼 816 病房。"

"医院？他怎么了？"庄文昭全身心都扑在麻将桌上，随口问道。

"具体的情况医生会跟您沟通，请您立刻来医院一趟。"张志远听着庄文昭那边杂乱的麻将声，压着火气说。

"我现在没空，六点半再去。"庄文昭说完，也不等张志远回答，便挂断了电话，他现在手气正好呢。这老师就会小题大做，有点儿小毛病多正常啊，用得着去中心医院？看病不要钱吗？

张志远听着手机里的"嘟嘟"声，无奈地叹了一口气。庄子昂，愿你来生能拥有一个幸福的家庭，爱你的爸妈！

黄昏时分，夕阳斜斜地照进窗户，为这冰冷的病房洒下最后一丝温暖。

庄子昂在跟林慕诗讲冷笑话，为了让他开心一点儿，林慕诗故意发出夸张的笑声。

"你这些笑话都不好笑，从哪里听来的？"

"我听小蝴蝶讲的，我也觉得不好笑，但我当时真的笑得特别开心。"庄子昂只要想起小蝴蝶就忍不住笑意，跟她在一起真的很开心。

病房门被人推开，庄文昭和张志远走了进来。

庄子昂瞳孔一缩，笑容荡然无存。

庄文昭皱了皱眉，对张志远说："他有这么漂亮的女生陪着，还笑得这么开心，能有什么事？"

庄子昂忙问："张老师，你告诉他了？"

张志远摇摇头，说："还没有，但这件事不能再瞒着了，我叫了陈医生，还是由他说比较好。"

庄子昂默然地点了点头，迟早要通知他的，现在也是时候了。

庄文昭心里还惦记着牌局，等待陈医生期间，他一直在发牢骚："男子汉大丈夫，小病小痛的，忍一下就过去了，我每天这么辛苦赚钱养家，你就知道添麻烦。这次住院费要多少钱？你该不会是叫我来付钱的吧……"

庄子昂露出苦涩的笑："我记得庄宇航有次感冒发烧，你可是担心了好长时间。"

"宇航才多大，你多大了？"庄文昭立即反驳。

"你知道吗？那个时候，我真的好羡慕他，我羡慕他有爸爸，我却没有。没有爸爸的孩子，连生病都没有资格。"庄子昂继续说着，像是要把自己的委屈都说出来。

前几年，他还天真地以为，只要自己好好学习，多做点儿家务，让庄文昭开心，就能获得一点点父爱，直到后来他才彻底看清，一切都是徒劳。他拼了命却求而不得的东西，庄宇航一生下来就拥有。命运，从来没有公平可言。

庄文昭的脸有些挂不住，他打断庄子昂："那个医生什么时候来？我的时间很宝贵，没空听你在这儿翻陈年旧账。"接着，他又在裤兜里掏了掏，拿出一大把打麻将的零钱，"你不就是想要钱吗？我就这么多，不够自己想办法。你也长点儿心眼，别动不动就跑来住院……"

当庄文昭喋喋不休时，陈德修来了，他刚做完一台手术，神情有些疲惫。

张志远向陈德修介绍："陈医生，这位就是庄子昂的父亲。"

陈德修打量了庄文昭一眼，气愤道："我当了快三十年的医生，还没见过你这么不负责任的父亲。"

"你这老头怎么说话的？小心我投诉你。"庄文昭蛮横地说。

陈德修不再说话，拿出几张纸递过去："这是庄子昂的诊断书，你先看一看，看不懂，我再解释。"

庄文昭接过诊断书，粗略地扫了一眼。当他看到那几个特别刺眼的词时，终于收起了吊儿郎当的姿态，一行字一行字地看下去："不是，医生，你没开玩笑吧？"

陈德修闻言，指着身上的白大褂说："我穿着这身衣服跟你开玩笑吗？"

庄文昭慌了神，说："我儿子才十八岁，你确定没有误诊？"

陈德修讥讽道："要是误诊，你不是可以投诉我吗？"

庄文昭的脑袋"嗡"的一响，像是要炸裂开来，他一时间有些六神无主。虽然平日里，他对庄子昂不闻不问，但庄子昂毕竟是自己的儿子。

"什么时候的事？你为什么现在才告诉我？"庄文昭的声音嘶哑。

庄子昂嘲讽地说："告诉你也没用，不过是让这一幕提前上演。"

庄文昭声音不住颤抖："子昂，一个多月前，你说要搬到你妈那住，就是因为这个？"

庄子昂淡然一笑："那天你们在给宇航过生日，我实在不忍心破坏你们的愉快氛围，只有狼狈地逃出家门。"

庄文昭仔细回想当晚的情形，当时觉得庄子昂有些不对劲，可他却没在意，要是他再关心儿子一点，早就发现了。

庄子昂轻描淡写，一点儿也听不出悲伤的情绪。

难怪庄子昂会性情大变，原来是他过得太苦，压抑得太久，在生命的最后时刻不想再委屈下去了。而自己这个父亲呢，却一次又一次地对他造成伤害，一次又一次地摧毁他对亲情的渴望。

"子昂，爸爸错了，我不知道你生病了。"庄文昭的眼眶红了。

"你不用认错，我一点儿也不怪你。"庄子昂对庄文昭没有任何期待了，面对他的认错，心里依然平静。

庄文昭颤抖着手，诊断书散了一地。他双手抱头，用力地抓着自己的头发，无边的悔恨在心中扩散，往事不断在脑海里浮现。

十八年前，庄子昂来到这个世界上，庄文昭的脸上便没有欢喜，因为这个意外，他被迫娶了一个不喜欢的女人。五年的婚姻生活，让他心力交瘁。终于离婚了，可庄子昂这个被他视为"惩罚"的孩子，却被庄建国强行留了下来。他甚至怨恨过庄子昂，如果没有他，自己说不定能找到比秦淑兰更好的女人。再婚后，他这个亲生父亲都对庄子昂不闻不问，秦淑兰又怎么可能对他有好脸色。此时此刻，直到看到庄子昂的癌症诊断书，他才意识到自己的错误。

"你演一下就行了，别真的把头发薅下来。"看见庄文昭的动作，庄子昂不仅没有丝毫难过，还有点儿想笑。我死了，不正好让你称心如意，一家三口过上幸福美满的生活吗？"

"子昂，不是的，爸爸真的很伤心，你为什么不肯早点儿告诉我？说不定还能有办法！"庄文昭悲怆道。

张志远忍不住插话："只要你能稍微关心一下他，就看得出来，一个月以来他憔悴了多少，可你从来没在意过他。"

庄文昭辩解道："不，我注意到了，只是没想到……"

"您要是注意到了，还会在学校门口狠狠踹他一脚吗？"林慕诗愤愤不平，想到那天庄子昂的惨状，忍不住质问道。

"别说了，别说了，是我的错。"庄文昭浑身颤抖，站立不稳，瘫在病床边的椅子上。

房间里的每个人都好像在对他审判，罗列出一条条证据，指责他这个父亲当得多么差劲！他的眼泪，终于夺眶而出。

庄子昂看到庄文昭落泪，只觉得讽刺。如果他能稍微关心一下自己，会有这么多事吗？庄子昂甚至觉得等出了这间病房，他就会忘记自己还有个生命垂危的儿子，继续在麻将桌上谈笑风生。

"医生，对不起，我刚才态度不好，你再想想办法，给我儿子治病，无论多少医药费我都愿意承担。"庄文昭抹了把眼泪，又向陈德修乞求。

陈德修弯下腰，捡起散落一地的诊断书，摇了摇头："我是医生，又不是神仙。"诊断书上密密麻麻的文字，其实也就四个字，神仙难救。

陈德修当了近三十年的医生，见过太多无药可治的患者，其中不乏比庄子昂更年轻的孩子，但像他这样身患绝症都没有家属陪同的，属实罕见。一个父亲要当得多失败，才会让孩子死心，连生命即将走向终结，都不愿意向他诉说。

"医生，那他还有多少时间？"庄文昭的声音颤抖着。

"那时候我估计三个月，但现在看来，还是太乐观了，他病情恶化的速度比我想象的更快。"陈德修的语气沉重。

虽然他没有明说，但大家都听得出来，庄子昂只怕仅剩一个月的生命了。

"我现在唯一的牵挂就是爷爷奶奶，我很想见他们最后一面，却又不敢再见。"一提到爷爷奶奶，庄子昂便落下泪来，心情无比复杂。两位老人是他最放不下的人，但他真的没有勇气面对生离死别的场面，两位七旬老人很可能承受不住这样巨大的打击。

"算了，你随便编一个借口，说我出国留学什么的，能瞒一天是一天，等实在瞒不住了，你再挑他们心情好的时候告诉他们吧！"庄子昂长长地叹息。

庄文昭默默地点了点头。

交代完，庄子昂挥了挥手，说："你回去吧，我想休息了。"

庄文昭摇头道："不，儿子，我留下来陪你。"

"可我不想看到你。"庄子昂别过脸。

"病人需要静养，既然他不愿意见你，你还是离开吧！"陈德修劝道。

庄文昭尴尬地站起身，又问道："那你想吃什么？明天我让你秦阿姨做了给你送来。"

庄子昂继续摇头，不予理睬。

庄文昭看了一圈，没有人帮他说话。屋里所有人都用审判的眼光看着他，这让他有种自己是一个十恶不赦的罪人的感觉。他实在无地自容，只能灰溜溜地离开，触碰到门把手的那一刻，他又听到庄子昂淡漠的声音："死对我来说也算是一种解脱，我终于不用再做你的儿子了。"

庄文昭用力拧着把手，逃出了病房，眼泪奔涌而出。这句话击垮了他最后的心理防线，原来，自己竟然如此失败。

他浑浑噩噩地回到家中，犹如一具行尸走肉。

秦淑兰见状，问道："你怎么了，眼睛又红又肿？"

庄文昭喃喃道："我去见了子昂，他生病住院了。"

"爸，你怎么又去见那个废物？让他死在外面不好吗？"庄宇航听到庄子昂的名字就怒不可遏，脱口而出。

庄文昭闻言，脸色剧变，双眼迸射出骇人的光芒。

庄宇航吓得身子一缩，惊慌道："爸，你怎么了？"

庄文昭甩过去一巴掌，将庄宇航扇翻在沙发上，然后解下腰间的皮带，劈头盖脸地朝他抽下去："他是你哥哥，谁允许你叫他废物的？"

庄宇航痛得满地打滚，惨叫连连，庄文昭依然没有手软。

秦淑兰发出凄厉的尖叫，上前夺下皮带，说："你疯了吗？你凭什么打我儿子？"

庄文昭瘫坐在地上，失声痛哭："我的儿子要没了……"

"庄子昂，我睡醒了，马上过来，你想吃什么？"李黄轩给庄子昂打来电话。他只睡了几个小时，而且睡得很不踏实，生怕一觉醒来，就再也见不到最好的兄弟。他说话的时候，还有浓重的鼻音。

"我想吃学校外面小吃街的炸土豆，让阿姨多放点儿辣椒，还要配上冰的可口可乐。"庄子昂回答。

"你疯了？又是辣的又是冰的。"李黄轩很为庄子昂的身体担忧。

"我不吃那些，难道就能活下来吗？"庄子昂苦笑着，他是在遵循医嘱，想吃什么就吃什么。

电话那头，陷入长时间的沉默，过了许久才传来李黄轩的声音："我去给你买，你等着。"

"要是你路过书店，帮我买一本儿童笑话书，太深奥的我看不懂。"庄子昂道，炸土豆、冰可乐、笑话书……这一切的一切，都是有关小蝴蝶的回忆。

天有些黑了，李黄轩来到病房，手里拿着庄子昂心心念念的炸土豆和冰可乐。庄子昂担心时间太晚，林慕诗回家不安全，便早早催她回去，林慕诗答应了，说明早再来换李黄轩。

庄子昂斜靠在床头，津津有味地吃着炸土豆，还是熟悉的味道。

"好吃吗？"李黄轩勉强挤出笑容。

"好吃到想哭。"庄子昂回答，一滴泪从他的眼角滑落。

"这是我认识她那天，和她一起吃的第一样东西，我也是从卖炸土豆的阿姨口中得知，她有个好听的名字，叫小蝴蝶。"

李黄轩又想哭了："我好怕在学校里遇见她，万一露馅了怎么办？"事到如今，他已经完全理解庄子昂的做法，最后的疼爱是把手放开。

"别告诉她真相，我想让她快快地忘了我。"庄子昂再次叮嘱，他生怕李黄轩会忍不住告诉小蝴蝶真相。

"庄子昂，你还真是伟大。"李黄轩边哭边骂，他看过《梁山伯与祝英台》，也看过《罗密欧与朱丽叶》，终究不如身边的凄美爱情故事感人。

庄子昂说："其实你爸妈那种爱情，才是真正的伟大。"年轻的时候，为爱冲动，轰轰烈烈，是很容易的事；相守一生，不离不弃，反倒更困难。

庄子昂又叮嘱道："等你以后有了孩子，一定要给他很多很多的爱，因为你没经过他的允许就把他带到这个世界，所以不要让他不开心。"

李黄轩扯出一个笑容，说："我要是有了儿子，叫他李子昂怎么样？"

庄子昂断然拒绝："不行，最多用一个'昂'字，不能两个字都用。"

"你要是能好起来，以后生个儿子叫庄黄轩，我一点儿意见都没有。"李黄轩玩笑道。

"你可以把我竞赛的考试题集留着，就当是我提前送你儿子的礼物。"庄子昂也笑道。

"我替他谢谢你。"

病房里，两个少年哭着哭着就笑了，笑着笑着又哭了。金子般的友谊，闪闪发光。

第二天一大早，林慕诗便来到病房，她还带来了庄子昂心心念念的咸豆腐脑。

乍一看，豆腐脑里面的佐料和自己吃的都差不多，但尝一口就能品出味道的不同，小蝴蝶用的那种辣椒油，味道独一无二。

李黄轩不肯回去，坚持要陪庄子昂到中午，三人便坐在一起聊天。庄子昂把昨晚看的笑话讲出来，逗得二人哈哈大笑，虽然笑话一点儿都不好笑。

庄子昂看他们笑得前俯后仰，心里满是感动，难为他们这么费尽心机逗自己开心。

快到中午的时候，庄文昭又来了，这一次，他还带着秦淑兰和庄宇航。看到这一家三口，庄子昂脸上的笑容荡然无存。

李黄轩直接不客气地说："你们来干什么？这里不欢迎你们。"

庄文昭本想动怒，又强行忍耐，赔着笑脸说："我来看看子昂，一会儿就走。"

"你早干吗去了？现在假惺惺的。"林慕诗撇了撇嘴。

昨天晚上，庄文昭在家里大发雷霆，秦淑兰和庄宇航才知道，庄子昂已经命不久矣。说实话，他们母子对庄子昂没什么感情，但碍于庄文昭的威力，还是得来医院意思一下。

秦淑兰拿着一个保温桶，装出和蔼的语气，说："子昂，阿姨给你做了点儿好吃的，你好好养病。"

庄子昂微微一笑，说："秦阿姨，你真没必要这么做作，弄得人挺不习惯的，我还是喜欢你以前那种嘴脸。"

秦淑兰脸色一变，但碍于庄文昭在场，她不敢发火，只得将保温桶往床头一放，说："你趁热吃啊！"

庄子昂摇头道："你拿回去吧，我不会吃的。说白了，咱俩没有任何关系，你没必要这么刻意地讨好我。"

秦淑兰狠狠地瞪了庄文昭一眼，哼了一声，转过身去，不再言语。要不是看庄子昂是一个病人，她早就暴跳如雷了。

庄文昭一把拎过庄宇航，勒令道："给你哥哥道歉。"

庄宇航的脸上还带着瘀青，显然昨天晚上他被庄文昭揍得不轻。他生硬道："哥哥，对不起，我……我以前对你不好，我……我现在知道错……"

"行了行了，你能不能把草稿背流利了再来？"庄子昂不耐烦地打断他，这对母子，演戏都这么不走心。"哥哥"这两个重千斤的字从庄宇航嘴里吐出来，莫名显得廉价，庄子昂不需要这么敷衍的道歉。

庄宇航怯生生地看了庄文昭一眼，说："哥哥，我真的知道错了，你要好好养病，早点儿好起来，我们一家团聚……"

庄文昭没有发话，庄宇航只得硬着头皮继续说着违心的话。他越是努力装作真诚的样子，庄子昂就越觉得他恶心。

等庄宇航结结巴巴地表演完，庄文昭便温和地问道："子昂，你弟弟知道错了，你能原谅他吗？"

庄子昂冷笑一声，说："他在我眼中根本就不存在，谈什么原谅不原谅的，我只想让他赶紧出去，不要吵到我跟朋友聊天。"多么滑稽可笑的表演，真是硌硬人，也亏庄文昭想得出来。

比起那对母子，庄文昭毕竟跟庄子昂是亲生父子，他的表演要真诚得多："子昂，爸爸昨天一整夜没睡着，我真的知道错了。是我对你不够关心，没有尽到当父亲的责任。有你这么优秀的儿子，我真的感到很骄傲。我现在什么都不求，只希望你能原谅我……"

听着庄文昭声泪俱下的诉说，庄子昂面无表情。这么多年他都不觉得自己有错，这两天就幡然醒悟了？不过是惺惺作态，害怕良心遭受谴责罢了。

"你们到底能不能出去？我只想安静地躺着。"庄子昂恨不得起身驱赶他们。

"不行，你要是不原谅我，我就不出去。"庄文昭一副决绝的姿态。

庄子昂随手指向庄宇航，说："那行，你扇他一巴掌，我就原谅你。"

"什么？我已经向你道歉了，你不要太过分！"庄宇航咋咋呼呼。

庄文昭才不管那么多，只要庄子昂原谅他，死后不会缠着他，有什么不能做的。他把庄宇航拎过来，狠狠甩了一巴掌，为了让庄子昂解气，他用的力道不小。

清脆的巴掌声，听得人心惊肉跳。

庄宇航"哇"的一声大哭出来，脸颊上顿时浮现出清晰的手指印。秦淑兰连忙扑上来，一把将儿子抱住，看向庄子昂的目光充满了怨毒。

"赶紧带他出去，我听他哭听得心烦。"庄子昂只觉得荒谬，看来庄文昭还是那么自私，他谁都不爱。他挥了挥手，让他们出去。

秦淑兰连忙将庄宇航抱出去，生怕庄子昂再提什么过分的要求。

庄子昂看向庄文昭，说："我死了以后，你先随便找一个地方安置我的骨灰，等告诉爷爷奶奶以后，再带回南华村的山上埋了，我想年年都能看到杜鹃花。"

庄文昭眼泪横流，说："好，我一定办到。"

"那你也走吧，到时候我会让李黄轩通知你。"庄子昂别过脸去。

"最后这点儿时间，你都不愿意爸爸陪你吗？"庄文昭还在装模作样。

"不愿意。"庄子昂毫不犹豫的回答让庄文昭心里最后一点儿希望也幻灭了，他张了张嘴，没有再说话，悻悻地出了病房。

无论他做什么都是徒劳，他不可能获得庄子昂的原谅。

病房里一下子清静了许多。

这个时候，徐慧像发了疯似的冲进病房："儿子，我的儿子！"

她一接到庄文昭的电话，就立刻请了假，不顾一切地赶了回来。

同前夫一样，她也感到无比后悔和自责。

如果不是自己忙于工作，对儿子的关爱多一点，也许他就不会患上这么可怕的疾病。

"妈，别伤心了，我不怪你。"庄子昂的泪水模糊了双眼。

"子昂，你怎么不早点告诉妈妈？"徐慧泪如雨下。

"我差一点就告诉你了，可还是忍住了，你要是辞职来照顾我，以后谁照顾你呢?"庄子昂伸手擦掉母亲脸上的泪水,安抚道。

徐慧这才得知,庄子昂那天让她留下来吃小蛋糕,就是想告诉她这件事,可她却连几分钟的时间都不愿意给他。

母子俩除了抱头痛哭外,无计可施。

待情绪平缓后,庄子昂对李黄轩说:"兄弟,你去帮我办出院手续,我不想一直躺在这里。"

李黄轩一脸担忧道:"要不你再观察两天?"

庄子昂固执地说:"不自由,毋宁死。"明天就是星期一了,他们都要去上学,白天那么长,他连个说话的人都没有,想想都觉得窒息。

李黄轩同林慕诗交换了一个眼神,终于点头同意:"那行,一会儿我们带你去吃好吃的。"

庄子昂指着床头的保温桶,说:"你帮我把这玩意儿扔了。"

李黄轩拿着它出门,将它扔进了楼道拐角的垃圾桶里,没人需要这种虚伪的关怀。

庄子昂告诉徐慧,想先陪陪朋友,晚上再回家。

徐慧含泪答应,事到如今,她只能满足儿子的一切要求,她已经向单位请了长假,接下来的日子,可以一直陪着儿子。

出院以后,三人去了学校外面的小吃街吃烤肉。

烤肉局上,李黄轩和林慕诗同庄子昂分享了这段时间班上发生的趣事,把庄子昂逗得哈哈大笑。

星期一,庄子昂征求徐慧的同意,还是去了学校,最后的时光,他想跟同学们待在一起。他身体不舒服时,就躺在花坛边晒太阳,闻着风信子的花香,看着远处的银杏树叶偶尔被风吹下来两片,幻化成蝶。

邓海军正在准备物理竞赛，经常拿着题集来找庄子昂。这家伙还真是两耳不闻窗外事，庄子昂这么明显的憔悴模样，他一点儿都没察觉，满脑子都是深奥难懂的物理知识，他总能提出一些古古怪怪的问题。

不过，庄子昂一点儿也不觉得他不关心自己，反倒很喜欢跟他在一起，至少他把自己看成健康的人。

转眼到了星期三，庄子昂躺在花坛上补觉，朦朦胧胧间，他闻到了一阵幽香。

"小蝴蝶！"

他猛然睁开眼，发现是林慕诗，随即又假装淡定地闭上眼睛。

林慕诗在他身旁坐下，叹息道："既然你这么想她，不如去西校区看看，万一能看到呢？"

"看一眼又能怎么样？"庄子昂一脸悲切。

"这几天我一直在想，你这么委屈自己，固然是为了她好，可你有没有考虑过她的感受？"林慕诗说。

"她的感受？"庄子昂一脸不解。

"如果是我喜欢的人，生命只剩下一个月，我一定会日日夜夜陪伴在他身边，在最后的日子里给他所有的爱，而不是什么都不知道，被蒙在鼓里。"林慕诗叹了一口气，说出心底的想法。

说着说着，她的眼泪又流下来了："庄子昂，我不希望你带着遗憾离开这个世界。"

"不，你别说了，我不想听。"庄子昂无比矛盾，他太渴望见到小蝴蝶了，生怕林慕诗再说下去，自己会意志动摇。

林慕诗回去教室，端来那个圆形的玻璃鱼缸，里面的两条金鱼依旧无忧无虑地游动："我想好了，我现在就去把两条鱼还给她。如果她已经不在乎，我就帮你瞒她一辈子；如果她还喜欢你，我就告诉她真相。"

庄子昂慌乱道："不行，你别乱来。"

"我先试探一下她的态度，总行吧？"林慕诗打定了主意，她想，如果自己是小蝴蝶，也不愿意被瞒一辈子。

"别，慕诗，你回来。"庄子昂慌忙从花坛上起身。

林慕诗置若罔闻，端着鱼缸，毅然走上了通往西校区的阶梯。

庄子昂身体虚弱，根本追不上她。

他心乱如麻。

小蝴蝶，你还会喜欢我吗？

课间只有十分钟，是不够去西校区走个来回的，可林慕诗还是想去帮庄子昂问个明白，她真的不想庄子昂带着遗憾离开这个世界。

庄子昂怀着忐忑的心情，呆呆地坐在花坛边，一直盯着那道阶梯。

大约过了二十分钟，林慕诗才回来，她的手上依然托着那个鱼缸。

庄子昂迎上去，说："她一定恨死我了，不肯接受它们，是吗？"

林慕诗却摇了摇头，脸上满是疑惑。

"到底怎么了？你见到她了吗？"庄子昂焦躁地追问。

"我去了二十三班，他们告诉我，班上并没有叫苏雨蝶的学生。"林慕诗回答。

庄子昂闻言，惊愕地瞪大了双眼："这怎么可能？"

上次李俊楠老师专门过来，自称是小蝴蝶的班主任，跟庄子昂在天台上聊了很久，而且他的签名，也跟小蝴蝶请假条上的一模一样。

二十三班怎么可能没有叫苏雨蝶的女生？一定有什么地方搞错了。

庄子昂迈上阶梯，他要去西校区，一种强烈的不安在他心头萦绕。

林慕诗端着鱼缸，快步追了上去："你等等我。"

他们高一的时候在西校区待过，熟门熟路地来到教学楼，沿着楼梯一路爬上去，顺利地在五楼的尽头找到了挂着二十三班牌子的教室。

"我刚才来的就是这里。"林慕诗指着教室门说。

刚好下课，三三两两的学生在走廊上打闹。

庄子昂随便找了一个女生，说："你好，帮我叫一下你们班的苏雨蝶。"

那个女生一脸茫然："我们班没有叫这个名字的人。"

庄子昂一脸惊讶，看了林慕诗一眼。

林慕诗耸了耸肩，说："我跟你说了，你还不信。"

庄子昂又找了一个男生问，还是相同的答案："我们班没有叫这个名字的人。"

二十三班，没有苏雨蝶。

"你们班主任李老师在哪儿？我去问他。"庄子昂想到了李俊楠。

"我们班主任姓王。"那个男生弱弱地说，他感觉问话的男生有些不正常。

庄子昂后退半步，差点儿站不稳，他感觉自己陷入了一团迷雾，找不到出去的方向。

"你们年级有一位叫李俊楠的老师吗？"庄子昂处于崩溃的边缘。

"有啊，他是十七班的班主任。"男生回答。

庄子昂长舒了一口气，要是再没有，他一定以为自己得癔症了。

看来是小蝴蝶对自己说了谎，把十七班说成了二十三班。两人沿着楼梯，来到四楼。

庄子昂在楼梯间止步，说："还是你去找她吧，我知道她平安就好。"

林慕诗点了点头，端着鱼缸去找十七班的教室。没一会儿，她回来了，说："十七班也没有叫苏雨蝶的学生。"

庄子昂快要疯了，这到底是怎么回事？

他冲到十七班的教室外面，叫住一位学生："请问李俊楠老师在哪儿？"

对方指着走廊尽头说："李老师在办公室里。"

教师办公室的门是开着的，庄子昂三步并作两步走过去，一眼便看到了李俊楠的背影。他怀着忐忑的心情，敲了敲门。

李俊楠回过身，认出庄子昂，微笑道："庄同学，你怎么来西校区了？"

庄子昂开门见山道："我来找苏雨蝶。"

李俊楠一脸惊愕，道："你说什么？你找苏雨蝶？"

庄子昂提高嗓门，说："你是她的班主任，我来这里找她，有什么奇怪的？"

李俊楠没有回答，只怔怔地看着庄子昂。

办公室里陷入短暂的沉默，空气好似凝固了一般。

良久，李俊楠方道："我是苏雨蝶的班主任不错，但她是我去年的学生。"

"去年的学生？"庄子昂没太听懂这句话。

"去年我在东校区，将苏雨蝶那届学生带到毕业，今年当然就该回西校区教新生了。"李俊楠解释道。学校所有老师都这样，三年一届，一直循环。但这样一句稀松平常的解释，在庄子昂听来，却犹如晴空响雷，震得浑身发抖。

"李老师，你的意思是，苏雨蝶不是我的学妹，而是大我一届的学姐？"庄子昂努力让自己镇静下来，理解李俊楠的意思。

李俊楠点点头，说："是啊！你难道不知道？"

"你去年教哪个班？"庄子昂觉得有什么东西呼之欲出，焦急地追问。

"二十三班。"

震惊、彷徨、恐惧，多种情绪一齐涌来，庄子昂的胸口一阵剧痛，向一旁跌倒。

林慕诗眼疾手快，连忙将他扶住。他的眼泪大颗大颗往下落，原来小蝴蝶一直说的都是实话，她就是二十三班的学生，但她比庄子昂高一届。

"那她应该毕业了才对，我为什么会遇见她？"庄子昂感到一阵恐慌。

"你难道不是去年或前年认识她的吗？"李俊楠惊讶地问。

"我是一个月前认识她的。"庄子昂喃喃。

"不可能！"李俊楠一下子站起身，目露震惊。

上次在教学楼的天台，他们虽然一直围绕着苏雨蝶谈话，却从未提及时间。李俊楠以为，庄子昂把苏雨蝶的名字写在试卷上，是怀念去年认识的学姐；庄子昂却以为，苏雨蝶是李俊楠现在的学生，是比自己低两届的学妹。

他们口中的苏雨蝶，是同一个人，却处于不同的时空。

庄子昂的脑袋一团乱麻，他没有办法向李俊楠解释发生在自己身上离奇的事。林慕诗也几乎不敢相信自己的耳朵，她见过苏雨蝶好几次，没想到，她本不该出现在校园中。

这一切都太荒谬了！

"李老师，那你知道她现在在哪儿吗？"庄子昂问。

李俊楠面露悲伤，道："去年春天，她还没毕业，就因为身体原因退学了，我也再没见过她，不过我听说……"

适当的停顿，让人恐慌。

庄子昂颤抖着鞠了一躬，说："谢谢老师，我知道了。"

说完以后，他毅然转身，离开了办公室。下楼梯时，他一脚踩空，幸好抓住了扶手，没有直接滚下去。

"庄子昂，你小心一点儿。"林慕诗一只手护着鱼缸，一只手还想去扶他，显得有些狼狈。

庄子昂流着泪问："慕诗，你相信李老师的话吗？"

林慕诗茫然道："我不知道，我不敢细想。"

庄子昂跌跌撞撞地走到教学楼前的广场上，努力平静下来，抬头望着蔚蓝的天空，脑海中浮现出一个人的脸，他一定能告诉自己答案。

"慕诗，你先回去，我一定要找到小蝴蝶。"

第二十章

天方夜谭

"从你第一次听到这首曲子，便已入了梦中。"

"等你知道真相以后，我怕你承受不住。"

"蝉蜕尘埃外，蝶梦水云乡。"

……

老人的话，不断在庄子昂的耳畔响起，之前庄子昂觉得这人疯疯癫癫的，总是对自己说些不着边际的话，现在他恍然大悟，那些话并非胡言乱语。

庄子昂来到学校门口的公交站台，等到了十九路公交车，庄子昂走了上去。这个时间段，车上没什么乘客，庄子昂随便选了一个靠窗的座位，距离司机不远。

司机忽然道："小伙子，我记得你，你向我打听过一个穿白衬衫蓝裙子的女孩。"

庄子昂猛然抬头，急切地问："你见过她？"

"有好几天了，应该是上周五。"司机说得很快，毕竟工作时间不允许闲聊。

"她来坐公交车的时候，哭得特别伤心，满车的人都劝不住。那么漂亮的女孩，谁会忍心伤她那么深？对了，她当时就坐在你那个座位上。"司机的话让庄子昂泪落如雨，他不敢去想，小蝴蝶那天是怎样度过的。

庄子昂久久不语，司机趁着车子靠站上下乘客的时候，偷瞄了他一眼，心里直嘀咕："怎么这个男孩子比那个女孩子哭得还悲伤？"

终点站逍遥宫到了，庄子昂神情恍惚地走下车，步伐有些凌乱。

道观外的菩提树，依旧郁郁葱葱。

庄子昂走进山门，径直走向初遇老人的那间偏殿。

老人正在给一位妙龄少女看手相，他瞥了一眼庄子昂，说："我以为你病发身亡，不会来了。"

庄子昂面容憔悴，喃喃："你告诉我，小蝴蝶在哪里？"

"嘘，这里禁止吵闹，你等我把生意做完。"老人将庄子昂晾在一旁，继续他的生意。

他满口套话，半真半假。

过了许久，那个女孩付了钱欢喜地走了。老人将钞票贴身收好，一副贪财的模样，然后伸了一个懒腰，将目光转向庄子昂："你发现了？"

庄子昂早已等得不耐烦，连忙问道："这到底是怎么回事？"

"你第一次来这儿时，看到你手上系着的那根红绳，我就认了出来，你就是去年小蝴蝶口中说的那个人。"老人发出一声叹息。

"去年？"庄子昂一脸震惊，自己明明是一个月前才认识的小蝴蝶呀，而且去年这个时间点，已经不是第一个人说了。

一个大胆的假设越来越清晰。

老人指着面前的竹椅说："小伙子，这个故事有点儿长，你还是坐着听吧！"

庄子昂坐得笔直，双眼紧紧地盯着老人，呼吸急促，心跳猛烈。

老人喝了一口茶，缓缓开口，将他所知道的真相娓娓道来。

苏雨蝶出生在秋水镇，离逍遥宫大约五公里。她自幼父母双亡，与奶奶相依为命，艰难度日。直到十五岁那年，她被检查出身体里有癌细胞，此后的三年，她就一直与药物相伴。十八岁时，她的病情恶化，药石无灵，主治医生多次下了通知书，她最多还能撑半年……"

类似的话，上次在天台上李俊楠老师也说过，但他没说的是小蝴蝶的病已经这么严重，恐怕他也不知道。

"去年春天，苏雨蝶来逍遥宫上香，许下最后的愿望——想要再看一次雪，可她已经等不到冬天了。为了哄她开心，我告诉她，有首祭祀曲叫《梦蝶》，学会了就可以去梦境中看雪，但那只是一个传说。"

老人虽然看着不太正经，但此刻却格外严肃，长着鱼尾纹的双眼，微微泛红。

庄子昂已经隐隐约约猜到后面的事，这简直是天方夜谭。

"我只想给她一点儿希望，就故意骗她说，只能听一次，如果听一次就能学会，说明她是有缘人。"老人有些哀伤。

"没想到，她是一个音乐天才，听过一次就完全记住了，对吗？"庄子昂的声音沙哑。上次在南华村，他已经见识过小蝴蝶的音乐天赋，她仅仅听过一遍《梁祝》，就能将曲调和歌词完整地唱出来。

老人点点头，说："后来她就走了，好久没有再来，我以为她不会把这个玩笑当真。"

庄子昂落下泪来，说："结果她真的学会了《梦蝶》，去了冬天看雪……"卖炸土豆的阿姨说过，她第一次见到小蝴蝶，是三个月前，那个时候，正好是冬天。原来，时间旅行真的存在，小蝴蝶从去年来到了现在。

"当她再次来逍遥宫，告诉我，她去了一年后，我只当她在说玩笑话。她向我求了一根祈福的红绳，说要送给喜欢之人。"老人叹了一口气，继续说道，"这一年来，我一直不相信，以为是她病重后产生了幻觉，直到从你手上看到了那根我亲手编织的红绳。"

庄子昂望着空荡荡的手腕，泪如泉涌。

"我不知道她去见过你几次，但毋庸置疑的是，频繁吹奏那首曲子，穿梭时间，对她的身体造成了不可逆转的损害。我最后一次见她，她哭得很伤心，是我从没见过的伤心模样，她告诉我，再也不会弹那首曲子了。"讲到这里，老人基本把自己知道的事全部告诉了庄子昂。原本他只是想给一个身患绝症的少女一份美好的愿景，不料，阴差阳错地造就了一段奇缘。

庄子昂不敢相信，这是发生在自己身上的事。

小蝴蝶是那么真实，却又那么虚幻。

"道观外卖小吃的老奶奶，真的是小蝴蝶的奶奶吗？"庄子昂的声音颤抖。

老人微微颔首，目光中透着怜悯。

"那小蝴蝶后来怎么样了？"庄子昂不忍心问出口。

"你真的要我说那么明白吗？"老人的回答，打破了庄子昂的最后一丝幻想，他的心痛得快要碎掉，张着嘴却发不出一点儿声音，眼中已经流不出泪水。

庄子昂终于明白，为什么晚上小蝴蝶的电话总是不在服务区；为什么她总是穿着同一套衣服，鬓边的桃花好像不会凋零；为什么她会无缘无故地消失一阵子……一切的一切都有了答案，他们两人之间隔着整整一年的时光。

上周五，小蝴蝶满心欢喜地来找自己，但却被彻底伤了心，回到了自己的世界，向老人哭诉再也不会弹《梦蝶》了。

"我连解释的机会都没有了吗？"庄子昂悔恨交加，站起身来在原地转圈，像一个疯子。

老人劝道："你冷静一点儿，现在无论你做什么都于事无补了。"

庄子昂扑到他面前，说："老人家，您教我《梦蝶》吧！只要我学会了，是不是就能再见到她？您快点儿教我，快点儿教我！"

老人摇头道："不可以的，我不知道她是怎样做到的，反正我一次也没成功过，而且回到过去和穿越未来，是两件截然不同的事。"

"我不管，您让我试一试，好不好？"庄子昂哀求道，这是他最后的希望了。

"没有意义的，就算你回到一年前，她也不认识你，你除了眼睁睁看着她去死，什么也做不了。"老人深深叹息。

他当初就告诉过庄子昂，第一次听见曲子就入了梦中，可他现在却不愿醒来。

问世间情是何物，直教人生死相许。

庄子昂苦苦哀求，说："您教我，好不好？我没有时间了，只想再见她一面。"

老人不忍心，只好去殿里找来泛黄的古籍，便是《梦蝶》的曲谱，上面画着各种歪歪扭扭的符号，还有许多晦涩难懂的文言文。

老人告诉庄子昂，这本书是他捡到的，上面那些符号就是古代的记谱方式，文言文则是对曲谱的描述。

庄周梦蝶，蝶梦庄周。

他也只是一知半解，所以才跟小蝴蝶开玩笑，说学会这支曲子，就能去未来看雪，没有想到……他拿出陶笛，对着谱子开始吹奏。

来唆唆西哆西拉，唆拉西西西西拉西拉唆……

两分钟后，老人放下陶笛，说："你看我，穿越了吗？"

庄子昂用力掐着大腿，他多希望这只是一场梦，可惜清晰的疼痛提醒着他，这一切都是现实。

这时，又有两个中年女人结伴而来，找老人解签，其中一人的手上拿着两枚青团。

那碧绿的颜色非常熟悉。

"请问这些青团是你们在哪儿买的？"庄子昂忍不住问。

"就外面的苏奶奶那儿，她做的小吃特别好吃。"中年女人笑着回答。

庄子昂悲切地问："你认识那位奶奶？"

"她在我们秋水镇上很有名，年轻时是一个大美人，手很巧的。不过，她也实在可怜，早早没了儿子儿媳，老了，连唯一的孙女也没了。这才不到一年，她就苍老憔悴成了那样……"中年女人叹息着，仿佛很不忍心。

庄子昂没等对方说完话，便冲了出去。

小蝴蝶说过，她的奶奶几乎没有白头发，也没有皱纹，双眼炯炯有神，现在变成这样，原来是因为失去了孙女，巨大的悲痛将她折磨成了这样。她摆摊卖小吃，也是因为给小蝴蝶治病，花光了家里所有的积蓄，被迫艰难地维持生计。

庄子昂跑出山门，在旁边看见了那个佝偻着背的身影——白发苍苍，骨瘦如柴，如同风中飘摇的烛火。

"奶奶，还有青团吗？"庄子昂强忍悲痛道。

"还剩最后一个，小伙子，你的运气真好。"苏奶奶露出一丝笑容，她的目光浑浊，已经记不得眼前的年轻人曾买过她做的豆腐脑。

庄子昂递过钱，接过苏奶奶递来的青团，他注视了许久，才慢慢将青团放进嘴里，轻轻咬了一口，一股艾草的清香，慢慢在舌尖绽开，青团的内馅是豆沙，甜而不腻。味道果然一模一样。

庄子昂发出一声叹息，他弯下腰来，哭得声嘶力竭，全身止不住地颤抖。

苏奶奶被吓了一跳，连忙来扶他："小伙子，你怎么了？"

庄子昂泣不成声，说："奶奶，我上一次吃的青团，是小蝴蝶做的，就是这个味道。"

"小蝴蝶……"苏奶奶僵住了，她已经许久没有听过这个名字了。

别人怕她伤心，没敢再提起。

"小伙子，你叫什么名字？"苏奶奶颤抖着问。

"我叫庄子昂。"

刹那间，苏奶奶的眼泪涌了出来。她抬起头，仔细端详着庄子昂的脸，说："你就是她梦里都在叫的那个人？"

庄子昂用力地点头，哽咽到无法言语。

苏奶奶带着庄子昂去了秋水镇，五公里的路，说远不远，说近不近。也难怪小蝴蝶坐公交车要四块钱，她回家需要在逍遥宫站再转一次车。

苏奶奶的家是一套普通的三居室，十多年来，她与小蝴蝶一直住在这里，直到去年，变成她一个人。

一进门，庄子昂就看见正对着门口的橱柜上放着一个相框，照片上是一个正值妙龄的女孩，白衬衫，蓝裙子，鬓边戴着一枝盛放的桃花。

客厅的窗前，摆放着一架古筝。筝与瑟本一脉相承，但后者早在千年前就已失传。原来去年的小蝴蝶，就是在这里弹奏的《梦蝶》。

庄子昂盯着古筝，眼前仿佛浮现出一个拨动筝弦的少女，耳畔听到悠扬的旋律。自然而然，庄子昂想起那首最美的七言律诗：

> 锦瑟无端五十弦，一弦一柱思华年。
>
> 庄生晓梦迷蝴蝶，望帝春心托杜鹃。
>
> 沧海月明珠有泪，蓝田日暖玉生烟。
>
> 此情可待成追忆，只是当时已惘然。

这首诗具体要表达什么，除了诗人本人，无人知晓，但这并不影响读诗的人借古人的华美辞藻抒发自己的伤悲。

庄子昂的心中也是一片惘然。

"她离开以后，我就再没有动过这里，只隔几天打扫一下灰尘，就当她还在。"苏奶奶抚摸着古筝弦，泪落如雨。

苏奶奶打开西边的卧室门，说："这是她的房间。"

房间不大，只有十平方米左右，放着床、衣柜、书桌几样简单的家具，床上的被褥整洁如新，却感觉不到一丝生气。

庄子昂走进去，便看见一旁的鞋柜上放着一双无比熟悉的白色帆布鞋，依然是一尘不染。

"我可以看一下衣柜吗？"庄子昂小心翼翼地请求。

苏奶奶虽然不知道庄子昂为什么要看衣柜，但他是自己孙女梦中都在想的人，她不忍拒绝。

拉开衣柜，一件白色的衬衫，一条湛蓝色的百褶裙，刹那间闯入庄子昂的眼帘，白得像云朵，蓝得像海水。明明几天前，这些衣服还穿在小蝴蝶身上，可现在她已经不在了。

"奶奶，她是什么时候走的？"庄子昂忍痛询问。

"去年夏天，快一年了吧！"苏奶奶哽咽着回答。

接着她拉开书桌的抽屉，拿出来一个笔记本，递到庄子昂的手里："我一开始不知道你的名字，因为她总是叫你大笨蛋。她走了以后，我才让隔壁的小姑娘念给我听。这里面，写着她跟你的故事。"

庄子昂翻开扉页，看见一片被做成标本的黄色银杏叶，被当作书签使用。他们的故事，也是以银杏叶为开端。

庄子昂认真地翻看着，一字一句都不肯落下。扉页上写着四个娟秀的字：梦蝶笔记。正是小蝴蝶的笔迹，娟秀清雅。庄子昂翻动了几页，里面写着密密麻麻的文字，记述着小蝴蝶从过去到未来点点滴滴的见闻。

"你先看最后一页吧！"苏奶奶的语调凄然。

庄子昂闻言，翻到笔记本后面，那上面只有寥寥两句话：

"大笨蛋，我恨你一辈子，我永远不想再见到你！"

这句话是他最后一次见到小蝴蝶时，对他说的最后一句话。

娟秀的文字犹如一把刀，将庄子昂的心脏刺穿。

第二句话与上一句墨色不同，应该是后来再写的。

"可是，我还是好想你！"

这一页纸皱巴巴的，有被泪水打湿的印迹。庄子昂无法想象，那时的小蝴蝶该多么伤心。

笔记本再往后全是空白页，没有了任何文字。上个星期五，便是小蝴蝶最后一次来到一年以后。

"她不会再来了，我再也见不到她，连解释的机会都没有了。"庄子昂抱着笔记本，哭得肝肠寸断，他向苏奶奶哭诉："奶奶，我不是故意要伤害她的，我以为那样才是对她最好的方式。"

苏奶奶摇摇头，说："你跟我说又有什么用呢？反正她永远也听不到了。"

潮水一般汹涌的悲伤，在狭窄的小屋里蔓延。

这个房间里，似乎还残留着小蝴蝶的气息，但她再也不会出现了。

"孩子，别哭了。她既然那么喜欢你，应该不希望你为她伤心，这个本子你带回去慢慢看吧！"苏奶奶带着送客的语气。看得出来，她对庄子昂的态度有些复杂，她想怪他，但又不忍心怪他，毕竟他是自己孙女喜欢的人。

庄子昂向苏奶奶深深地鞠了一躬，离开了苏家。

坐在回逍遥宫的公交车上，庄子昂开始阅读小蝴蝶留下的《梦蝶笔记》。

12月14日，星期三，雪

写这一页文字的时候，实际上已经是一月了。当然，这里的所有日期都是按照那个世界的时间。

半个多月过去，我才终于接受了发生在自己身上的事，然后想用文字记录下来。如果以后有人看到它，就当是我做了一个浪漫的梦。

今天，我用古筝弹了那个"老骗子"给我的曲谱。本来我是不抱希望的，但没想到，一阵恍惚后，周围的世界变得格外不同，明明刚刚还是春天，却突然变成了寒冷的四九天气。家里的陈设也发生了变化，奶奶不知所踪。我从家里出来，一个邻居也见不到，好像我熟悉的人一夜之间全部消失了。

我去了逍遥宫，想问问那个"老骗子"到底发生了什么，可是也找不到他。周围的人群，全是陌生的面孔，我以为自己在做梦，那首神奇的曲子真的让我做了一个到冬天看雪的梦。

我坐公交车去了学校，想找老师和同学，他们也全部不见了。

二十三班成了一间空荡荡的教室，太不可思议了。

我向很多人打听，才终于确定，我现在所处的时间是大半年后的冬天。同学们都已经毕业，李老师也去教新一届的学弟学妹了。我去西校区找李老师，从别人那儿打听到，他现在是17班的班主任，但我怎么找也找不到他。

渐渐地，我才发现凡是我之前认识的人，在这个未来世界通通都见不到。来到这里，我只能去认识陌生人，交新的朋友。

冒着小雪，我去学校外的小吃街吃了好多美食。认识了卖炸土豆的阿姨，她是我在这个世界认识的第一个人。

变态辣的炸土豆，搭配加了冰块的可乐，真的很爽快！没错，冬天，可乐也必须加冰才能喝。

我在外面逛了很久，胡吃海喝，这个世界既熟悉又陌生，一直到日落时分。我的心中突然涌起一种强烈的感觉，我必须要回家，不能待到天黑，否则我会找不到回家的路。

六点十分，我在学校门口坐上十九路车回家。

打开家门的一瞬间，一切又恢复到原来的模样，我的房间也不像之前那么冷冰冰，奶奶正在厨房做饭，香味飘得整个楼道都能闻到。

我问奶奶，白天去哪儿了，我怎么没看到她。奶奶却说她一整天都在家里，没有出门。晚上我躺在床上，回想今天发生的一切，兴奋得睡不着觉，那个"老骗子"这次没有骗我，原来人真的可以穿越时空！

半夜，我的病犯了，心口疼得厉害。我怕吵醒奶奶，让她担心，只能一直强忍着，不发出声音。白天发生在未来世界的一幕幕，在我的脑海中快速回闪，我逐渐意识到，穿越是要付出代价的，每去一次未来都会对我的身体造成不可逆转的损害。管他呢，反正我也活不长了，怎么开心怎么来吧！

12月17日，星期六，晴

今天是周六，按照陈医生的嘱咐，我去医院做了复查，他告诉我，我的病情在继续恶化。

除了大把大把的药和几句安慰的话，陈医生什么也给不了我。回到家以后，我还是忍不住，第二次弹起了《梦蝶》，去到未来的冬天。

虽然这个世界里，我一个人也不认识，但我很喜欢这里，因为没有人知道我生病，所有人都会把我当正常人看待，不像李老师，总是格外包容我，连冒充他签名也不生气。

我买了很多好吃的，可是没有朋友分享，只好去了西山公园喂流浪猫，这里的小猫浑身脏兮兮的，但各有各的可爱。

那只个头最大的黄猫，虎头虎脑的，我给它取名虎子。还有两只奶黄色的小猫，长得有些相似，或许是兄弟俩，我就叫它们布丁和奶酪。

不过我最喜欢的，还是一只灰色的小猫，它总是傻乎乎的，走路慢悠悠的，吃东西也抢不过别的猫，它很像动画片里那只总是抓不住老鼠的傻猫，我干脆叫它汤姆。汤姆，真是一个好听的名字。

我又玩了整整一天，直到傍晚才回来。

未来世界真有趣，不过有一点儿孤单，要是能找个朋友陪我一起玩就好了。

贪玩是要付出代价的，到了晚上，我又痛得死去活来。太痛了，那我以后就每周末去一次，喂了小猫就回来。

我们这儿是暮春，桃花已经谢了，再等一段时间，我还可以去未来看桃花。

这是小蝴蝶的第二篇日记，也是她第二次从过去来到现在。庄子昂所有的疑惑都解开了，难怪卖炸土豆的阿姨和公园里的环卫阿姨都说第一次见小蝴蝶是三个月前；难怪一到六点十分，小蝴蝶就必须坐车回家；难怪她总是无缘无故消失几天；难怪她从庄子昂那儿得知奶奶的消息会哭得那样声嘶力竭……一切的一切全部有了答案。

公交车上，庄子昂读着这些俏皮中带着温情的文字，默默哭泣。

小蝴蝶，到底是我梦见了你，还是你梦见了我?

从公交车上下来，庄子昂再次来到逍遥宫，找到老人。

他把笔记本递过去，说："我找到答案了。"

看完小蝴蝶的第一篇日记，老人也目瞪口呆："原来如此，原来如此……"他拿出《梦蝶》的曲谱，指着上面的文言文告诉庄子昂，书上面的意思与小蝴蝶的记录相差无几。

曲子可以让人穿梭时空，但也会对身体造成不可逆转的伤害。去到未来世界见不到原本认识的人，只能重新结交陌生人。天黑之前，也必须回到原来的世界，否则可能付出生命的代价。

"是我害了那个孩子，如果我不教她这首曲子，她说不定能多活一些日子。"老人喟叹。

"不，她很感谢你，让她有机会见识一个新世界。"庄子昂一脸悲戚。

小蝴蝶的字里行间透着温暖和欢喜，即使她忍受身体的折磨，也坚持每周去一次那个世界。

后面的十几篇日记，全是她穿越到未来的见闻，小蝴蝶用深情的文字书写着所剩无几的人生和对世界的热爱。

三个月后，小蝴蝶穿梭时间的日子有了新变化。这一篇日记，篇幅比前面的所有日记都长。

3月15日，星期三，晴

最近我的病情越来越糟糕，陈医生忧心忡忡地问我，有没有按时吃药，我当然不能告诉他，这是我做时间旅行者付出的代价。

上次带回来的桃花，我送了他一束，祝他有个好心情。陈医生接过花，还在嘀咕这个季节哪儿来的桃花。这个"地中海"发型的大叔，还挺有趣的。

现在不是周末，按道理说我不该去那边的，但学校有文艺表演，我把古筝背到了学校。表演结束后，我还是没有忍住，奏响了那独特的曲调。

那股神奇的力量把我送到了未来，但我没想到，这一次的经历比以往任何一次都要有趣。

我出现在学校篮球场西北角的银杏树下，刚到那儿就看见一个穿着花衬衫的男孩子，他哭得十分伤心，让人想要抱一抱他。

他说他叫庄子昂，是九班的学生，一副不太开心的样子。不知道为什么，我很想安慰他。

我带他去吃了炸土豆，他给我讲了他的故事，弄得我心里怪难受的，好可怜的孩子啊！

吃炸土豆的时候，他突然流鼻血，我偶尔也会流鼻血，所以止血很有经验，我按住了他的后脑勺。这样近距离地看他，我发现他长得还挺俊朗。

他是我的学弟，应该比我小一岁，但在这个奇妙的时空，我们应该一个年龄才对，所以不算姐弟吧？

我们又去吃了很多好吃的，还一起去钓了鱼，自然而然地成了朋友。跟他待在一起还挺有趣的，我想让他开心起来。

这一天的时间过得特别快，快到六点十分了，我必须回去了，如果可以，我真想一直陪着他。

从逍遥宫站下车，我去药店买了一管止血药，听大夫说，这个治疗流鼻血很管用。在回家的公交车上，我已经想好明天还要去找他，把药膏给他。

明天去了，周末就不去了，就让我任性一下吧！

果然，到了晚上，我的全身都开始疼了，陈医生给的止疼药再也起不了任何作用。那首曲子，我可能弹不了几次了。

那我再去见庄子昂几次，让他开心乐观起来，然后就再也不去那边了。如果以后不再见面了，他会不会想我？

庄子昂的名字，第一次出现在小蝴蝶的日记里。那一天，也是庄子昂被诊断出患有癌症的日子。命运让两个身患不治之症的少男少女跨越时空相遇了。

苏雨蝶想要庄子昂开心起来，违反了自己定下的规矩，她频繁利用《梦蝶》穿越。一开始，她只是把这个不快乐的男孩当作朋友，但她完全没有意识到自己会越陷越深。

3月16日，星期四，阴

我从来没试过连续两天穿越，但我给庄子昂买了止血药，必须送给他才行。

我来到九班的教室外面，很轻松地找到了他。我们一起去花坛边聊天，那个花坛真漂亮，开满了风信子、紫藤花和马蹄莲。

昨天分别的时候，我让他买个草莓蛋糕回家，跟家人改善一下关系。他告诉我，那个蛋糕效果很好，他们一家人特别开心。

唉，他说的谎漏洞百出，他真的好像一个大笨蛋。

对，就是大笨蛋！

为了安慰他，我们中午一起吃了小火锅，真是太美味了，和他一起吃东西特别开心，我的饭量都变大了。

他告诉我，他要从家里搬出来，去母亲那常住。

那里十分简陋，为了庆祝他搬家，趁大笨蛋在超市排队付钱的时候，我去旁边的花鸟市场买了一对红色的金鱼，希望能给他带来好运。

在我不能来的日子里，有这两条鱼陪着他，他应该不会那么孤单。

六点十分了，我就要坐十九路车回家了，他才跟我要电话。这个大笨蛋，问我要电话号码时脸颊红彤彤的，他是不是之前从来没跟女生要过联系方式？

他不知道我的手机号是打不通的，除非我过来这边。

今天，我没有玩太晚，等他上课以后就回来了，还顺便带了些青艾草回来，明天做青团给奶奶吃。

她一定想不到，我从哪儿弄来这么新鲜的艾草。

明天不去那边了，我发誓，明天真的不去了！

3月17日，星期五，晴

昨天夜里，我就提前准备好了糯米和青艾汁，一大早就起来蒸青团，看着一个个可爱的小团子，我好想带过去给那个大笨蛋尝尝。

昨天发的誓，可不可以不算数？

他昨天要了我的电话，会不会给我打电话或是发信息？我要是不回复，他会着急的。

摸着古筝弦，我想好了，就过去看一眼，要是他没有发信息，我就马上回来，一点儿都不留恋。

结果我看到了新信息，是他发的："你明早想吃什么？我给你带。"

我的手不听使唤，给他回了信息："我做了青团，你要不要吃？"

我想我一定是病重了，才会不管不顾地坐上十九路车，去见那个大笨蛋。

我们坐在五彩缤纷的花坛边，一起分享早餐，他还夸我做的青团好吃！

中午，我去食堂找大笨蛋，认识了他的朋友李黄轩，是一个有点儿呆呆的男孩子，不过也是很好的人啦！

下午，本来想早点儿回家，但我突然有种强烈的预感，觉得大笨蛋会不开心。于是我给他发了信息，约他一起玩。

我们去学校旁边的河边，对着河水大声喊，希望流水能带走所有的悲伤。

我叫他大笨蛋，他叫我小傻瓜。他是真的笨，但我明明不傻的。

他因为家里的事哭得好伤心，眼泪掉进了河水里。看到他难过，我也变得特别难过，掉了眼泪。很奇怪，我发病的时候明明那么痛，都能忍住不哭，却见不得他伤心，大概是因为我只能再见他两三次了吧。

我不敢告诉他真相，越来越害怕别离。

到了落日时分，我必须回家了，我一再告诫自己，不能再来这边，已经连续三天了，不该这么任性。

可是他约我明天一起放风筝！

公交车来的时候，我和他拉了钩，拉过钩是不许反悔的，所以我明天一定要来。

我像个小孩子，总是给自己找理由，找一个来见他的理由。

回到家，我就开始大把大把地吃药。那些药真的好苦，好难下咽，可是想到吃了这些药就能去见他，我就觉得也不是那么苦了。

我明明知道，这么任性下去，我会死得比陈医生预料的还快。可是，飞蛾就是要义无反顾地扑向火。

要是真有一天，能死在他的怀里，我也心甘情愿。

小蝴蝶三天的日记，让庄子昂心如刀绞。

原来小蝴蝶付出了这么多，甚至以牺牲健康为代价，只为哄他开心，陪他玩耍；原来他们的心中都藏着巨大的秘密，不敢告诉对方；原来他们这段奇妙的缘分，注定短暂而悲情。

"她真的跟你说，再也不弹《梦蝶》了吗？"庄子昂抱着一丝丝希望。

老人叹了一口气，将笔记本翻到最后那一页，指着上面的两行字说："这里就是终点，你认为她还会来吗？"

庄子昂眼中的光芒瞬间黯淡了。如果小蝴蝶还会出现，自己一定会向她解释清楚，可是，她不会再来了。

"反正她已经不在了，她是爱着你走的，还是恨着你走的，有什么分别吗？"老人一副冷漠的表情，实际上，他的内心也无比复杂。他把《梦蝶》教给小蝴蝶，让她在生命的尽头拥有一段凄美的感情，到底是做对了，还是做错了？

第二十一章
少女的心事

　　小蝴蝶将她与庄子昂相处的点点滴滴写在了日记本里，倾注了全部情感。可过于频繁地利用《梦蝶》穿越，加速损耗了她的身体。

　　3 月 21 日，星期二，晴

　　陈医生一再问我有没有听从医嘱，按时吃药。我不敢告诉他，我在做一件自寻死路的事。

　　从检查报告上看，我的病情正迅速恶化，已经到了不得不做手术的时候。可手术的成功率只有百分之六十，就算成功，也只是让我多活一两个月，我快见不到大笨蛋了！

　　今天是他月考的日子，前一天我向"老骗子"要了一根祈福的红绳，希望能带给他好运。大笨蛋，要是我回不来，这个就留给你作纪念了。

　　也许我只是他生命里的一个过客，只认识了短短一周，他以后可能都不会再想起我。

可是考完试以后，他对我说的话让我很感动，但我不敢正面回答，我没有时间，没有未来了。

说话的时候，我不敢看他的眼睛，怕看到他失望的眼神。我更不敢告诉他，我可能永远不会再回来。

希望我有足够的勇气，从容走上手术台。

希望我还能回来见你！

看到这儿，庄子昂想起那个时候小蝴蝶消失了整整一周。直到下个星期三，她才终于出现。其间，她给自己发了一条"我好想你!"的信息，说明小蝴蝶来过未来一次，但又很快就回去了。很难想象，刚做过手术的她是如何忍着痛苦过来的。

可是她来的时候，还是那么乐观、快乐，甚至还跟庄子昂一起去了南华村。

我好想你，是对彼此最真诚的告白。

可是相逢是那样的短暂，从南华村回来，因为一碗豆腐脑，他们不得不又一次离别。

4月2日，星期日，雨

今天我起得很早，用昨晚泡好的黄豆给大笨蛋做了豆腐脑。我想象着他吃东西的样子，一路上都很开心，哪怕淋着雨。

吃豆腐脑的时候，我从大笨蛋的口中知道了奶奶的消息。

穿越到未来，我见不到奶奶，也不知道她过得好不好。虽然我知道，我不在了奶奶一定会很伤心，但是我没有想到，她会过得那样凄凉。

我的心里满是愧疚。

冒着大雨，我在逍遥宫找了很久，却找不到一点儿奶奶的痕迹。我不是一个好孩子，一点儿也不孝顺，明明时日无多，却只顾自己贪玩，忽略了奶奶。

大笨蛋不知道我怎么了，为了来找我，他淋雨发烧了。摸着他滚烫的额头，我好想留下来照顾他。可手术后，我的身体已经无法支撑我频繁地穿越，而且我也不能再忽略奶奶了。

所以，大笨蛋，对不起，希望你不要怪我。

我让他等我！在我死之前，一定会再来见他一次，就算没有未来，我也想亲口告诉他，我喜欢他！

这是小蝴蝶写的最后一篇日记。

读着这些文字，感受着小蝴蝶的难两全，庄子昂心如刀割。

这一次，小蝴蝶消失了十二天，她最后一次出现应该是充满期待的吧？庄子昂想起自己说的那些绝情的话，做的那些混账事，悔恨不已。庄子昂终于认识到自己的做法是多么自私，多么自以为是。可是，已经晚了，一切都来不及了。

在老人的帮助下，庄子昂用五线谱将《梦蝶》的曲谱记下来，不管怎么样，他都想试一试。他想见小蝴蝶，哪怕只能见一面，对她说一句话。

老人想劝他，但看着他凄惶的样子，终究没说出口。毕竟眼前的少年也是将死之人，想做什么就去做吧，不要让他也留下遗憾。

庄子昂辞别了老人，离开逍遥宫，乘坐十九路车回到学校。

在车上，庄子昂将小蝴蝶的笔记反复看了几遍，但那带着泪痕的最后一页，他再也没有勇气翻开。

回到出租屋，庄子昂拿出竹笛，迫不及待地吹奏《梦蝶》，一遍又一遍，一直吹到嗓子沙哑，还是没有出现老人说的景象。或许只有小蝴蝶那样的音乐奇才，才能自由地穿越时空。庄子昂绝望地趴在桌上，默默地流着泪，一股剧烈的疼痛从腹部急速地席卷全身，那是病魔侵蚀身体的信号，他没有时间了！

人死以后会有灵魂吗？

如果有，他与小蝴蝶在黄泉下相见时，还能解释给她听；如果没有，那就成为永远的遗憾了。

日子一天天过去，时间逐渐抽走了庄子昂生命的力量。他每天都在吹奏《梦蝶》，吹到吐血，如同啼血的杜鹃，却依然是徒劳。他生命里的那道光，熄灭了！

"陈医生，那个送你桃花的病人叫什么名字？"庄子昂来到陈德修的办公室，开门见山道。

陈德修扶了扶眼镜，有些伤感地回答："苏雨蝶，她跟你确诊的是一种病。"

那是一个很漂亮很可爱的女孩，他对她的印象很深刻。可惜他穷尽一生所学，还是未能留住她。自她离开后，他也有了在办公室放花的习惯，希望能给病人带来快乐。

看过日记，庄子昂早已猜到，小蝴蝶就是陈德修说的那个病人。

一定是宿命，让他们产生了联系。

"你能给我讲讲她最后那段日子的事吗？"庄子昂请求道。

陈德修不知道庄子昂为什么这么关心另一个病人，也许他只是想通过别人的经历，给自己与病魔抗争的勇气。

"其实她本来可以多坚持一段时间的，但不知道为什么，她病情恶化的速度非常快。我给她做了手术，手术很成功，但她没能再多坚持一段时间。"虽然已经过去了很长时间，但是想起苏雨蝶，陈德修还是扼腕叹息，正当妙龄的少女，如桃花一样凋零，真是世间最悲伤的事。

庄子昂知道，小蝴蝶病情恶化是因为频繁使用《梦蝶》穿越时空。

"她最后是怎么走的？"庄子昂忍住不让泪水滑落。

"她倒在了家里的古筝边，被她奶奶发现以后，送到医院，却已经来不及了。"陈德修不忍再回忆，他一生见过太多病人，唯有苏雨蝶，让他的记忆无比深刻。

也许是这凉薄的世界不配拥有这么美好的女孩。

听到古筝，庄子昂的心又开始剧痛。小蝴蝶，难道在生命的最后一刻，你还想来见我一次吗？

"小庄，如果你们早点儿认识，应该会成为朋友的。"陈德修有些惋惜。同样是十八岁，同样有悲苦身世，两个人都身患绝症，如果有另一个世界，再让他们做朋友吧！

从医院回来，庄子昂把自己关在房间里，一遍又一遍地练习《梦蝶》，竹笛不行，就换成箫、埙，换成琴，但没有成功过一次。

他既无法回到过去，也无法前往未来。小蝴蝶，好像只是他做的一场梦。

李黄轩和林慕诗很担心庄子昂，每天都会打电话过来，他们也想过来看望庄子昂，但都被庄子昂拒绝了。除了小蝴蝶，他现在谁也不想见。

到了周末，林慕诗实在担心，抱着那个鱼缸来到出租屋："庄子昂，你能不能告诉我，到底发生了什么？"

几天不见，庄子昂变得格外憔悴，他双眼通红，下巴上长出一圈胡茬，他努力挤出一丝笑容，说："慕诗，陪我去河边坐一会儿吧！"

天气还算不错，阳光透过云层照耀着草地。空气中，一如既往飘散着泥土的清香。

坐在河边，静听流水，心境却不同以往，那只断线的风筝，已不知飞向何方。庄子昂带上了那本《梦蝶笔记》，递给林慕诗："你看了这个，就全部明白了。"

林慕诗一页一页地看下去，表情也从一开始的惊讶，渐渐变为悲痛伤情。在医院的时候，她从庄子昂口中听过他们相识的经历，如今又看到了小蝴蝶的记述。原来这是两个身患绝症的人，一场跨越时空的相互救赎。

想起小蝴蝶最后离开时那绝望至极的眼神，林慕诗更是悔恨交加，不知不觉间，她成了伤害小蝴蝶的"帮凶"。

"怎么会这样？庄子昂，我不是故意的。"林慕诗泪落如雨。

"不怪你，都是我的错，我应该早些发现的。"庄子昂同样痛悔不已。

事到如今，斯人已逝，再痛苦悔恨又能挽回什么呢？

庄子昂将两条金鱼从鱼缸里捧出来，轻轻地放进河水中。离开这个狭小的鱼缸，来到一条广阔的河流中，它们应该很快就会遗忘彼此吧。

庄子昂看着两条金鱼朝两个方向游去，默然不语。也许互相遗忘，互不亏欠，才是美好。

"慕诗，你回去吧，我再坐一会儿。"金鱼渐渐消失在河流中，庄子昂想一个人待一会儿。

"庄子昂，答应我，要好好照顾自己。"林慕诗含着眼泪离开。她知道庄子昂只想自己静静地思念小蝴蝶，不想被打扰。

下周就是物理竞赛的日子了，邓海军约庄子昂在图书馆见面，想做最后的冲刺。

"海军，原来这世上真有时空旅行。"庄子昂一见到邓海军就说。

"科学依据呢？"邓海军保持着一贯的严谨。

"科学已知的事那么少，很多事是解释不清的。"庄子昂没有科学依据，这是他亲身经历的。他知道邓海军不信，就把逍遥宫和老人的事讲给他听。

邓海军并不相信，只是笑着应付，在他看来，庄子昂一定是太久没去上课，满嘴胡话。

邓海军刷题的时候，庄子昂从书架上找出那本《难经》，是小蝴蝶看过的那本。看着里面的内容，庄子昂才明白，那时的小蝴蝶或许是想了解一下自己的病情，可惜书中没有答案。

到快要闭馆的时候，庄子昂才跟邓海军说："海军，我患了不太好的病，可能以后咱们见不到了。"

"什么意思？"正在收拾书包的邓海军手一抖，忍不住心惊。他抬头盯着庄子昂，努力想从庄子昂的表情中找到开玩笑的痕迹。

庄子昂不想让气氛太悲伤，玩笑般地说："应该还剩不到一个月，我就会去见牛顿、爱因斯坦了。我去告诉他们，人可以穿越时空。"

邓海军的眼眶瞬间红了，说："怎么会这样？你还这么年轻！"

"万般皆是命，半点儿不由人，我也是没办法。"庄子昂故作轻松地说，"你还记得在花坛边看到的那个女孩吗？我很想她。你应该为我高兴，这次我就要见到她了。"顿了一会儿，继续说，"你也别难过，等你以后找到穿越时空的办法，咱们就见面了！加油，别忘记自己的梦想，当一个科学家！"

听着庄子昂的话，邓海军的眼泪簌簌落下。

庄子昂拍拍他的肩膀，走了出去。他还以为这家伙没有感情，不会哭呢！

病痛一天天折磨着庄子昂的身体，他几乎不再上课，绝大多数时间都静静地待在出租屋里练习《梦蝶》。偶尔，他也会去学校的花坛边或银杏树下，默默地思念着小蝴蝶。

林慕诗和李黄轩只能眼睁睁看着庄子昂走向死亡，却毫无办法。

又一个星期过去，星期三，庄子昂没来学校。

林慕诗总是不自觉地回头，身后空荡荡的座位让她心慌，她很害怕突然收到噩耗。

下午第二节课下课，林慕诗从卫生间出来，她习惯性地往开满风信子的花坛望去，蓦然发现那里有一个穿着白衬衫、蓝裙子的身影。她微微一愣，反应过来后，立即向楼下狂奔。她的步子迈得太大，两次险些摔倒。然而当她来到花坛边，那里却空无一人。是自己的幻觉吗？她眼含泪水，放声大喊：

"小蝴蝶，是你吗？"

"你快点儿出来，我们上次是骗你的。"

"庄子昂喜欢的人一直是你呀！"

"他没有时间了，求求你快点儿出来，见他最后一面吧！"

……

她喊了半天，却无人回应。

林慕诗崩溃地大哭，为庄子昂和小蝴蝶痛惜。哭着哭着，她的眼前出现了一双雪白的帆布鞋，视线上移，是雪藕般的小腿和海水般的裙裾。

苏雨蝶站在林慕诗面前，她的脸颊苍白如纸，嘴唇没有一丝血色，漂亮的杏仁眼也失去了往日的神采，病痛也在蚕食着她的身体。

"小蝴蝶，真的是你？你终于还是来了。"林慕诗悲喜交加。虽然她知道眼前的女孩并不属于这个世界，但她一点儿也不会恐惧。

苏雨蝶的眼中蓄满了泪水，一开口，便是让人心疼的哭腔："我只想再看他一眼，最后一眼就好。以后，我永远不会再来打扰他。请你好好照顾他，要让他天天开心。"哪怕她被庄子昂伤了心，却依然喜欢他。他说了那么无情的话，她还是控制不了自己。临终前，她忍不住想看他最后一眼，哪怕不说话，只偷偷看一眼。

林慕诗拉着苏雨蝶的手，泣不成声："他上次跟你说那些话是有不得已的苦衷，他心里的人一直是你。"

"什么？"苏雨蝶露出迷惘的表情。

"他没有时间了，只希望你忘记她过好余生，但那时候他不知道，原来你是……"林慕诗哽咽着，无法言语。

两人的命运竟都如此悲惨。

林慕诗回到教室，找出庄子昂的检查报告。这是她上次在庄子昂的衣柜发现的，一直放在书包里。

当苏雨蝶看到这份检查报告时，震惊得无以复加："怎么会这样？怎么会这样？原来他跟我一样，没有时间了。大笨蛋，你真的是大笨蛋……"

苏雨蝶虚弱的身体几乎无法再支撑她站立，林慕诗只好扶着她到花坛边坐下。之前还因一个男生产生矛盾的两个女生，在此刻又因同一个男生泣不成声。

"他在哪里？"苏雨蝶的声音颤抖。

"在出租屋里。自从他知道了真相，就费尽一切心思想找到见你的办法。"林慕诗说。

"你们知道了？"苏雨蝶有些惊慌。

"嗯，他去见了你奶奶，看过你的日记。"林慕诗抱着苏雨蝶，轻声说。

苏雨蝶立即挣扎起身，要去见庄子昂，林慕诗担心她的身体，想送她过去，但她拒绝了，她只想自己去见庄子昂。

见苏雨蝶坚持，林慕诗只好作罢。看着小蝴蝶摇摇晃晃的身影消失在学校门口，她突然想明白了一件事，小蝴蝶的日记停在了上次与庄子昂见面后，最后一页还写着"我恨你一辈子"的话。当时他们都以为，上次就是小蝴蝶最后一次穿越。现在她又出现了，但再也没有写日记，那唯一的解释就是小蝴蝶没有时间再写日记。这一次穿越距离她生命的终结无限接近，也就是说，当她再次回到自己的世界，就永远不会醒来！

庄子昂和小蝴蝶能相处的时间只剩几个小时了！想到这一点，林慕诗哭得肝肠寸断。老天爷为何要如此残忍？

庄子昂把自己关在房间里，窗帘拉得严严实实，他不想知道外面是白天还是黑夜，也不想去计算自己还剩几天好活。

一阵轻轻的敲门声打破了死寂。

"谁呀？"庄子昂有气无力，喊了一声。来人多半是林慕诗和李黄轩，或者是房东刘奶奶。

"是我，大笨蛋。"

门外的回应声让庄子昂一下从床上坐起来，他难以置信地盯着那扇门。是幻觉吗？还是在梦里？庄子昂不敢相信小蝴蝶还会再出现。

庄子昂慌忙从床上起来，被子掉在地上也不管，跌跌撞撞地跑向玄关，用颤抖的手摸上门把手，拧了好几下才把门打开，那个他朝思暮想的女孩出现在了门口。

两人四目相对，无语凝噎。

"小蝴蝶！"

"大笨蛋！"

苏雨蝶扑进庄子昂的怀里，两人紧紧相拥，大颗大颗的眼泪坠落在彼此的肩上，怀中温热的身躯是那样真实。

庄子昂痛哭着解释："小蝴蝶，对不起，我上次跟你说的那些话……"

苏雨蝶打断他："你别说了，我知道，我都知道了。"

拥抱许久，两人才分开。

庄子昂伸出手，抚上小蝴蝶的脸颊，说："你怎么瘦成这样了？"

小蝴蝶啜泣道："大笨蛋，你也是，你为什么不早点儿告诉我？"

"因为我喜欢你。"庄子昂终于有机会当面对小蝴蝶说出这句话。

"我也是。"苏雨蝶毫不犹豫地回答。

看着面前活生生的小蝴蝶，庄子昂很感激上天，让他有机会向小蝴蝶解释清楚误会。哪怕他们这一次的相见会非常短暂，就像天空瞬间绽放的烟火，但那一刹那的美丽足以让人铭记一生。

"大笨蛋，这是我最后一次来见你了。"苏雨蝶将脸颊贴在庄子昂胸前，听着他的心跳。

庄子昂闻言，紧紧地握着她的手，片刻不肯松开，仿佛只要他一松开手，她就会立马消失，永远不再出现。

苏雨蝶仰起头，泪眼蒙眬，道："我们再去一次南华村，好不好？"

庄子昂悲怆道："小蝴蝶，你现在不能奔波，南华村太远了，而且我这个样子，爷爷奶奶见了会伤心的。"

"可是我想看一次爷爷打铁花。"苏雨蝶说出最后的心愿。

"你不是天黑之前必须回去吗？"庄子昂的心底生出恐慌。

"我今天不回去了，一直陪着你。"苏雨蝶坚定地说。

"不，你必须回去，六点十分我送你去坐公交车。"庄子昂泪如泉涌。他知道小蝴蝶不回去意味着什么，《梦蝶》曲谱上的文言文记载，天黑之前不回到原来的世界，会付出生命的代价。小蝴蝶愿意赴死陪他看一场刹那的烟火。

"大笨蛋，我没有时间了，让我在生命的最后一刻记住这世界最美的样子，好不好？"泪水滑过小蝴蝶苍白的脸颊，显得凄美动人。

庄子昂的内心无比矛盾，如果他点头，就等于亲手送小蝴蝶离开；如果他狠心拒绝，又会让小蝴蝶带着遗憾离开。

"就算我在天黑之前回去，以后也没办法再来见你。大笨蛋，这真的是我们最后一次见面了。在这个世界里，我已经死了，你成全我吧！"苏雨蝶苦苦哀求。

庄子昂咬着牙，哽咽着说不出话，他的心痛到犹如千刀万剐。

"好，我们马上出发！"挣扎良久，庄子昂终于狠下心，答应了小蝴蝶的请求。

他们相处的时间，仅剩最后几个小时。

快天黑了，他们没时间慢悠悠地坐公交车，庄子昂叫了辆出租车，直奔南华村。路上，庄子昂给庄建国打电话，说想回去看他打铁花，让他提前准备一下。庄建国接到电话，听说小蝴蝶要来，特别开心，满口应承，却怎么也不会想到，巨大的悲痛正悄然临近。

两人到达南华村时，已是日薄西山，夕阳最后一抹余晖照耀着满山盛开的杜鹃花，鲜红得刺目，像是杜鹃啼血。

庄建国找了几个村民，在一片空地上用新鲜的柳枝搭建了一个六米高的双层花棚，中间竖着一根高高的旗杆。这是打铁花必备的东西，庄建国弄得很仔细。

庄建国一看到庄子昂和苏雨蝶，脸上的笑容消失了："子昂，小蝴蝶，你们的脸色怎么都这么差？"

庄子昂不敢说出真相，只好找了一个借口："城里最近闹流感。"

庄建国担忧道："你们要好好照顾自己，不要让我担心。"

庄子昂强忍着泪水，别过头去，不让爷爷看到他难过的样子。

夜幕渐渐降临，村里人听说庄建国要表演打铁花，都早早围过来观看。

庄子昂和苏雨蝶坐在柳树堆上，相互依偎，他们相处的每一秒都格外珍贵。

熊熊燃烧的红色炉火将铁水加热至 1600 摄氏度的高温，哪怕是坐在远处，都感到热浪袭来。

打铁花，在千年前是由铁匠跟道士一起完成的，是向上天祈求国泰民安，五谷丰登的。

今天虽然没有道士，但在正式开始之前，庄建国还是恭恭敬敬地焚香、奏乐。仪式结束后，要开始打铁花了，所有人的目光都聚集在庄建国身上，他们屏住呼吸，满怀期待。

庄建国用新鲜的柳木盛着火红的铁水，奋力一击，1600 摄氏度的铁水被外力送上柳枝花棚。刹那间，铁花四溅，十几米高的金色火花在夜空中绽放，犹如一场流星雨，四周顿时亮如白昼，强大的视觉冲击震撼了每一个现场观看者。

这一刹那，火树银花映照在苏雨蝶的双眸里，她一脸激动，抓紧庄子昂的手，赞叹道："好美呀！"

庄子昂借着火光，看着她精致无瑕的侧脸，泪水再度滑落，她真的好美，可惜她也像这漫天华彩一样，稍纵即逝。

庄建国再次盛上铁水，击向高空，漫天的金雪簌簌坠落，美得如同人间仙境，而不属于人间的仙子也终将归去。

"大笨蛋，谢谢你！能看到这么美的景象，我就没有遗憾了。"苏雨蝶凑在庄子昂耳畔说。

"小蝴蝶，天已经完全黑了，你是不是回不去了？"庄子昂悲痛欲绝。

"我有点儿累了，你让我靠一下。"小蝴蝶蝶倚在庄子昂怀里，不错眼地欣赏着庄建国的表演。那漫天的华彩，一次又一次在夜空中盛放，也映在小蝴蝶清澈的眼眸中。

这个世界原来这么美。

铁水渐渐耗尽，表演接近尾声。在无人注意的角落，苏雨蝶抚上了庄子昂的脸颊，说："大笨蛋，如果这就是我们的命运，那你别伤心，我会在另一个世界等你。"

庄子昂抓住小蝴蝶的手："不要走，你不要走……"除了"不要走"，庄子昂已经说不出其他话来。

表演结束了，庄建国点亮几盏灯，却发现角落里只有庄子昂一个人。

庄建国惊讶地问："子昂，小蝴蝶呢？"

"她走了！"庄子昂声嘶力竭道，他知道，在一年前的那个世界，小蝴蝶已经倒在了古筝边，永远不会再醒来。

庄子昂在南华村住了一晚，次日清晨，他含泪辞别两位老人。

林素珍依旧絮絮叨叨，叮嘱着孙儿："你要按时吃饭，注意营养。"

"天气还有些凉，你别穿那么单薄。"

"你记得放暑假的时候，再把小蝴蝶带回来……"

庄子昂只能默默点头，他无法开口说出真相，小蝴蝶永远不会再来了，而他也没办法再回来了。

庄建国把庄子昂送到村口，站在那里和他一起等公交车。

"爷爷，打铁花这项艺术，您一定得找人传承下去。"庄子昂看着爷爷手上的烫伤，心疼不已。

庄建国摇头叹息，说："现在的年轻人，不愿意学它了，又危险又不挣钱。"

庄子昂的眼神坚定，说："一定有人愿意学的，这个世上总会有人愿意追寻美好的东西。"

"那等你放暑假回来，我教你。"庄建国打趣道。

"好，等我回来就跟您学。爷爷，您一定要保重身体，以后无论发生什么事，都不要太伤心。"庄子昂顺着庄建国的话说。

"不会，我老头子这把岁数，什么事都看开了，没什么东西能让我伤心。"庄建国哈哈大笑，他完全不知道庄子昂话里的深意。

公交车缓缓驶来，最后的分别时刻到了，庄子昂踏上车，不断地向庄建国挥手。

庄建国也不停地挥手，喊道："子昂，早点儿回来。"

车辆启动，庄建国的身影越来越远，庄子昂的眼泪再也控制不住，如河水般流淌，整个人被巨大的悲痛包裹。

人世间最大的悲痛，莫过于白发人送黑发人。

回到城里，庄子昂不再吃药，任凭病痛折磨。小蝴蝶已经不在了，他只想早点儿结束这一切，去见小蝴蝶。

时间一天天过去，庄子昂也已病入膏肓，药石无灵。他拖着病体，再一次踏入逍遥宫，来到解签的偏殿。

纵然老人再放荡不羁，见了庄子昂这副病容，依然心生怜惜："唉，你这病还真的跟她一样。"

庄子昂露出一丝笑容，说："她又来见了我一次，没有让她带着误会和遗憾离开，已经是上天对我最大的恩赐了。"

"那首曲子，你学会了吗？"老人问。

"学不会，我见不到她了。"庄子昂摇头。

"没事的，你要是真的回到过去，重新与她相识，依然是重蹈覆辙，难脱苦海。"老人劝慰道。依据《梦蝶》古谱的描述，即使庄子昂回到一年前，小蝴蝶也不会认识他。

只要他们在一年前相见，一年后的事便不会再发生。就算他们能重新相识，小蝴蝶的病情也给不了他们太多相处的时间，最终庄子昂还是只能看着小蝴蝶离开。庄子昂只能在悲伤和思念中熬过一年，然后迎来自己人生的终点，那么，这一年对庄子昂来说将是巨大的折磨和煎熬。

"我现在只剩最后一个心愿，你能不能带我去她的墓地看看？"庄子昂请求道。

一个将死之人提出这样平凡的请求，老人没有拒绝，带着庄子昂去了秋水镇。

苏雨蝶的墓在镇子南面的山坡上，沿着崎岖的小路上山，庄子昂惊讶地发现，这里竟然也开着漫山遍野的杜鹃花。

"庄生晓梦迷蝴蝶，望帝春心托杜鹃。"火红的杜鹃花朵，像血染的一般。

丛林掩映间，一方墓地出现在眼前。墓地有些荒凉，因为小蝴蝶没有其他的亲人了，只有苏奶奶会来看一看她，挥泪一场。

虽然知道小蝴蝶已经离开，也知道这就是她的长眠之地，但看到墓碑上"苏雨蝶"三个字和那张黑白照片，庄子昂的心还是如针扎般疼。

明明前几天的夜里，他们才一起看了打铁花，可在现在这个世界里，她已离开一年了。

墓地周围长满了杂草，庄子昂随意地坐在地上，抚摸着墓碑上的照片，仿佛那上面还带着她的体温。

老人长叹一声，拍了拍他的肩膀，说："生死本有命，气形变化中，天地如巨室，歌哭作大通。"

庄子昂知道这是《庄子》里的典故"鼓盆而歌"。

人的生死，如春夏秋冬四季运行，不可违背更改。但他毕竟不是古圣先贤，没有那么豁达的生死观，面对死亡，他依旧心痛如刀绞。

"让我单独陪她说说话吧！"

老人默然点头，转身走远。

庄子昂反复抚摸着"苏雨蝶"三个字，将那一笔一画全部刻在了心里。他看了良久，拿出竹笛开始吹奏《梦蝶》。

"来唆唆西哆西拉，唆拉西西西西拉西拉唆……"

悠扬的笛声漫过山野，回转在杜鹃花之间，激起阵阵蝶舞。

老人靠在远处的树干上，听见笛声，也忍不住落泪。

不知过了多久，笛声停了，却不见庄子昂下山。老人沿着山路回到苏雨蝶的墓地，却发现那里空无一人，地上静静地躺着一支竹笛，上面还带着斑斑血迹。

老人大惊失色，放声呼喊，无人回应。

他不知道，庄子昂到底是悄然寻了短见，还是成功回到了一年前。无论是哪个，都让人悲痛万分。

几天后，邓海军带李黄轩和林慕诗找到了老人，向他打听庄子昂的消息，老人只能如实相告，并将他们带到了苏雨蝶的墓地。

望着花丛中追逐嬉戏的一对蝴蝶，林慕诗悲痛道："他们会不会像梁山伯和祝英台那样，化作了一对蝴蝶？"

李黄轩流着泪说："我第一次见小蝴蝶，她就跟我说过庄周的话，'蝴蝶是我，我就是蝴蝶'。或许，她真的化成了蝴蝶。"

邓海军在物理竞赛中获得了金奖，在此之前，他一直以为时空旅行是一种浪漫的假想，如今也是感慨万千："你们别太伤心了，等我以后实现了时空旅行，带你们回去找庄子昂。"

三人哭泣一场，忽又觉得这是一种解脱。

或许对他们来说，这已是最好的结局。

在另一个未知的世界，或许他们能相守一生。

庄子昂和小蝴蝶都已不在，故事便落下了帷幕。

一年前，小蝴蝶梦见了庄子昂。

一年后，庄子昂梦见了小蝴蝶。

到底是庄周梦蝶，还是蝶梦庄周？

千年以来，依然无人知晓。

（正文完）

番外一
去冬天看雪

　　"苏雨蝶，你要听话，按时吃药，保持乐观心态，不到最后一刻，千万不要放弃！"陈德修医生的话盘旋在她耳边。

　　苏雨蝶在校园里漫无目的地走动，阳光从云层洒下来，透过层层叠叠的银杏树叶，在女孩身上留下斑驳的光影。她穿着一尘不染的帆布鞋，踩在红色的地砖上，步伐轻盈，宛如坠落人间的天使。

　　从医院回来，苏雨蝶没有回东校区上课，而是来到了西校区。陈医生说，她剩下的时间不多了。在所剩不多的时间里，她想再去曾经学习和生活过的地方看看。

　　现在这里是低一届的学弟学妹学习的地方，他们的生命如初升的太阳，充满生机，光芒万丈。

　　刚刚打过了上课铃，校园里变得十分静谧。

　　苏雨蝶来到教学楼前，随意地在台阶上坐下，安静地晒太阳，她望着银杏树叶被风吹落，在半空中如蝴蝶纷飞。

　　身后的教室里，不知道哪个班级在上语文课。

张志远站在讲台上，清了清嗓子："昨天我让你们预习古诗，现在找同学起来朗诵一遍。"

学生都害怕老师点名回答问题，一听张志远的话，都自觉地低下头，生怕与老师有任何眼神接触，然后被叫起来。

"没人主动举手吗？"张志远有些失望，"那我随便抽一个，李黄轩，就你了。"

李黄轩捂着脑袋站了起来，他压低声音说道："庄子昂，江湖救急，我昨晚忙着打游戏，忘记预习了。"

庄子昂忍着笑，用手指了指今天要学的课文：李商隐的《锦瑟》。

李黄轩快速翻到那一页，硬着头皮，结结巴巴地读起来："锦琴……锦琴无端……"

同学们发出一阵哄笑。

窗外台阶上的少女也露出笑容。

"那个字念'瑟'，"张志远板着脸纠正，随即一挥手，"算了，你坐下吧，庄子昂，你来给我们读一下。"

安静了一会儿，苏雨蝶听见教室里传来一道好听的男声："锦瑟无端五十弦，一弦一柱思华年，庄生晓梦迷蝴蝶，望帝春心托杜鹃……"

苏雨蝶边听边点头，这应该是一个学习成绩很好的男生，读得这么抑扬顿挫，显然提前做了功课。不知不觉，她也小声跟着背诵："沧海月明珠有泪，蓝田日暖玉生烟。此情可待成追忆，只是当时已惘然。"

教室内外，一人站着，一人坐着，完成了一次诗朗诵合作。

这首诗可真美呀！

庄子昂坐下后，不知为何，盯着那个"蝶"字出神。汉字有一种神奇的力量，任何平常的字只要盯得久了，就会变得不认识。盯着，盯着，这些偏旁部首好像真的变成几只蝴蝶，从纸上飞了起来。作为年级第一的好学生，庄子昂上课很少分心，但这一次，他连张老师在讲什么也没听清。

李黄轩轻轻地推了庄子昂一把，说："庄子昂，你说李商隐到底写的是什么意思？"

庄子昂忽然心念一动，拿起纸笔，行云流水写下一首小诗：

"孤蝶小徘徊，翩翾粉翅开。

并应伤皎洁，频近雪中来。"

李黄轩看得一头雾水，问道："这又是什么？我看不懂啊。"

庄子昂回答："这也是李商隐的诗，《蝶》。"

李黄轩白他一眼："我就讨厌你们这些优等生，懂得太多了，显得我不学无术。"

说话间，他看到张志远朝这边走过来，连忙将纸揉成一团扔出了窗外。纸团不偏不倚，落在了坐在台阶上的少女身边。

苏雨蝶捡起纸团，摊开，她发现纸上的字迹俊秀飘逸，"字如其人"，写字的人应该也很好看。她小声地将这首五言绝句读了一遍，突然像有心灵感应一般，跨越千年，与诗人实现了一次情感共鸣。

身患绝症，命不久矣，恰如这只孤独振翅的蝴蝶。

"并应伤皎洁，频近雪中来。"

苏雨蝶忽然有种想去冬天看一次雪的强烈渴望。可是，陈医生已经说过，她撑不到冬天了。

下课后，庄子昂和李黄轩从教室出来。

"你把我那个纸团扔哪儿了？"庄子昂到处看了看，没有看到自己的那张纸。

"一张纸而已，你那么在乎？"李黄轩大大咧咧道。

"你难道不知道不要乱扔东西吗？"庄子昂找不到写有古诗的纸团，有些生气。

"我赔你一张纸，你再写一遍。"李黄轩勾住庄子昂的脖子，笑嘻嘻道。

庄子昂望着空荡荡的台阶，心中没来由涌起一股悲伤。一只蝴蝶不知从何处飞来，振动着翅膀，盘旋了两圈，落在他的肩头。过了一会儿，那只蝴蝶又翩然飞走，不知所踪。

它像是从梦里来，又回到梦里去。

番外二
十二日伤

"来唆唆西哆西拉，唆拉西西西西拉西拉唆……"

午后的阳光透过窗户洒在女孩的白衬衫上，修长白皙的指尖灵动地在古筝弦上起舞。

苏雨蝶正在弹的这首曲子叫《雨蝶》，是一首比她年龄还大的老歌。或许是因为歌曲的名字和自己的名字有些相似，苏雨蝶对这首曲子情有独钟，弹奏得分外娴熟。

弹着弹着，曲子戛然而止，鲜血从女孩的鼻腔坠落，染红了筝弦。

苏雨蝶立即拿起一旁的纸巾，紧紧地堵住鼻孔，然后手忙脚乱地清理血迹，要是奶奶看到这些，一定会伤心难过的。

在她没注意到的另一间房间里，苏奶奶透过门缝看到苏雨蝶奔涌的鼻血，眼泪从她的眼角滑落，她拼了命地不让自己哭出声。

小蝴蝶的病情越来越严重了，过不了多久，就只剩她这个老太婆守着这座冷冰冰的房子。那架古筝，再也不会有人弹了。

过了许久，苏奶奶才恍若无事发生般，缓缓地推开房门，微笑地问："小蝴蝶，怎么不弹了？"

苏雨蝶抬起头，哪怕鼻腔里还充斥着血腥味，她也装作无事般笑道："我累了，不想弹了。"

苏奶奶挨着孙女坐下，说："你有多久没出门了？"

"十二天。"苏雨蝶脱口而出，根本不用刻意去记，她就清楚地知道自己与庄子昂分别了多久。苏雨蝶几乎无时无刻不在怀念他们共度的时光，也正因为心里想着一个不可能的人，她的曲子才会弹得如此哀婉动人。

"你要是想他，就再去见见吧！"苏奶奶怜爱地摸了摸苏雨蝶的头。

"不！"苏雨蝶摇头道，"奶奶，我不想他，我就在家里陪你。"

苏奶奶叹了一口气，说："我都没说他是谁。"

苏雨蝶一怔，眼圈倏地红了。

苏奶奶一把将她揽入怀中，心痛得无以复加。她才十八岁，花儿一般绚烂的年纪，还没来得及体会人生，品尝爱情的滋味，就要匆匆与这个世界告别。

苏雨蝶靠在苏奶奶怀里，低声道："奶奶，你陪我去采点儿艾草吧。我再去见他最后一次，好好地道个别，然后我就回来一直陪着你，直到最后……"说到后面，她哽咽得说不出话。

苏雨蝶记得奶奶说过，她年轻的时候曾给一个小伙做过青团，后来那个小伙就成了她的爷爷。

虽然她没有机会与大笨蛋长相厮守，但还是想在最后的时刻真真切切地向他表达自己的心意。

这个世界已经过了艾草最嫩的季节，苏雨蝶和奶奶在山坡上找了许久，才勉强采了一小把。

山上开着火红的杜鹃花，像血染的一般。

苏雨蝶指着一处空地，说："奶奶，以后把我葬在这里吧。我喜欢这里的杜鹃花，跟另一个地方的很像。"

苏奶奶克制了许久的情绪再也压抑不住，眼泪夺眶而出，她说不出话来，只能连连点头。

第二天，苏雨蝶早早起床，蹑手蹑脚地来到厨房。

青团是一种既好看又好吃的点心，原材料非常简单，做起来也不算复杂。

苏雨蝶麻利地将艾草焯水捣碎，隔着纱布将汁水过滤出来，再一点儿一点儿地倒入糯米粉里，将糯米粉染成青翠欲滴的颜色，然后又将和好的糯米团分成小剂子，放入馅料，团成圆球，最后上锅蒸二十分钟，出锅时刷点儿芝麻油，便大功告成。

苏雨蝶在厨房里忙得热火朝天，根本没注意到苏奶奶已经起床了。直到听到苏奶奶笑着说："好香呀！我的孙女手真巧。"苏雨蝶才抬起头，笑着说："都是奶奶您教得好，您做的青团比外面卖的还好呢！"

苏奶奶赞同地点点头，随口说道："没错，我以后要是没钱了，就做青团拿出去卖，还可以卖豆腐脑和烤红薯……"

苏雨蝶的笑容僵在了脸上，庄子昂说过，他在逍遥宫的山门外遇见一个面容枯槁的老人在卖小吃。她很难将那样憔悴沧桑的老人与眼前的奶奶联系起来，一年后的奶奶的确变成了那样，她的眼泪再一次如江河决堤。

苏奶奶不再说话，进了屋里。

没一会儿，客厅里的古筝响起一阵独特的曲调，小蝴蝶走了。

房间里一片死寂，苏奶奶长叹几声，来到客厅坐下，像尊雕像一般，一动不动。用不了多久，自己每天的日子都会像今天这样，安静的，死寂的。这个家，将会像冬夜一样冰冷……

这一次苏雨蝶回来得很早，她还没进门，苏奶奶就听到她伤心至极的哭声。苏奶奶连忙打开门，看到她的双眼已经肿得不成样子了，泪水却还是源源不断掉落。

"怎么了？你见到他了吗？"苏奶奶心疼不已。

"奶奶，我哪儿也不去了，谁也不见了……"苏雨蝶扑进奶奶怀中，泣不成声。

听着她悲痛欲绝的哭声，苏奶奶感觉自己的心都要碎了。可除了一遍又一遍安慰的话，她也没有任何办法。

苏雨蝶哭到几近晕厥，上一次她像这样绝望，还是父母离开的时候，可那时候她还小，对悲伤的感受远不及今天深刻，就像自己的灵魂被人从身体里抽走。对这次见面，她怀着满心的期待，强忍着病痛的折磨，再次跨越了时空，可迎接她的却是一记晴天霹雳。整整十二天的日思夜想，换来的是他的冷酷绝情。

晚上，苏雨蝶想着庄子昂的绝情，在《梦蝶笔记》上写下白天说过的那句话：大笨蛋，我恨你一辈子，我永远不想再见到你！眼泪浸湿了纸张。

番外三

从再见到再也不见

"穿梭时空的画面的钟，从反方向开始移动，回到当初爱你的时空，停格内容不忠……"

伴随着闹钟响起，庄子昂睁开双眼，茫然地望着四周。

这是他的卧室，这首歌也是他去年设的闹铃，后来才换成了别的。

一年后的记忆，和眼前的画面交织重叠，在脑海中不断回闪，庄子昂愣了足足三分钟。

那首《梦蝶》将他送了回来，回到了他十七岁时。

他推开门，那一家三口已经坐在餐桌边吃早饭，一如既往，根本没人搭理他，他冲上前去，狠狠一巴掌打在庄宇航的脸上。

庄宇航捂着脸，怒气冲冲道："废物，你发什么神经？无缘无故的，你敢打我？"

庄子昂看也不想看他，说："打你还要什么理由？我看着你就来气！"

庄文昭和秦淑兰对视一眼，觉得莫名其妙，一向逆来顺受的庄子昂今天是怎么了？

不等他们反应过来，庄子昂抓起书包，潇洒出门，只留庄宇航在地上撒泼打滚。

迎着朝阳，庄子昂一路狂奔，他已迫不及待要去见一见一年前的小蝴蝶了，尽管她不会认识自己。

"喂，庄子昂，你跑那么快干吗？"刚到校门口，熟悉的人从后面喊住了他。

庄子昂回过头，只见李黄轩正大口啃着煎饼果子。和一年后比起来，他的个头矮了一些，发型也不一样。不变的是，他依旧没心没肺。

庄子昂眼眶一红，紧紧地抱住李黄轩："能再见到你，真好！"

李黄轩有些不好意思，用力推开庄子昂："你怎么了？两个大男人当街搂搂抱抱，要是让人误会了怎么办？"

庄子昂顺势松开他，离的远了一点儿："你帮我跟老张请个假，我今天不去上课了。"

"好端端的请什么假？我用什么理由？"李黄轩问道。

"就说我大姨妈来了。"庄子昂一分钟也不想耽误，边说边跑远了。

李黄轩啃着煎饼果子，一脸无语。

庄子昂一路小跑，沿着那道阶梯来到东校区。

高年级的学生已经开始早读了。庄子昂安静地爬上五楼，在五楼的尽头，他终于第一次看到了二十三班的班牌，讲台上看学生早读的老师正是文质彬彬的李俊楠。他站在窗外，仔细地搜寻了一圈，却没有找到那个日思夜想的身影。

他拼命克制激动的心情，躲在教室后门，悄悄问一个男生："学长你好，你们班的苏雨蝶在哪儿？"

"她经常不来上课，你去操场找找看吧！"道谢后，庄子昂三步并作两步，从教学楼冲下来，望向篮球场的西北角。

茂盛的银杏树下，坐着那个一尘不染的女孩，她悠然地看着天空，几片树叶被风吹下，飘飘荡荡，坠落在她的肩头。

看到那个身影后，庄子昂一瞬间仿佛被雷击中。感谢上天的恩赐，让他们还能再见面。

庄子昂跨越篮球场，终于站在了女孩面前，眼泪早已模糊了他的视线："小蝴蝶……"

叫出这个名字后，他已经泣不成声。

苏雨蝶打量着在自己面前哭泣的陌生男生，疑惑地问："你认识我？"

庄子昂努力平复情绪，但还是哽咽道："你不记得我吗？"

苏雨蝶又仔仔细细端详了他几遍，还是摇了摇头，眼神清澈。

虽然早就猜到了这个结果，但当庄子昂真真切切地听到小蝴蝶说不认识自己时，还是泪如泉涌。

苏雨蝶递了一张纸巾给他："喂，你一个大男生，一直哭鼻子不害羞吗？"

庄子昂擦了擦眼泪，用力地做了几次深呼吸，努力让自己平静下来："我叫庄子昂，从西校区过来的，今年十七岁，我们能交个朋友吗？"

苏雨蝶皱了皱眉，说："你这个搭讪方式真的很老土呀！"在校园里，苏雨蝶的身边一向不缺主动靠近的男生，在她看来，庄子昂不过是一个莽撞的学弟。

庄子昂的心中装着千言万语，却又不知从何说起，只能问道："我能请你吃东西吗？我知道外面的小吃街有一家炸土豆特别好吃。"

"好呀，我最喜欢吃土豆了。"苏雨蝶出乎意料的爽快，虽然她也不知道自己为什么愿意给这个奇怪的陌生男生靠近自己的机会。

也许有些人的缘分从一开始就注定了吧。

凭借着背包里一大把的请假条，他们轻松地出了学校，来到小吃街。

到了小吃街，庄子昂才反应过来，卖炸土豆的阿姨要几个月后才来摆摊，现在，这里根本没有卖炸土豆的阿姨。但他又不想和小蝴蝶分开，只得问："我请你喝可乐吧，可口可乐还是百事可乐？"

苏雨蝶一下子呆住了，这是她常用的问句，没想到现在会从一个刚认识的男生嘴里说出来。

"算了，我不问你了，你更喜欢可口可乐。"庄子昂去便利店买可口可乐。

苏雨蝶望着他的背影，心中泛起一股莫名的情愫。

接下来，两人端着可乐，从街头吃到街尾。

苏雨蝶惊讶地发现，庄子昂对她非常了解，买来的每一样小吃都特别合她的口味。当然，作为一个吃货，她很少会有不喜欢吃的东西。

走到街尾，庄子昂和苏雨蝶并排坐在长椅上吃烤串。忽然，苏雨蝶的鼻腔一热，一滴滴殷红的血坠落下来。

"小蝴蝶！"庄子昂大惊失色，赶忙拿出纸巾帮她止血。

苏雨蝶斜倚在庄子昂怀里，让他托着自己的后脑勺。她一抬眼，就能看到他轮廓分明的脸。

"你还没说你到底怎么知道我名字的。"苏雨蝶眨着漂亮的杏仁眼。

"我在梦里见过你。"庄子昂轻声回答。

"如果……"苏雨蝶犹豫了一下，又接着说，"如果我只能跟你做三个月朋友，你也愿意吗？"

庄子昂心中一恸，明知故问道："为什么只有三个月？"

"还有三个月我就毕业了嘛！"苏雨蝶咯咯直笑，"你真是一个大笨蛋！"

女孩笑靥如花。

男孩却背过脸，抹了一把泪。如果这是注定的结局，那他就从此刻珍惜每分每秒。

庄子昂和苏雨蝶吃遍了小吃街的所有美食，然后一起去图书馆看儿童笑话书。苏雨蝶笑得很开心，庄子昂把所有眼泪都藏进了心里，也笑得没心没肺。

与一年后的相见不同，在她的世界里，她不用急着去坐六点十分的公交车。她可以陪着他，第一次看这座城市的夜景，河水倒映着星空。

女生的双眸比星星还明亮。

男生的眼中只有女生。

夜色渐深，终究还是到了分别的时候。

苏雨蝶望着街角缓缓驶来的十九路公交车，向庄子昂挥了挥手："再见，我的朋友。"

庄子昂紧咬着牙齿，也只能道一句："再见！"

公交车载着女孩，消失在夜色中，庄子昂沿着马路，漫无目的地向前走。他选择的这条路注定是走向孤独，但为了明天的再见，还是要义无反顾地走下去。

哪怕终有一天，是再也不见！

（全文完）

后记

庄周梦蝶，蝶梦庄周。

一年前的我一定想不到，这个流传千古的哲学命题会被我用来诠释一段纯粹的感情故事。

在参考了大多数读者朋友们的意见后，我们最终决定用"梦蝶庄生"作为这本书的出版名，在此也由衷地感谢大家对这个故事的喜爱。

当初创作这本书时，我正处于人生低谷期，在各种生活困境下负重前行，写出来的内容，让我一度怀疑自己的写作能力。

在那整整一个月的时间里，我把自己关在一个小房间，几乎断绝所有社交，终日与电脑、键盘为伴，才终于完成了这个关于"梦"的故事。或许这是独属我的执着。不管现实生活多么孤寂苦闷，我仍可以用文字构建一个精彩纷呈的世界，塑造一群鲜活有灵性的人物，赋予他们生命和情绪。

在写作过程中，我几度陷入悲伤和迷茫，不知道故事应该朝什么方向发展；也有很多次想要放弃，还好又有了更多的勇气继续坚持。

写作时，我从未想过，有朝一日这个故事会得到这么多人的喜爱，带给大家如此多的欢乐与感动。于我的创作生涯来说，这本书也成了一部里程碑式的作品，将极大地影响我今后的写作风格。

此刻，回望那一个月的艰辛与困惑，或许我能借用一句脍炙人口的古诗来表达："轻舟已过万重山。"曾经的迷茫、痛苦和自我怀疑都化作了养分，滋润着我今后的创作旅途。

到了今天，我有太多太多想要感谢的人。

首先，我要感谢我的父母和家人。感谢他们在我创作期间给予的支持，那是最深沉无私的爱。虽然在他们看来，那时的我像患上了精神病或抑郁症，但他们依旧给了我极大的安慰和包容。毕竟这是一本以悲伤为底色的书，作者自己流下的眼泪，绝不比读者少。要感动别人，必须先感动自己。

其次，我要感谢我的几位朋友。他们对我生活上的帮助让我感激，同时，他们也激发了我一部分创作灵感。

将两千多年前的典故与现代青春校园生活相结合，是我与朋友聚会交谈时突发的灵感。在饭桌上，我就构思出了故事雏形。如果没有庄周梦蝶的元素，这个故事必然会失色许多。

最后，我要感谢广大的读者朋友。如果没有你们的支持与推广，这书或将永远蒙尘。我也可能陷入深深的自我怀疑，认为自己根本不具备才华，甚至放弃创作生涯，感谢你们给了我继续前行的信心与勇气。

对绝大多数读者来说，我们在现实世界中不会相遇，但你们选择走进我的书，通过文字与我进行心灵上的对话，收获情感上的共鸣，这是难能可贵的缘分。

也许我无法与你们相见，也无法与你们面对面地交谈，更不能为你面临的困境提供切实有效的解决方案，但是我希望你们能通过阅读我的文字，收获些许感动与感悟，怀着更美好的期待去拥抱人生。当你们也到了感慨"轻舟已过万重山"的时候，再回首这段岁月，会想起这本书中的只言片语，会心一笑，这本书就有了它的价值。

我坚持认为，虽然故事是虚构的，但大家还是会被书中的人物和情节感动，是因为故事像一面镜子，照出了你们的真诚、善良。希望你们永远相信爱，相信世界的美好，相信人性的光辉。

感谢我们的这一次相遇，感谢你们在生命中的某一刻愿意为我停留。

一个作者回报读者的最好方式，就是继续创作更优秀的作品。

希望在未来的某一天，我们会再次相遇。

青山不改，绿水长流，人生如梦，后会有期！

高卧北

2024 年 3 月 5 日

图书在版编目（CIP）数据

梦蝶庄生 / 高卧北著 . -- 南京 : 江苏凤凰文艺出
版社 , 2024. 9.（2025. 3 重印）.
ISBN 978-7-5594-8845-9

Ⅰ. I247.5

中国国家版本馆CIP数据核字第2024MT9405号

梦蝶庄生

高卧北　著

责任编辑	白　涵	
特约策划	姜　舟	
特约编辑	姜　舟	
封面设计	殷　舍	
责任印制	杨　丹	
出版发行	江苏凤凰文艺出版社	
	南京市中央路 165 号，邮编：210009	
网　　址	http://www.jswenyi.com	
印　　刷	三河市九洲财鑫印刷有限公司	
开　　本	880 毫米 × 1230 毫米　1/32	
印　　张	9.75	
字　　数	240 千字	
版　　次	2024 年 9 月第 1 版	
印　　次	2025 年 3 月第 2 次印刷	
标准书号	ISBN 978-7-5594-8845-9	
定　　价	49.80 元	

江苏凤凰文艺版图书凡印刷、装订错误，可向出版社调换，联系电话 025-83280257